U0041677

消失的字母 J

J

霍華・傑可布森（Howard Jacobson）——著
陳逸軒 ——譯

目錄

導讀　J也許消失，K未嘗缺席

詩人、作家／廖偉棠

那個不能說的、消失的J是Jew？還是Justice？還是Judge？

你選擇的不同答案，也許會決定你對這部小說的期待和認知。

但選擇之前，你必須經歷一個也許前所未有的世界末日。在這部被定義為反烏托邦小說、近未來科幻的作品裡，世界從「那件事」開始被劃分，「那件事」發生在離我們這二十一世紀初不遠的日子「二〇二X」年，我們隨著閱讀漸漸知道它並不簡單，愈來愈驚心動魄。故事的角色起碼是現在的我們的曾孫輩，我們會慚愧我們留給他們一個那樣對過去諱莫如深的未來嗎？

事實上不會有別的世界末日。一切如常，可所有如常之中都藏著極其細小的細節在提醒讀者，一切都變了，無可挽回。世界清晰地劃分成兩個世界，但是否該慶幸：你將受著差不多的折磨——也許世界末日的來臨，是為了提醒你，其實你之前的那種生活已經可以媲美世界末日。或者，提醒你歷史上已經有過無數次世界末日，起碼對於因為不義而死的人的遺屬，死者死去那天就是世界末日。

當你思及不義，你當然會想到Justice，會想到轉型正義。那個試圖徹底遺忘過去世界（以避免直面人類的惡一次又一次重演）的未來，道歉成風，莫名的暴力也成風，但只要道歉就好像可以回復謙謙君子，只有極少數人覺察到道歉根本不能消弭不義，就像德國人的道歉也不能彌補奧斯威辛的青煙一樣。

小說早就暗示了像納粹德國「水晶之夜」和「頹廢藝術清算」等事件的永劫回歸，但一直到中段才寫出大屠殺的名字。人們說：「你不能恨回憶……你不能在記憶裡為自己復仇。」這似乎是轉型正義對我們的勸說——而當思及轉型正義之複雜，你便能猜想不義的盤根錯節，這部小說的背後，就是這種如影隨形的盤根錯節，因為諱莫如深，所以分外恐怖。

我們目前視為太平的當代，其實就像這部小說裡的未來那樣危機四伏，因為我們至今未能直面記憶。小說裡說及往事，基本上像是另一個國度的事，未來的統治組織叫「現下公司」。人們必須忘掉祖籍，只能是「這裡」的人，強調當下、這裡，好像對政治正確的世界的一個反諷。「這裡」是一個死城，實施了各民族勉為其難的大融合，「然而當行星與邪惡共存而失序漫步時，多少瘟疫多少凶兆……多少騷動在風中……」霍華．傑可布森引用的這句莎士比亞，才充分說明了未來的「現下」等同於我們的此時此刻。

這不是一部類型小說，它的未來設定和概念從屬於人物關係，它甚至不是反烏托邦小說，不是猶太人的傷痕文學——即使他談及族群之間的趕盡殺絕也談及倖存者求存的努力。堅持讀到故事的最後六分之一吧，所有線頭小心翼翼地扭結到一起的時候，你不由得驚嘆：卡夫卡／K的幽靈依然在未來遊蕩，從未缺席，賦予黯淡歲月裡每一個不願意「從善如流」的凱文以決絕的勇氣。

編輯室的話

1.《消失的字母J》是一部虛構小說，但書中地名一般咸認影射現實世界中的真實地名。如「魯本港」（Port Reuben）影射路德格溫（Ludgvan），「吉卓米」（Kildromy）影射基爾德魯米（Kildrummy），「聖末底改山」（St. Mordechai's Mount）影射聖邁克爾山（St Michael's Mount），多數地名位於「貝塞斯達」（Bethesda），大部分評論認為暗示英格蘭西南端的康郡（Cornwall）。

2. 小說中政府改掉所有人本來的姓氏，例如原盎格魯薩克遜姓氏Hannaford被改為猶太姓氏Cronfeld，威爾斯姓氏Howel則被改為猶太姓氏Cohen。中文譯本保留姓氏原文，供讀者追溯其本源。

3. 小說中人物講到以字母J開頭的單字時，把兩根手指豎在嘴巴前表示為禁忌語，原文將J開頭單字標示如「joke」，中文譯本標示如「~~玩笑~~」。

消失的字母J

獻給珍妮——此時此刻到永遠

寓言

狼與狼蛛的爭論

灰狼偶遇狼蛛聊了起來。「我喜歡追逐獵物。」灰狼說。「我的話呢，」狼蛛說：「我喜歡坐著等獵物自己送上門來。」「你不覺得這樣太寂寞？」狼問牠。「我一樣想問你，」狼蛛回答道：「每次出獵都帶著老婆小孩，你怎能不煩？」「我本來就是重家庭的人。」狼這樣回答。「何況人多勢眾啊。」

狼蛛頓了一下，制伏恰巧路過的猴，然後說狼打獵都靠別人幫忙，狩獵技巧一定比不上自己。狼賭上一週份的獵物，誇口自己一定能勝過狼蛛，回到家後把賭注告訴了老婆、小孩。

「你輸了。」兩人下次見面時牠這樣對狼蛛說。

「證據呢？」

「我說話算話，但你若不信，就自個兒親眼到野外去看吧。」

狼蛛照牠說的去看了，也的確發現狼的天然獵物無一倖存。

「你的效率令我佩服不已，」狼蛛說道：「但我突然想到一件事，接下來你要吃什麼過活呢？」

聽到這裡，灰狼掉下眼淚。「我已經被迫吃掉妻子。」牠坦白地說：「下禮拜我就得開始吃自己的孩子了。」

「那之後呢？」

「之後？之後我也只能吃自己了。」

寓意：食物永遠要留著點吃。

第一部

第一章　大哉問

一

早晨對兩人來說都不好受。

「又來了。」艾琳・索羅門斯自顧自說道。

她挪腿下床，看著自己的腳。早在凱文出言羞辱之前，她就不喜歡自己的腳。足弓太寬。粗胖的腳趾長得像金龜子，每根都一樣長，跟拇指一樣。她想要排笛般的腳趾，長短排列美觀，如音樂般流暢，森林裡的神祇說不定會端起來吹奏。她把腳伸進拖鞋裡，再拉出來。穿起拖鞋要說有什麼不一樣，是看起來更醜了。那是家庭主婦的腳。同樣一雙不美觀的腳，支撐著她度過一成不變的生活。

「難怪啊……」她發現自己腦海裡浮現了一個想法，卻無疾而終。「難怪」怎樣呢？

現實中她的人生並非「一成不變」，只不過她老是這樣想。以客觀標準看來——客觀性，可望而不可及——她算是過著冒險的生活，才剛搬進新房子、有新朋友為伴、住在新村子裡，她還為了搬家買新衣服、新太陽眼鏡、新袋子、新指甲油，就連拖鞋都是新的。房子對她來說雖然是新的，但本身並不新。暗地裡有種神職人員的感覺，艾琳討厭這點，彷彿某位名聲不光彩的修道院長或遭迫害的教士——比方說太過嚴峻不受教友歡迎的牧師，或太過世俗的神父——跑到這裡躲了起來，最後忘了自己在逃避些什麼。石材建築兀自矗立在多雨的谷地裡，數世紀來染上野蒜和刺金花濕濘的氣味。位在谷地深處的房子，希望或幻滅的光芒射不進低矮的窗戶。這裡教人不抱期望，而這已經是她想得到最好的形容了。不論在她之前是誰住這裡，他們有如植物一樣，談不上開心不開心。不過即使這房子令人退卻，依然比她之前成長的四方斑駁水泥房來得好，那裡只看得到淤塞的河口，北國潮水不知從何而來、流向何處，而且父母總是脾氣焦躁，但他們也並非她真正的父母。

她認識了一個新男人，一個嘲笑她腳型的男子。

沒錯，他並非山林裡的神祇，就算是也不會親吻她的腳，但這也無以彌補她或已失去他的事實。畢竟他，曾經，令她懷抱希望。

至於其他人——包括年紀比她大很多，那個說是朋友不如說監護人的女子（說也奇怪，她就是會吸引照顧她的人）——感覺都無關緊要，不過就像房間裡的家具重新擺設般罷了。其他各方面看來，她依然是原本的自己。改變表面最殘酷的莫過於此，反而讓無法改變的那些一覽無遺。早知道應該留在原地等待就好。只要等待就不可能失望。就算一顆心懸在那裡也很好啊，她這樣想。但那也不是真的。她從來不曾好過。

她的心時不時撲通顫動。醫生說這叫作心律不整。「沒什麼好擔心的。」檢驗報告出來後他說道。她笑了笑。當然沒什麼好擔心。人生有什麼好擔心。在她原本住的地方人們這樣說：你愛的人死去時，心便會顫動。

「你若不曾愛過任何人，會怎麼樣？」她曾問過養母這個問題。

「那就是為了紀念你前世愛過的某人死去而顫動。」那名比她年長的女子這樣回答。

不用聽這種胡言亂語，她自己本身就夠病態了。

她不曉得自己親生父母是誰，偽父母到孤兒院像挑橘子一樣選中她；之前的人生，她也記得不多，只感覺到自己有多麼不像個小女孩。現在的她，不論記得什麼、不記得什麼，都覺得自己應該比二十五歲還要老。是二千五百歲嗎？還是二萬五千？「艾琳，妳太誇張了啦。」別人老是這樣說。（什麼，二萬五千歲？）但並非她誇張，而是他們都縮水了。她的頭就像個回音室。有時候她覺得，只要自己聚精會神，就能聽到冰層碎裂後，原古長毛哺乳類動物自中亞緩步移行而來的聲音。或許所有人，甚至包括負責刪節縮減書籍的人員也都能跟她一樣，只是不好意思提起。除非幼年有親生父母的陪伴，使他們心智盈滿更直接且微不足道的知覺，否則人生不過是一場睡夢與遺忘——這是誰說的來著？

哈！——她忘了。

史書不易取得、日記或被銷毀或被藏匿，要去圖書館進行研究也窒礙難行，這一點倒是幹得不錯，不然她便會搜括往事，人生愈活愈回頭，只為了能找出她偶爾怦然心動究竟為了誰。

從她床底爬出一隻濕漉漉的老蝸牛，身後留下一道蛋白質的痕跡。她好不容易才忍住不伸出自己醜陋的光腳丫踩死牠。

一早踏出小屋前，凱文．「可可」．柯恩將閉路電視的音量轉大，倒了杯茶，小心翼翼將杯子看似隨意地擺在門廳桌上，確認他的公用電話運作如常。這設施只能用來接打本地電話，其他各種電子通訊方式在「那件事」發生後都遭到關閉，其傳播之快速猛烈，社群媒體被視為難辭其咎。此刻公用電話閃著不健康的黃燈，有人來電時，燈轉為朱砂紅。但電話鮮少響起。他也將電話擱在門廳桌上。然後用鞋子一腳踩亂走廊上的中國絲織地毯——這可是珍貴的傳家寶。

這個動作本身不帶一絲緬懷，卻常教他想起多年前某個月光冷酷的夜裡，度過緊繃的一天後——原因或金錢煩惱或病痛或壞消息，總之年幼的凱文推測一定是很糟糕的事情——他賤嘴、嘶噪的父親一腳踢亂地毯，立起身上錦織晨袍的褶邊，穿著軟底鞋抓狂般曳足而舞，雙手雙腳上下同步揮舞，彷彿插在棍子上的骷髏娃娃。他不曉得兒子就在樓梯上眼睜睜看著他。

凱文貼緊身子躲在樓梯井的暗處。讓自己成為影子。他害怕得不敢吭聲。父親不是個會跳舞的人。他動也不動，但小屋隨著住戶的擔憂掛念共振——透過床底的地板，他可以感覺父母睡得不安穩，雖然他睡在他們下面的房間裡——如今懼怕形成的不安，洩漏出他的行蹤。

「這是小山米．戴維斯（Sammy Junior）。」他父親發現他後尷尬地解釋。他的聲音乾啞，早已壞掉的肺擠壓出嘎嘎的聲音。他說話的口音連凱文都覺得奇怪，彷彿他從來沒聽過魯本港（Port Reuben）其他人怎麼講話，所以說起話來吞吞吐吐。他伸出兩根手指擺在嘴邊，像是流浪漢吸著垃圾桶裡翻出來的菸屁股。他總是用這個動作來壓住差點說溜嘴的J。

男孩還是不懂，反問：「小山米．戴維斯？」在父親面前他也有樣學樣，甚至父親不在時也時常如此——趁J這個字母還沒發出聲音前便閉上嘴巴。他自己也不曉得這是為什麼。剛開始這是小時候的遊戲。父親說自己當年也跟他爸爸這樣玩，只要講出J開頭的字而沒把兩根手指豎在嘴巴前，就得罰一便士。這遊戲當時不好玩，現在也同樣無趣。他只知道自己必須這樣做。可是父親為何要模仿小山米．戴維斯？小山米．戴維斯究竟是何方神聖？

「他能歌善舞。」父親說：「就是波．金哥（Mr. Bo Jangles）先生。當然了，你沒聽過他。」

他？哪個他？小山米．戴維斯還是波．金哥先生？

不論如何，那聽起來都比較像是一種警告。有人問起的話，就說你沒聽過。懂嗎？凱文童年聽過太多這樣的警告，每次都從那帶著外國口音的嘴巴裡說出來。你不知道，你沒看過，你沒聽過。老師提問時，他總是最後舉手，回答他不知道、沒看過、沒聽過。無知確保安全。不過他擔心自己講話像父親，口齒不清含糊講著聽不懂的語言。於是總是輕聲細語，但這樣反而凸顯他的格格不入。

但他父親壓根不需擔心。凱文不僅沒聽過小山米．戴維斯，連老山米．戴維斯都沒聽過。

艾琳不會感到反感，不論自己的父親行為有多奇怪。她覺得了解自己的怪癖遺傳自誰是件好事。

有一回凱文關上前門，還上了兩道鎖，從外面跪在地上透過投信口偷看，他猜闖空門的小偷或其他不速之客都會這樣。他可以聽見電視的聲音，也聞到茶的味道；可以看到門廳桌上的電話，好像接管洗腎般靜靜閃著黃光。絲質的地毯彷彿被一家子的幼童踐踏過，這一點他很滿意。任何正常人經過走廊出門前，一定會動腳把地毯弄好。

將地毯弄亂還有另一個目的。這顯示地毯對他來說毫無價值。根據法律——雖然這是不成文的規定，但應該說自願接受束縛比較恰當，這是一種理所當然的強制規定——每戶人家只能擁有一件超過百年的物品，而凱文卻有數個。他希望故作輕慢不愛惜，以免別人起疑心。

透過投信口能看到最遠之處，勉強能看到一雙皮質拖鞋的尖端。看起來他是在家的，吹毛求疵的他可能就坐在電視前打盹，或瀏覽著說不定幾分鐘前才送來的垃~~圾~~（~~J~~unk）郵件，屋主似乎還一時興奮之下把茶跟電話就那樣留在門邊。但不管你怎樣形容他的行為，表面上他就是在家無所事事。

他每隔十五秒鐘回到屋子去，前後總共三次，透過投信口窺視，確認屋內情況保持不變。每次他都將手伸進裡面扳開板子，不讓視線被擋住，但這動作要是反而~~卡住~~（~~J~~am）板子的話，同樣的程序就必須重來一遍。然後他走上峭壁那條小徑，心不在焉地往海邊前進。那片除了少數當地漁夫無人航行的海，因為它到不了任何地方，那片海沒有彼岸。

那裡也毫無改變。海岸絕壁依然陡峭，有如蛋糕般切得整齊，底部薰上了一層深紫色；海水不斷簇擁拍岸，日復一日化為泡沫水霧。徒勞罷了，就像凱文一樣。氣勢較為壯大，但依然無用。

大海最棒的就是這一點：不用人操心。海哪兒也不去，不屬於你，不是你世代珍藏的傳家寶，也沒流貫你的血液。

不過他倒是有一張自己專屬的長椅。雖非官方認可，上頭也沒寫他名字，但魯本港村民都遵守這個默契，就像認定村裡傻子總愛踢踹的那面牆一樣。這裡是可可的座位。討厭的傢伙。

他們並非覺得他頭腦差。要說的話，他們還覺得他有點太過聰明。但在人類的歷史中，有時聰明就是愚蠢。

現在這個時分，尤其是這個季節，少有人會來這裡，他常自己獨享這面峭壁和別無去路的大海。有時最近的鄰居丹斯德．克普利（Densdell Kroplik），會走出他自命為單身公寓的改建牛棚，陪凱文坐在長椅上發個小牢騷。丹斯德自費出版，記錄地方與當下發生的大小事，他活脫脫像是不被自己人認可的先知，抱怨世道紛亂、村子沒落，兩者都造成刊物的銷量暴跌。身為巡迴地方的理髮師及專業在地人，他巡守魯本港海岸的峭壁與酒館，以眼神阻擋外人闖入。他全身上下打扮得像地主、漁民、農夫或蠢蛋，這全取決於地板上那堆衣服哪件在最上面，有時候他甚至全穿上身，那大蕃薯般的身影阻擋在外來勢力與魯本港之間。丹斯德．克普利與其說是守門人，不如說就是那扇門。雖然歷史因被視為過度緬懷過去而被拒斥，他卻被默許為非官方的魯本港祕密保管人及說書者，因為他的敘述總能維持簡短愜意——至少比他閒聊時來得簡短愜意，尤其當他邊剪頭髮邊講話時，滔滔不絕簡直同海波浪一樣洶湧。魯本港原名為魯文諾克（Ludgvennok），昔時為難攻不破的要塞，但今非昔比。這就是丹斯德．克普利《魯本港簡史》一書的要義，書中有他手繪的幾張地圖及插圖，外加許多他本人提供的逸聞軼事。

嚴格說來，《魯本港簡史》頂多就是給他討厭的遊客看的觀光手冊，擺在每間紀念品店的收銀機旁販售。屈指可數的遊客會隨手買上一本。但對作者本人而言，書的銷售狀況決定了日子好不好過，這不僅影響他自己，也包括整個村子。他每天都會巡視銷售點，檢查賣出幾本，從外型異樣鼓起的背包裡拿出作者簽名書來補滿存貨；包包裡還裝有梳子、剪刀、推子，還有他從懸崖頂寒酸花園裡摘來的石南、薊和野花，以祕密配方調製而成的洗髮乳和潤絲精。他故作吃力地扛著背包走遍各家店鋪，彷彿自己犧牲健康也要為人類服務。店主寧願不和他搭話，由他開心，任他愛放幾本就放幾本，不然還要聽他抱怨不曾滿意的銷量。好幾家店主甚至還自掏腰包買了幾本，拿來送給自己討厭的親戚當生日禮物。不管怎樣都好，只要他不在店裡大發雷霆批判世風日下都行，不然得看他鼓著飽受風霜摧殘的雙頰，表演氣憤難消似地扯著揪成一團的圓點領巾，彷彿頭跟身體只憑那塊布接在一起。

有些早上為了回報凱文聽他叨絮，丹斯德會免費替他刮鬍子。為了自己的頸項安危著想，凱文咕噥贊同他說的每句話，因為他確信丹斯德將自己視為魯本港頹敗的表徵，甚至是主要原因。但他根本聽不大懂對方的話。丹斯德．克普利只要一拿出剃刀，連假裝彼此語言相通都省了。他開始操一口比峭壁還要古老的方言，嘴中吐出來的聲音有如粗口，全是凱文這輩子從未聽過的字彙，而且他覺得那些字有半數根本不存在。他懶得去解讀，寧願想像一陣風揚起丹斯德從他身上剃下的隱形毛髮，一團一團捲往海上去，就像蒲公英的種子一樣。

海水一點一點淹沒了他。

這天早上凱文鬆了口氣，丹斯德．克普利沒現身，他可以自顧自地煩惱。就連海鷗都察覺其煩躁，離他遠遠地。

他長得高瘦，頂著一頭蓬亂的金髮（不過髮量逐漸稀疏），他自覺長得太高，動作總有點扭捏。雖然有些古怪，人們卻覺得他眼神和善。他懶坐在長椅上，抬頭仰望。「老木爺（Jesus Christ）呀！」

人一放鬆便放聲大叫，不為了什麼，只是想壓過腦海裡的聲音。

他寧願聽到自己能控制的聲音。他不會通靈，但有時會將海鳥的鳴叫或遠方漁人的笑聲，聽成是有人在呼救，他想這一定是自己聽錯了。「凱文！」他以為自己聽見有人喚他。兩個音節喊起來毫無起伏。是他亡母的聲音，是孱弱女子的音色。聲音顫抖中帶著責怪，必須努力從紛囂的眾聲喧嘩中突圍而出，彷彿與聲音的主人斷了關聯。「凱—文！」

他與母親並不親近，心想這一定是思念的關係。他寧願這是媽媽在喚著他。

但他清楚任憑幻想馳騁有其危險：倘若改日當真有人呼救，他能聽得出來嗎？

他並不快樂，但滿足於這樣的不快樂，因為他接受了自己永遠都不會快樂起來。大海讓人們微不足道的不滿都顯得壯闊，凱文．柯恩對此心存感激，因為他曉得自己的不滿和大多數的人一樣，寂寞與茫然感（抑或那是種不曾有過方向的感覺呢？），隨著提早來臨的中年襲來，不過就是如此。而跟母親比起來，他與父親的緣分比較深，雖然這算不上什麼。他跟父親以前一樣，以轉木雕刻的木工維生。轉木雕刻是一門枯燥、重複性高的行業，大都製造紡錘、中柱、燭台、木球，以及為遊客所做，在當地店鋪販賣的「愛勺」。他在這世上沒有親人了，沒有叔伯，沒有甥姪，沒有堂表，這一點在這裡很突兀，因為這地方每個人的家族都像八爪章魚般分枝甚廣。他沒有人可愛，也沒有人愛他。雖然這多少跟職業有關，轉木雕刻同月亮一樣兀自獨轉，但他之所以能接受這原因，主要得怪罪性格。他孑然一身是因為他不接打公用電話，因為他作為朋友太漫不經心，更糟糕的是，他作為情人太容易受挫，太愛想東想西，而且因為他四十歲了。

墜入情網他偶爾有之，但他從來沒能一直愛下去，或讓女人持續愛他。也沒發生過什麼轟轟烈烈的事。沒有從天堂陷入深淵的反目爭吵。跟魯本港那些公然廝殺的情侶相較，他追求女性，因為通常止於追求，戛然而止時，雙方都能相敬如賓。就是散了，這是最恰當的說法，彷彿扔在戶外任憑雨淋的紙箱一樣逐漸解體。只是偶爾會有女子告訴他，他太嚴肅、難搞、較真、冷漠，或許還有點帶刺，說完握手告別。他曉得自己帶刺。沒錯啊，他像刺蝟一樣渾身帶刺。最近一段剛萌芽的戀情就是犧牲品，這次感覺跟以往不同，似乎能終結他人生寂寥的一成不變，甚或能為他帶來一些滿足。一頭狂髮的艾琳・索羅門斯是個微微欲顫的纖細美人，一顆心怦怦跳的她來自北方的島嶼，那村落甚至比魯本港還要偏僻蠻荒。有名長者陪她南下，凱文一直以為對方是她阿姨。這位女士在一座濕溽但美如天堂的山谷中繼承了一塊房產，那座山谷恰如其名，就叫作天堂谷。

房子好幾年沒人住。管線滲漏，浴缸裡蜘蛛結巢，窗戶上布滿蛞蝓留下的簽名，彷彿牠們才是這裡的主人，花園裡長滿看似巨大甘藍菜的野草。就像是童話故事裡的小屋，帶著不祥卻魅惑的氣味，花園裡滿是祕密。凱文和艾琳手牽手，坐在茂盛草叢裡的破爛帆布躺椅上，愜意享受出乎意料溫暖的春日午後，兩人漫不經心地開著公用收音機，聽著舒緩音樂及安心新聞，此時她交叉的褐色雙腿讓他想起一首老歌，他父親喜歡拉下窗簾聽那被遺忘的黑人藝人演唱：「妳腳丫子太大。」

由於這種音樂本身過於激烈，現在已經不再播放那種歌曲。倒也不是被禁，嚴格說來並沒有任何東西遭禁，只是不再播放了。擺爛當廢人是好的，就跟擺爛這詞一樣。流行品味的效用比赦令或禁令來得強大，人們讀書會選擇白手起家的回憶錄、食譜和羅曼史，音樂的話就聽歌謠曲。

凱文一時心蕩神迷，作勢彈起鋼琴，以粗俗諧趣的聲音歌詠艾琳的大腳丫。

艾琳不懂他這是在做什麼。

「這首是爵士（Jazz）鋼琴家胖子華勒（Fats Waller）很受歡迎的曲子。」他一邊說，兩根手指頭自動湊到唇邊。

他不得不解釋爵士是什麼。艾琳不曾聽過這種音樂。雖然爵士樂沒被禁，但也沒人彈了。即興已經不流行，人生中沒剩多少「假設」的空間。人們想明確知道歌曲何時開始，哪裡結束。機智妙語也一樣，不可預測教人們神經緊張。而爵士正是音樂的機鋒。雖然十歲前不曾聽過小山米．戴維斯，但凱文從父親半祕密收藏的舊CD裡認識了爵士樂。至少他不必特地跟艾琳說胖子華勒是黑人。從年紀看來，她不可能記得流行樂歌手不是黑人的時代。一樣，這無法律規定也非強制。一個順從的社會表示各階層都欣然接受群體適性的原則，這是出自倖免於難者的感激。非洲裔加勒比人性格與體質適合從事娛樂與運動，因此他們都唱歌跑步。來自印度次大陸的人天生就有電子才能，於是負責確保家家戶戶有電話可用。剩下的波蘭族裔就通水管；餘存的希臘族群就砸盤子。來自波斯灣國家和黎凡特的那群人，他們祖父母在「那件事」發生時沒馬上離開，因為害怕自己會被指控搧風點火，害怕火接著燒到自己，那群人就開館子賣綠優格和水煙壺，低調行事，因無所事事而抑鬱終日。每一種人都各有天賦才能。

艾琳只聽過抒情歌謠，她搞不懂剛從凱文口中唱出的粗話怎能譜成樂曲。音樂是愛的表現啊。

「那不是在罵人。」凱文說：「可能只有大腳丫的人會這樣覺得。我爸不曾侮辱過別人，但他很喜歡這首歌。」

他說太多了，但疏於照顧的花園予人一種安全的錯覺。那甘藍菜似的巨大葉片隔音良好，講話也不會傳出去。

艾琳還是不解，問道：「你爸爸怎會喜歡那種玩意兒？」

他本來想說這只是在開玩笑（Joke），但他不願在她面前再比出手指擺唇邊的動作。她已經覺得他夠奇怪了。

「他覺得很有趣。」他改口說道。

她不可置信地搖頭，抹去凱文腦海裡的畫面。這整個世界除了她那頭稻草般的烏黑髮絲，再也沒其他風景可看。他再無其他想望的景色。「你說了算。」她還是沒買帳。「不過你還是沒說明為什麼對著我唱這首歌。」她似乎真的很在意。「我腳丫子真的過大？」

他再端詳一遍。「光看妳的腳，不大。腳踝的話，或許有點吧……」

「你說你討厭我，就因為我的腳踝太粗？」

「討厭妳？我當然不討厭妳。都是那首蠢歌惹的禍。」他大可以說「我愛妳」，但時機還沒到。

「我正是被妳的粗腳踝所吸引。」他反而試這招。「我就是變態。」

這話講出來就是怪。他本來是想打哈哈，但反而時常讓自己惹上麻煩，因為他跟父親一樣，沒有那種讓刻薄的笑話顯得詼諧的魅力。或許刻薄正是他父親的本意。或許凱文也一樣。雖然他有一雙親切的眼眸。

艾琳・索羅門斯滿臉脹紅站起來，不小心撞到主機台，把兩人喝的酒灑了出來。是接骨木花酒，所以不能賴說喝太多。

她身子激動地微微發顫，彷彿狂風暴雨中的棕櫚葉。

「那你那顆漿糊腦袋就是我被你病態吸引的理由。」她說：「只不過我才不是這樣。」

他覺得她很可憐，一方面是因為自己出言不遜，一方面是她起身時眼裡的恐懼神色。她覺得自己會打她嗎？

她不曾提過自己成長的北國寒冷群島，但他猜想各方面基本上應該都與此地相去不遠。同樣被廣袤冰冷的海洋拍打，同樣迷糊的人們，因為那件事的影響，他們比自己那些走私、打劫船難的先祖來得暴躁易怒，忿忿不平地遊蕩於酒吧之間，女人只要敢拒絕或挖苦他們就等著挨打。漿糊腦袋？她只要不小心就等著吃上重重一記！先啾一個——啾一下成為男女之間最常見的情欲表現：這是對廣播放送的乏味情歌的反制——先啾她，待會再開扁。就凱文看來，這不啻多餘的繁文縟節，因為啾本身就是一種暴行。

艾琳・索羅門斯擺出要他離開的態勢。他像個老頭子般吃力地起身。她雖然也覺得沉重，但他憂傷之深出乎她意料之外。這又不是世界末日。他們根本都還不熟。

她目送他離去，她的同伴則在樓上窗子看著他走，他這是咎由自取。好似亞當離開伊甸園，艾琳心裡這麼想。

她為他和所有男人一陣揪心，儘管有些男人曾對她動過粗。一名男子轉身離她而去，垂頭喪氣羞愧不已，整個人頓失鬥志，為何這番景象如此熟悉？縱使今天以前她不記得曾看過這種畫面。

艾琳．索羅門斯再度孑然一身，她怔怔看著自己的腳。

二

在上述事件發生的二十來年前，艾絲美．諾斯邦三十二歲，是一位聰明熱心、受雇於「現下公司」的研究員。該公司乃「公眾情緒（Public Mood）」的非法定監察人，當時她提出一篇短論文，探討金錢與人力許可的狀態下，在暴力行為理應削減、甚至絕跡的地區，中低度暴力卻依然持續的情形。

「為了緩解國民與生俱來的好鬥天性，」她寫道：「有關單位已付出不少努力，且相關作為仍持續進行中。在戰事紛然但屢戰屢勝的背景下，國內雖然處處遍布教堂，卻依然有許多錯綜複雜的角落，難以感受仁慈的人性光輝。事實證明某些特性難以磨滅。教堂尖頂益形崇高，人類的激情便益形低下。抒情歌謠使芸芸眾生聞之落淚，邪不勝正的故事教人入迷，婚姻與家庭價值更受極力推崇；但不僅往昔的野蠻習性同樣在鄉村與都會根深柢固，更有證據顯示在家庭、職場、路上，甚至是遊樂場裡，有一種新的紛爭、惡鬥傾向逐漸抬頭。」

「妳常會寫得太過頭。」她的督導讀完整篇報告後說道：「小說少看一些。」

艾絲美・諾斯邦垂下頭來。

「我還得再問一件事：妳是無神論者嗎？」

「我並無義務回答這問題。」艾絲美・諾斯邦這樣回話。

「妳是女同性戀嗎？」

艾絲美再次伸張自己的隱私權，沉默不語。

「女性主義分子？」

依然緘默。

「我這麼問，」路瑟・拉賓諾維茲（Luther Rabinowitz）終於說道：「並非因為我反對無神論、女同性戀或女性主義。這是個無偏見的職場。我們都是無偏見社會的忠僕，但是過度敏感，雖然沒問題且值得讚許，也可能會扭曲研究的結果，一如妳呈現出來的樣貌。妳自己很明顯對教會有偏見；妳名為『邪惡』及『粗野』的事物，就別人看來是天生精氣與活力的表現。現在還巴著『那件事』繼續悲情，彷彿事情不過是昨天發生的，會讓整個國家喪失生命力。」

拉賓諾維茲講話時，艾絲美・諾斯邦的目光四處游移。他後腦勺有條桃紅色的LED燈板，閃著「現下公司」過去二十五年來對全國播送的箴言：笑對鄰人，珍惜伴侶，聆聽歌謠，觀賞樂劇，利用電話，交談、解釋、傾聽、同感、道歉。言說勝過沉默，吟唱優於書寫，但愛無可比擬。

「我完全了解你想說的重點，」艾絲美・諾斯邦確定督導講完話後，靜靜地回答：「我文中表達的不過是我們其實尚未完全療癒，卻自欺欺人。我擔心的是，假如不提高警覺，我們可能會重蹈覆轍，再度導向『那件事』發展。只不過這一次我們不會再把憤怒和猜疑發洩在他人身上。」

路瑟・拉賓諾維茲用手比出三角形，這手勢表示耐心無極限的意思。「妳這說得太過分了，」他說：「居然形容我們父執輩可能或可能沒採取過的行動為『錯誤』。說他們將『憤怒』和『猜疑』發洩在他人身上也太過分了。妳這個位置的人理應不需特別提醒，我們在了解過去、維護現在的同時，不該區分彼此。當時無所謂『我們』，也沒有所謂『他人』。那是個混亂的時代，只有這一點是確定的。」

「我們若是誠實面對自己，」艾絲美毫不退卻，「當時社會中沒有任何一分子可說自己全無可咎之處。我這不是在指控任何人。不論做得好或不好，事情都已經發生了。往事已矣，無須多言——這一點大家都同意。而既然既往不咎，不管是否真有適當的賠償或彌補的方式，也無賠罪的問題了。但假如不能從過去記取教訓，那過去有何用處——」

「過去就是用來忘記的。」

「請容我再說一句——」

路瑟・拉賓諾維茲放下手勢道：「我會再看看妳的報告。」

第二天她一如往常上班，卻在路邊被一名機車騎士撞倒，路人形容騎士「滿懷惡意」地暴衝撞上人行道。

人世間就是如此巧合。

三

總之呢，凱文初次見到艾琳時，她右眼底下烏青了一塊。不論全國其他地區是什麼情況，艾絲美·諾斯邦那份被壓下來的報告裡所呈現的狀況，其他人現在也都坦言不諱了。當時艾琳人站在長桌後頭，桌上擺滿要賣的果醬、橘子醬、小蛋糕、醃黃瓜、手拉胚缽及紙花。

「那女孩長得還真好看。」一名凱文不認識的人在他耳邊說道。

「哪個女孩？」凱文問，他不想太沒禮貌，但也懶得客套。

「她啊。頭髮很搶眼，眼睛烏青那位。」

凱文若真有閒聊的興致，或許會回說那群賣醃漬物和花的女子中，不只一人眼睛烏青。不過沒錯，那頭黑髮的確很搶眼，濃密且看來暖和，足以當成神話中某種生物的窩巢，而且讓人覺得很危險。「啊哈，我看到了。」他說。但這句話的意思是「別煩我」。

那名陌生人不為所動，繼續說道：「她會說自己走路撞到門。都是用這種藉口。我個人覺得她需要有人看著。」

他打扮得像是鄉下的拍賣商，但是拍賣豬隻的就是了，凱文心裡這樣想。手風琴般的脖子滿是皺褶，都垂到他粗呢騎馬外套的領子上了；皮膚布滿斑紋，看起來就像是常接觸稻草、堆肥，還有，沒錯，金錢的人。

「啊哈。」語畢凱文別開眼神。他希望自己不友善的態度已表明自己不喜歡別人太過親暱，但顯然不夠明顯，那名男子一手勾上他的手臂，要介紹他給女方認識。

「不、不，沒這必要。」凱文語氣堅定。他本來就對陌生人敏感，而這一位的態度別有用心，更令他驚愕憤怒。

但兩人還是被介紹認識了。凱文也搞不清楚是怎麼辦到的。

「艾琳．索羅門斯，這位是凱文．柯恩。凱文．柯恩……你們這下認識了吧。」

兩人握了手，介紹人便不見蹤影。

「那是妳的朋友？」凱文問女孩。

「從來沒見過他。真不曉得他怎會知道我的名字。」

「我也有同樣的疑問。」

彼此擔心地互看一眼。

「你是這裡人，對吧？」女孩說。

「是啊。不過我這輩子從沒見過他。妳顯然不是本地人吧。」

「看得出來？」

「猜得出來是因為我們不曾見過面。妳來自哪裡呢？」

她大拇指往左後方比了一下，彷彿要他走人的樣子。

「妳希望我離開嗎？」

「不是的，真不好意思，我是想告訴你我從哪來的。那邊是北方的話，我就是從那來的。真抱歉，我很緊張。剛才發生的事情嚇到我了。我來這裡還不久，應該不會有人知道我的名字才對。」

她不安地四處張望，凱文也看不出來她是想瞧清楚那人的模樣，還是想確認他已經離開。由於她看來實在惶惶不安，他對自己的顧慮便不以為意了（他自己也被剛發生的事情搞得發毛）。「妳也曉得每個村子裡總會有愛管閒事的傢伙。說不定他只是個業餘的編史者。」

「你們這裡有村史館？」

「這個啊，沒有正式的，不過有那種半吊子的好事者，喜歡收集流言蜚語，翻別人家的垃圾桶。我剛好有個鄰居就是這樣的人。」

「你就任由他翻你的垃圾？」

「噢，我沒有垃圾。」

他喜歡她一眼看穿自己的感覺。他好想讓她知道，不論他有什麼祕密，都歡迎她來刺探。

「我不覺得那個傢伙是編史家。」她說：「他看起來對自己比較有興趣。我會說他是拍賣豬隻的人。」

凱文對她微微一笑。

「但那不能解釋……」

「不，沒辦法……」

這女孩長得好看，神經纖細，雖然一頭亂髮，但容易受傷。他察覺自己心底萌生一股想保護她的本能。莫名其妙地，他想像自己用毯子將她裹起來的畫面。雖然那樣對她有何好處，他也說不上來。

「妳沒有『北邊那兒』的口音。」他說。

「你也沒有『南邊這裡』的口音。」

兩人都沒有任何一方的口音，感覺彼此之間似乎有了連結。

他因此提起勇氣，手比了一下她的瘀傷。「這是誰幹的？」

她充耳未聞，走到攤子後面去整理花。之後她直視他的眼睛，聳了聳肩。這個動作的含義他了解。傷是誰造成的？那不重要：他們都有份。

多年以前，他兒時曾參加過教堂的唱詩班，而且由於他擁有清澈的男高音，特別適合演唱巴哈作品中的福音傳道者，因此每年耶誕他依然會參與修訂版的《馬太受難曲》演出。正常來說他不會參加節慶活動，他不是個喜歡熱鬧的人，不過教堂裡有好幾個人頻頻催他參加。「幹麼參加呢？」他問。「凱文，反正你就來嘛，」他們這樣回答：「來對你只有好處。」而且他信箱裡收到的活動宣傳單之多，遠超過他印象中類似活動的數量。

活動當天早上，代理牧師戈爾文·史拉格曼（Golvan Shlagman）還親自打電話來確定他會去。凱文說他還沒打定主意，有工作得處理。只懂得埋首工作呀，史拉格曼牧師挖苦他。他希望凱文能盡量出席，不來就沒意思了。凱文不懂為什麼。為什麼他出不出席突然之間變得那麼重要？「沒有福音傳道人可不成哪。」代理牧師笑著說，不過當天並沒安排彌撒或受難曲演唱啊。

凱文事後回想起來，史拉格曼的笑聲已逼近歇斯底里的地步。

艾琳是否也被他那歇斯底里的笑聲催來參加活動呢？

鑑於兩人同樣不信賴陌生人、沒有自己居住地的口音，而且一眼就能看出拍賣豬隻的人，他便開口約她出去。

她遲疑了一、兩分鐘才做出決定。他也是個陌生人哪，她似乎想提醒他這一點。

他理解。「只是散散步，就這樣。」他說：「不會去多遠的地方。」

兩人第一次約會時，他吻了她眼角下的瘀傷。

他不是會對女人動粗的男人，就連艾琳說他腦子愚蠢時也沒動怒。他只是點點頭，慘慘地苦笑。就是那迷糊、消沉的笑讓他擔上了可可這個綽號，來源是童書中曾經紅極一時的小丑，不管別人怎樣惡整，他總是一臉歉意。說到底，她並沒講錯。他是個笨拙又不好笑的大嘴巴小丑，一點都不值得她愛。她毫無制止他離去的意思，這下他整個人都不好受了。

他怪自己太容易打退堂鼓。這跟艾琳無關，他就是不懂怎樣與人親密。但話說回來，她腳踝跟纖瘦的骨架相較之下顯得粗大，特別是右腳踝，她還戴了一條花飾腳環，這一點也的確教他介意。除此之外，就跟每個鄉下女孩一樣，不管是否來自國度另一端的村落，她身上就是有股魚腥味。

不過村子裡還是有其他女孩，雖然她們總是對他保持非親非故的小心戒慎，但她們好上手，能消磨寂寥。雖然他孤單一人，但晚上也能去漁家樂，那裡總有女孩可以搭訕，如果他願意的話。至少酒吧裡的啤酒臭會蓋過魚腥味。

他心不在焉地坐在長椅上，看著海豹啪嗒啪嗒，任憑浪花打在臉上，腦海裡千頭萬緒又毫無想法，時不時喊一聲「老天爺呀！」直到太陽沒入海中。天氣沒一會便轉涼，他起身離開長椅，決定去碰碰運氣。身旁有人總是個伴。他先去了一趟小屋，透過收信口往裡頭偷看。一切都看似安然無事。他人還趿著拖鞋在讀信，依然繼續看著電視。地毯也還皺成一團。不過電話正閃著紅光，表示有人來電。說不定是艾琳打來表示歉意，雖然她沒做過什麼需要道歉的事。

爭吵過後，接著道歉。這是一定的道理。他們都在學校裡學過，一定要說抱歉。

假如打電話來的是她，他該回電嗎？他不知道。

曉得有人打過電話，不管是誰，都令他心煩意亂，於是他進屋裡去，發現來電者並未留下訊息，雖然話筒另一頭似乎傳來同樣心煩意亂的呼吸聲。然後他鎖上門離去。十五分鐘後他就來到漁家樂，點了一杯蘋果酒。

四

客棧比平時來得吵鬧。全國各地的衝突據說日益嚴重，在這裡也不遑多讓。村公所前些日子發生了一起事件，惡劣的餘味也散播到了客棧裡。當天是週四，也是體重監察日，村裡一名女子崔芬娜・海爾朋（Tryfena Heilbron），不願意相信自己體重比上次量多了一磅。旁人交頭接耳，崔芬娜舉起磅秤摔在地上。「下次拿個有用的磅秤來。」她對著量體重的人大叫，對方也吼了回去，說崔芬娜的老公喜歡溫柔可人、體態纖細的女子為伴，她一點也不覺得意外。

發生激烈口角的消息傳到漁家樂時，男人們也加入了戰局。幹搬運工的布約・海爾朋（Breoc Heilbron），平常清醒時便已粗魯不文，喝醉了更鬧著要捍衛自己平時揍起來也不眨眼的妻子。凱文・柯恩深覺這反映了時代的氣氛，一些平日對布約・海爾朋的火爆性子避之唯恐不及的人，今晚都不怕刺激他，而且不僅止於男人間奚落對方酒量的挑釁，還抓準他妻子眾人皆知的壞脾氣、甚至體重來攻擊。究竟是他腦海裡的想像，還是真的有人叫她母牛？那頭母牛崔芬娜・海爾朋。

人們就這樣開始議論起彼此。母牛崔芬娜。肥油莫沃倫（Morvoren）。話出口後，轉頭對莫沃倫的丈夫說聲抱歉。

不用說，自然有那個白痴凱文・柯恩。

凱文試著回想，村子是否真的像觀光手冊裡寫的一樣有過平靜安詳的日子，畢竟每個納稅人都得捐錢給負責發行手冊的「新傳承」這個團體，以換取每年一個週末遠離城鎮騷亂、出外度假的機會。曾經有過嗎？他覺得沒有。以前他就讀村裡的學校，大部分老師二話不說便抽出藤條或拖鞋來打學生。遊樂場裡男孩爭吵打鬥可凶著呢。女孩也沒兩樣。村民會在背後取笑來度年假的遊客，客棧裡也待客不周，縱使如此，他們的光顧依然是本地經濟不可或缺的來源。不過他想，畢竟還是曾經有些寧靜的日子，村民相處也堪稱融洽。只是如今寧靜不再，人與人相處也亂了套。

他加入了一局氣氛惡劣的射飛鏢比賽，參加的都是喝悶酒爛醉的男子。當中也包括丹斯德・克普利，但輪到他時屢射不中，因此被罰買一輪酒請所有隊員喝。

「去你的。」克普利舉杯說道。凱文乾笑了一下，但他並不覺得有趣。他不禁再度納悶起來，自己到底是哪根筋不對勁，居然會讓這樣的理髮師操剃刀貼著自己脖子。

其他人開口替他道歉。

「不需要啦。」凱文這樣告訴他們。

丹斯德．克普利也覺得沒這必要。「汝們少替我道歉。」說完朝地板吐了口水。「該道歉我自己會來，但時機要對，現在不是時候。」

凱文走到一邊去。他想離開，但還是留了下來。小屋太過安靜，他需要人聲喧嚷。一會後，他接受了一名俊朗挺拔女子的撞球邀約，對方就是他的客戶，馬克杯和抹布店店主，赫拉．狄屈（Hedra Deitch）。

她惡狠狠地衝開球，喚凱文「我的情郎」，還對他數落自己丈夫的不是——那個人正像頭被獵殺的動物一樣癱在吧台上，還一直咳個不停，將血絲都吐進一品脫裝的棕啤酒瓶裡了。

「他辦完事情癱在我身上就是那副模樣。」她聲音大到足以讓他聽見。

凱文不曉得該說什麼好。

「吃屎啦！」她丈夫丟過來這一句。

「你自己去吃！」

凱文原本想離去，但依然留下來。

「你還以為他巴不得想跟我離婚。」赫拉．狄屈繼續說下去：「但沒有，為了孩子，我們還是在一起吧，他這樣說。真是好笑。天殺的！他才不在乎小孩，甚至還懷疑不是他親生的呢。」

「是他的嗎？」凱文問。

「情郎，你覺得呢？」

「我無法想像妳讓別人的孩子假裝是他的。」凱文說。

她笑得嗆到了。「沒辦法想像是吧？那你的想像力還不夠活絡。」

凱文努力想像了一下還是作罷。他被赫拉・狄屈強吻後獨自回家——色心大開強吻自己不熟也不中意的人，並非男性的專利。兩性想要的話都能硬著來。

路上有一鉤新月開道。從前在這樣的夜裡，還可以聽見海潮的聲音，那怒濤襲擊岩岸，如同呼吸般吐息，但村裡紛亂的喧囂淹沒了其他所有聲音。朝屋子走了四分之一哩路，經過狄屈家門口，只見夫妻兩人吻得火熱。在凱文眼裡兩人有如一頭野獸，為了想咬噬自己的嘴而瘋狂。獸的皮毛散發濃厚的啤酒和魚腥味。要是凱文沒聽錯，此時赫拉・狄屈嘴裡一下要她不成材的老公吃屎，一下頻說對不起。

稍早那不合節氣的暖風吹來海豹及鼠海豚的味道，天候已轉寒冷刺骨。遠方海上不知道有什麼正在腐爛中。

有人陪伴也不賴，但他心知肚明身旁無人是自己的錯。「與人交往永遠是在找麻煩。」他父親以前總是這樣說，伴隨著他那癡狂寂寥的笑。但他沒必要聽父親的話。人不一定要效仿自己父親，對吧？

他單膝著地，透過屋子的收信口往裡頭窺探。眼前所見讓他大吃一驚，不禁踉蹌跌坐。有人洗劫了屋子。地毯上有血色。怔了兩、三秒後他才好不容易平復過來。有什麼好驚訝的呢？這難道不是他預期中的結果嗎？如今插在他肩胛骨上的刀子……

他再看了一次，並不擔心會看見什麼。總算解脫了，他心想。終於。

但一切終究還是跟最初的擺設一樣，不管是那疏於打理的地毯、茶杯，或拖鞋。電視機正透出藍色螢光。一切安好。他在家。獨自一人。

閃著血色之光的是他的電話機。

❖

那聽起來像是在歌唱。不是齊聲合唱，而是比較隨便、不耐煩的聲響，像是配上旋律的叫嚷。他可以聞到燒焦的味道，卻沒看到火，只見煙霧。接著一朵巨大的焰火薔薇瞬間綻放，彷彿用盡氣力，想以花瓣包覆整個燒成焦炭的天空。在火焰的照拂下，他勉強看出一道人影，那是一名瘦小的男孩，從高牆上墜下。男孩還沒墜地前，歌唱聲便已顯得顛狂，彷彿歌手們覺得自己的吟唱便是關鍵所在。「打倒——的敵人！」他們高喊著。這歌聲之狂亂，他也聽不清唱的是什麼。是人生嗎？打倒人生的敵人？還是老鼠？打倒老鼠的敵人？總之就是打倒他們。他彷彿認得出那座塔樓，男孩從上頭像具沒重量的玩偶持續輕輕飄落。是的，他知道那是哪裡。在火場中，在那些牆後，他曾跪倒在一名母親身旁——經過這麼久，他也說不上那是不是自己的母親了。她雙眼睜得老大卻無視一物，身上的衣服被撕破。喉頭被割開之處綻放著一朵猩紅色玫瑰，雖比短暫照亮天際的薔薇微小，卻同樣懾人，美豔的細流從她胸前潺潺而下。他伸出手指蘸了一下，好似紅酒，貼在唇上品嘗。打倒我吧，他作此感想。

第二章　嘰喳之夜

二十七號星期五

齁——喔……

在此提醒初次打開我日記的讀者，我寫作的初衷正是為了那晦暗不明的後世，「齁喔」表示我的腦子正咻咻地轉動，而非嗤之以鼻。

看起來他似乎從父母身上學會，要採取那樣心機繁複的預防措施，而他們或許也是從自己父母身上學來的，否則就不過是疑神疑鬼作祟罷了……

我以此結束針對凱文．「可可」．柯恩所寫的第一份報告。眼前的黑色資料夾裡有一份備份。保存備份永遠不會錯。我是用猜的，這點我承認，但猜測是我負責工作中重要的一部分。我的意思是，雖揣度卻深解人心，兼備可靠的直覺與敏銳的觀察，這一點我自豪不會輸給任何人。或許還不僅如此。我的工作——我不會稱自己對凱文．柯恩所進行的觀察為「工作」——是最值得信賴、對眼力也最要求的一個行業：良性視覺藝術教師，我本身也是一位畫家。當然是山水風景畫。因此他們給了我貝塞斯達（Bethesda）的西疆，作為我的創作領域。貝塞斯達擁有悠久的素樸藝術傳統，即日常生活中所領會的精神性，另外當然就是聖末底改山（St Mordechai's Mount）了，我從工作室窗戶就能看到，退潮時也能步行前往。我著實不願自誇，但我的「聖末底改山四季全貌十七幅」展示於新國家藝廊教區美景廳最顯眼的所在，是我迄今最佳作品，我也深以為豪。雖然更樂意留在諸多不便的首都，即使只是為了彷彿置身世界中心的虛榮，且飲食也稍微好一些，不過我在貝塞斯達藝術學院擔任的職位也足堪慰藉。一方面是擔任繪畫科的領導人物，再者我們系上對「感受」這門學問的投入全國首屈一指，這樣的工作很難挑剔。我也聽人家說過，貝塞斯達從無感轉為有感的藝術比大部分藝術學院來得簡單，因為對我們而言，感受從來不曾真的遠去。觀念主義，史學家如今稱之為思考機器藝術，向來都屬於城市而非鄉村的流行。這裡也有人從事這種藝術，卻無真正的熱情或天分。地方上有幾個陶藝匠忘記了或根本拒絕遵守自己的職責，默默地、慢慢地打造華美甜蜜的幻夢，甘冒大不韙做出奇形怪狀的作品，那些玩意兒絲毫不具實際功用，所描繪的情狀也讓觀者深感不悅。他們也懶得解釋，僅說這種不愉快的觀看經驗便是藝術本意。但他們玩笑般的創作終究只是徒勞。不管他們描述的主題有多下流猥褻，對鄉下人來說根本是家常便飯，想都不會多想。至於裝置藝術的反諷意味，則必須擺在百貨公司裡才看得出來；正如人必須看到遼闊的天色和變幻無常的海象，才能理解畫家下筆的靈感。追求美感並沒多神祕，每天睜開眼睛所見即是美景。我也一直常說，真正的耽美並非濫用顏色，而是摒棄色彩。但色彩早已佚失。整整三代人沒看過真正的顏色，只見過粉色唇膏、藍色電流和電視螢光之類的東西，這些不過是對真正色彩與其生成的嘲諷，並非藝術愛好者彷彿親眼見到上帝尊容般的生猛感官體驗。我說太多了。想知道我更深入的想法，請翻閱貝塞斯達本地藝術誌《崇高之美季刊》，很多期都有我的文章，透過國內任何一間藝廊或較具規模的報章經銷商都可訂購。我以本名愛德華．埃佛瑞．菲尼斯．澤曼斯基（Edward Everett Phineas Zermansky，朋友叫我埃佛瑞，家人管我叫菲尼）撰文，而且別人都說我寫的東西很好讀。

這個嘛，總之我老婆這樣跟我說。

至少她沒存心想唱反調時是這麼說的。她在女性朋友面前都叫我叨絮的菲尼。當然了，她們都曉得她這麼說並非有意。

我不會說兩人之間會吵架。但來自廚房和臥室之外的不良影響，我們也難以倖免。那是一定的吧？畢竟我們都是一家人，不是嗎？

言歸正傳，觀念主義那尖酸慘白的風格，讓全國上下變得麻木不仁，這早已是今日藝術家的共識。藝術家當然深感愧疚，然而藝術並非人心變得遲鈍的主因；但「那件事」，或者說「嘰喳之夜」，膽子沒那麼大時我會這樣說，而不是直接提起……很多事情啦，其中之一便是當時盛行的人際互動模式，最後甚至促進了「那件事」的發生，雖然那絕對說不上是導火線。我會說「那件事」之所以發生，是因為我們麻醉了自己的感官，先是遭受現代主義不拘型態的摧殘，隨之又被「後」現代主義胡來的情感擾亂。之所以說「我們」是因為區別出「他們」也毫無意義。沒錯，這樣說的風險很大，因為「他們」如今成為被管制的敏感代名詞，但我只要確定四下無人（這當然是種比喻），便會戳破那種異化的主知主義，因為它先是摧毀了自己，然後不可避免地波及我們所有人。但話說回來，我戲稱為「嘰喳之夜」，正因那與當時所盛行的一切同樣聒噪不安，始作俑者的奇技淫巧最後使他們付出莫大代價。姑且稱之為命運的諷刺吧，這正巧是他們最喜愛的概念，這也真夠諷刺了。事情得講清楚：人皆有過，但有些人是自找的。身形再怎樣龐大的野獸，也會被微小的寄生恙蟎給搞到抓狂。尤其當恙蟎夠聰明的時候……我言盡於此。

除非……不，我還是打定主意不說了。「你太多話。」黛梅莎（Demelza）老是這樣說。而我是個聽老婆話的男人。

或許未來的世代會說我們現在是感覺崇拜，但有感覺總比沒有好，感受愛總比反過來好。簡單來說，活在當下總比過去好。倘若能避免回到那不光彩的過去，或任何相似的情境，而必須付出的代價是一定的戒慎與猜疑，我想也是值得的。因此……好吧，因此我會是現在這樣。就如黛梅莎娘娘所說，我的齁齁喔喔。我不會監視自己的學生或同僚，只是提高警覺，這樣而已。為了什麼？該怎麼說好呢？為了所有被留下來的人事物。為了那些戛然而止的事情。為了不合時宜的東西，有位知名人類學家就是這樣形容灰塵的。為了預防再犯。任何形式的再犯正是我們最怕的。因此這樣的工作落到了在藝術學院教書的人頭上。因為藝術追求冒險創新，也是人類最容易再犯的一種行為，它本身就是一種對既存事物反動的反動。如果情況允許，人們的行為就跟野蠻人一樣，只有從事藝術時，他們會自命為原始主義者。就算他們沒被原始主義沖昏頭，也會被鑽研人性本惡的心理美學給攫住，仔細一想，這也是另一種原始主義。因此肖像畫是更進一步的反動，深受鄙視與勸阻，當然勸阻的手段符合自由社會的規範。大體上來說，這透過獎賞文化來達成。要是所有掌聲都給了風景畫，一心出頭的藝術家怎會想白費精力畫那無趣且殘酷的人臉肖像？我雖然不想假裝謙遜，但要不是很早便遵守大自然的美感定律——我忘記說了，我全稱其實是愛德華．埃佛瑞．菲尼斯．澤曼斯基教授，FRSA——我也不會有今日的待遇與年資。不用說，有其他畫家的作品比我更具實驗性，但我那些不順遂的同儕們，私底下依然嚮往怪誕奇異、甚至墮落的元素（雖然他們根本不敢大聲張揚），他們都得等上好久才能被人看見，拿到終身教職的時間甚至更長。

回到一開始的話題，我不會對自己漫無邊際的風格感到抱歉。「專心點！」察覺學生跟不上我講課時我會這樣說。「專心點！」甚至發現妻子偷看手錶時我也會這樣說。那本凱文．柯恩的黑色檔案夾裡所記載的內容，我也不敢完全居功。雖說我「有在注意」，但也只是最低限度的注意，重要程度為灰色等級。只要把觀察的對象當成鳥類，我就跟週日的賞鳥家沒兩樣。嚴肅的鳥類科學研究當然就交給別人了。因此在進行觀察的過程中，雖然我一向盡心盡力，但從不認為自己看到了什麼或錯過了什麼真正很重要的事。直到現在為止。突然間，我察覺到自己必須有一點成績。彷彿我一直觀察的尋常家雀一夜之間成了瀕臨滅種的生物，我的一舉一動攸關物種的存續。不知道的事情我不會裝懂。我的報告現在都接受更嚴格的監控，因此我也不敢說像凱文．「可可」．柯恩這樣的尋常家雀，是否成為了優先對象。我覺得他身上有點蹊蹺，或者應該說我覺得「他們」覺得他身上有蹊蹺。必須說我喜歡這個傢伙。好幾年來，他每週有一天會來學院，教授用木頭雕刻愛勺的技巧。我很欣賞他的作品，很精緻，不過有人覺得他太假了。不是學生，他們喜歡他那正直到難搞的作風，正如我激賞他的作品一般。我也深信對學生做意見調查的話，他們只會有溢美之詞。不過學院裡的資深人員對他很有意見，因為他不會跟他們一起喝酒，而且在圖書館的禁書區逗留太久。據本校圖書館員蘿哲溫・費根布拉（Rozenwyn Feigenblat）所言，他讀的東西並不多，經常書翻沒兩頁便兩眼放空，彷彿在思索自己來此的用意，而且他也不常開口說抱歉。我當然不是指對閱讀感到抱歉，而是對任何事情他都不道歉，不管是自己不小心或忘了東西，或是太過魯莽或自相矛盾。他給的理由是他獨居，工作也一個人，因此鮮少有發脾氣的機會，根本沒有事情可道歉。這種說法顯然有欠思考，也沒辦法幫他在學校裡交到朋友，因為老實說，大家都不覺得自己真的有什麼好道歉。但學院制度就是這樣子，你必須照著主流的假說來玩。不只個人是如此，大致上，不管什麼事情都爽快地道歉，總比普魯斯特式哭哭啼啼緬懷往事來得好（雖然現在已經沒有人讀普魯斯特了，這個形容詞還是留傳了下來）。這方面我仰賴的權威是媒體哲學家瓦勒里安・格羅森伯格（Valerian Grossenberger），他寫過《道歉的七個理由》。幾年前他在國家電台主持的每日講座，可說改變了我們所有人的思考方式。據格羅森伯格所言，現代社會花太多時間在回憶與懺悔。在糟糕的往昔，「勿忘前事」乃最高指導方針，我聽說當時甚至連方尖碑和陵寢等醜到不行的紀念物都不能動，但這先是導致了大規模的精神官能症及無能，後來更是無可避免地引發了莫大紛爭。與其一直執著於令人精神耗弱的被害心理，格羅森伯格認為那些堅持勿忘前事的人，不如把「我原諒你」當成自己的墓誌銘。我們說不定會因此而原諒他們。但他們錯過這樣的機會了。到了現在，誰又要原諒誰做了什麼呢？唯有讓眾人都開口道歉，但不涉及道歉的緣由，這樣才能根除責罪於人的概念，罪惡感也終獲麻醉。

格羅森伯格最近來貝塞斯達學院演講時，雖然年歲已大，說理的功力依然高超，他替道歉這檔事下了個結論：道歉能讓我們從互相攻訐的過去中釋放自己，迎向不交相指責的未來。大家都起立鼓掌，部分是因為這聽起來像是他在為自己一路順遂、成就卓著的生涯，下最後的溢美。不過要是你問我，我還真的不知道凱文．柯恩是否也在場，跟大家一樣都起立叫好。

這點我沒多想。他說不定就是個天性溫和的人，道歉這觀念對他來說根本就很古怪。也或許，他還沒克服自己人生中「勿忘前事」那個階段。希望不是後者那種情況，他不過是怪了點而已。「我覺得他怪怪的。」妻子前幾天才剛這樣說過，當時我們邀請他到家裡共進晚餐。「眼睛老是往下垂，又一直洗手檢查水龍頭。感覺是那個男人來到了家裡。」

「馬克白夫人？」

「我都說是男的了。」

「龐提烏斯．彼拉多[1]？」

「對啦。」

「就像是畫家杜勒那幅傑作中——」

「菲尼，你不用替我上課。就是他對啦。可是假如他在我家都這樣子了，那在自己家裡會怎樣呢？」

「妳是說龐提烏斯．彼拉多？」

「凱文啦，蠢蛋。」

「不用講，一定更糟。情況會更嚴重。」

「我搞不懂的是，他怎麼知道什麼時候該住手。他幫忙洗碗時一直跑到爐灶邊，確定瓦斯關了。我跟他說：『我檢查過了。』但他說他怕自己擦碗盤時不小心碰到開關，麻煩點總比後悔好。但他究竟什麼時候才能確定一切安好？」

「妳應該問他的。」

「我問了。但他答了等於沒答。『永遠都不行。』他這樣說。」

「永遠都不行？」

「永遠。很慘吧？」

「是呀。可是他總有得住手的時候。那傢伙會睡覺吧，我的老天爺。」

「這一點我也問了。照理來說你會睡覺吧，我說。那你什麼時候才會休息？到什麼地步你才會閉上眼睛。而他的答案還是一樣不明不白。『等到我撐不了的時候。』他說。那你怎麼知道時候到了，我問。他說：『就是知道。』」

「或許就是累了的時候吧。他感覺就是很容易累的人。男人都很容易累的，妳也知道。」

這句話惹惱了她。「女人就不會？」

這句話則惹毛我。「當然會，但我們又不是在討論女性。」我厲聲反駁。「也不是在說妳。」

---

1 龐提烏斯．彼拉多，Pontius Pilatus，羅馬帝國猶太行省的第五任總督，最著名的事蹟是以羅馬皇帝代表的身分判處耶穌釘十字架。但在四卷福音書中，彼拉多皆是不情願地行刑，其中在《馬太福音》，更以「洗手」表示不負處死耶穌的責任。

我們氣呼呼瞪著彼此的臉。

為什麼她總是這樣，我心想，任何事情都要牽扯她的性別？

我為什麼總是那樣，我看見她暗自地想，非要對她挑三揀四？

我心想，她的眼睛為什麼一下子就盈滿淚意？

我知道她在想，我的眼睛為什麼一下子就充滿怒意？

我怎會娶她呢？我不禁感到奇怪。在她那身慘白肌膚和突兀的小朝天鼻裡，我究竟看到了什麼？

她怎會接受我這樣一個碎嘴的人呢？我聽到她這樣問自己——怎會讓我那一嘴爛牙吸吮她的乳房？怎會讓我身體任何部位接近她？還要忍受多久才會出手打我？

我怎能克制住自己不出手打她？

我偷偷溜走。

她跟著我進到工作室。

我忐忑不安，不曉得她手中是否握著廚房的刀。那把她最近才剛磨利的切肉刀。我閉上眼睛。

我倏然轉身，她嚇了一跳。她在怕我手上可能握著的東西嗎？切邊刀？我的刮鬍刀？還是榔頭？

「菲尼，我很抱歉。」我聽見她說。

「黛梅莎，我也是呀。」我說。

我倆都感到抱歉，邊做愛邊在對方耳鬢嗚咽說著自己有多抱歉。我吻著她小巧的鼻頭，她坦著乳房讓我輕齧。對不起。對不起。究竟對不起些啥呢？我們也不曉得。但可確定的是，毫無來由的發怒已經成為我們婚姻的常態。我們之間已經沒有愛了嗎？我不覺得。朋友們也有相同的狀況。牢騷抱怨來得像一陣風，消失得也無影無蹤，只不過每一次要再恢復相親相愛的時間都變長了點。我們給了這種現象一種說法：我們就是被壓得喘不過氣來了。但為什麼呢？怎會如此呢？我們明明什麼都不缺，身旁圍繞著美的事物，一切紛爭的根源也都消除殆盡了呀。

總之呢，在這次不愉快的爭吵過後不久，凱文．柯恩的檔案代碼才從灰色轉為紫色。紫色而非朱紅，因此算不上危險等級。不過我現在可以理解了，其他人都需要某種肯定，甚至可以說是種認知的強化，說穿了就是這樣，他們藉此確認自己所知道或不知道的事情。凱文．柯恩正逐漸成為珍貴之物。

第三章　四個D

一

艾琳一直打給凱文。不過她做這些並非出於本意，都是順著另一位同伴的意思，對方還要她更進一步留言。「就算打個招呼都好。」她說。

「伊茲（Ez），等妳更了解我之後，」艾琳這樣告訴同伴：「妳就會知道我不是會透過電話留言跟男人打招呼的女人。他們不接電話就拉倒。」

「等妳更了解我之後，」伊茲說：「妳會發現我不會慫恿別人去做他們不情願的事，我不是那種女人。但這不一樣。妳魂不守舍的。我從沒看過妳這樣垮著一張臉。」

「那是因為妳不常見到我。垮著一張臉也不是我願意，我天生就這樣。」

「才怪。妳剛認識他時滿懷希望。還說妳覺得自己可能遇見知己了。」

「我才沒有！」

「妳說了，妳覺得自己遇見可以相處下去的人。」

「我覺得這兩者很不一樣。」

伊茲神經纖細，凡事小心翼翼，就艾琳看來，似乎不甚習慣人際互動，此時卻傾身貼著她。「對妳來說是不一樣。」她一副了解艾琳壓力的樣子，有時教她難以承受。「男人除非與妳心靈相通，不然別理他。」艾琳揚起一邊眉毛。她自認和伊茲還沒熟到可以討論這種事的地步。她也不確定兩人是否熟到可以讓伊茲幫她將茶端到床邊、擰鬆枕頭後輕拂她的手，後來她把這一切都歸因於年長女子太過寂寞。當然也很體貼就是了。但主動與自己變得熟稔、打聽和男人的關係、私下的喜好、狀態是否無恙，甚至一股腦熱心地替她跑腿打雜，老天爺呀，這一切不管用意多麼良善，對她來說都實在是太過厚臉皮了。

艾琳並沒因此發脾氣。伊茲看起來不像是會四處刺探、亂翻她衣服或擅讀她信件的人。她很肯定對方不會那樣做，也不至於打電話給凱文，甚至轉述她剛跟艾琳說的那番話。此外，年紀較長的女人有些任性冒昧，也比年輕女子來得易於容忍。那豈不就是兩人之間未言明的約定，伊茲需要年紀小到能當她子女的人為伴，而艾琳……她當然不需要再多個媽媽，但好吧，至少是她不曾擁有過的長姊、阿姨、摯友吧？但即使無此，伊茲還是太過心心念念，她緊繃的情感強度讓艾琳稍稍感覺不舒服。她為什麼坐在床沿，以一種懇求的姿態整個身子轉向艾琳，眼中泛著濕潤微光，一副妳我同為女人的態勢，手裡握著話筒？究竟為何伊茲如此關心她是否留言給村裡的木工？

她曉得自己很幸運，身邊有關心自己幸福的人。她只是不習慣。養母過去對她的確一番好意，但這不持久，例如：她才不會對凱文．柯恩的事表達立場，至少不會有意見。她不曾開口干涉艾琳將來要做什麼、嫁什麼人、生不生小孩。彷彿僅是把艾琳從孤兒院救出來，養育她長大，此外就沒了。感覺像她圖的是對得起良心，因此才去做慈善義舉，而一旦完成後她的責任便了了。接下來不管發生什麼事，對她而言皆無關緊要。因此艾琳了解自己還得學習不同程度的人際關懷。或許母親會那樣，都是因艾琳造成的。或許她缺乏讓人喜歡的天分。她確實欠缺讓自己喜歡自己的天分，在這一點她倒是很感激伊茲。

說到這裡，她是不是該再給那個笨拙的男子一次機會呢？畢竟一開始他對自己如此溫柔，堆著滿臉微笑，低頭親吻自己眼下的瘀傷。總之他與其他人不一樣，值得自己堅持下去。

管他的，她心想，雖然她並沒告訴伊茲自己改變心意了；她不希望讓她覺得都是自己的功勞——**管他的**，這次電話無人接聽她選擇不掛斷，豁出去賭了一把。

嗨。我是艾琳。還記得我吧？腳踝很粗的那位，想起來了嗎？長話短說，因為她相信他的時間很寶貴，她想讓他知道自己在鏡子前正看側看，結果的確，是太粗了點。而且不只腳踝這樣，她的腰也太粗，還有頸子也一樣。她察覺到自己就跟當初他口無遮攔、又說只是開個玩笑的那座花園一樣，整個都長得太茂盛了。對了，她很感激他讓自己了解什麼叫開玩笑，希望下次他再對她這麼沒禮貌時，自己聽得懂他的玩笑。

總之呢，假如他想知道的話——而他又為何想知道呢？——她已經決定下次村子裡舉辦體重監察日時，自己會去量體重。

我的事就說到這裡，那你呢？你打算拿自己的豬腦袋怎麼辦？

她沒笑出來，好讓對方清楚自己也懂得幽默。她才不要讓他輕易對付自己。他猜不透自己的話，就沒辦法看透她的用意。她不想跟只顧著讓自己聽懂他笑話的人在一起，他必須也聽懂自己的笑話才行。她也不想跟聽不出自己已經鼓起多大勇氣的人在一起。雙方都不肯冒點風險的話，何苦繼續交往呢？

再見，她說。語畢卻擔心這聽起來太過決絕。還是說再會好呢？那樣又好像太拚了點。不，就再見吧，她說。早知道不該打這通電話。

說到底，愛情究竟有什麼好處？你一旦墜入愛河，馬上就面臨死亡的問題。要不是你愛上的人想要置你於死地，不然就是對方不想殺你，你卻開始擔心得與他分離。

那是在開玩笑，對吧？這一點她可清楚得很。

凱文聽到她的留言。雖鬆了一口氣卻也不敢太早放心，心不甘情不願地回電。聽到她接起電話時，他有點不可置信。

哦！他說。

哦什麼？哦，我沒想到妳會在家。

很好，她心想。他以為我出去了。

兩人都能聽見彼此吞口水的聲音。

妳別去量體重，他對她說。今天他們打成了一團。況且，妳這樣就很棒了。

很棒？就只有很棒？

不只是棒，是完美，可人。她不該理會他說些什麼，這個人怪怪的。

是因為他講話沒經過大腦，或是看到根本不存在的事？

他想了一下。兩者皆是，他說。還有其他許多原因。他這個人各方面都有問題。

那我的腳踝不粗囉？

不粗，他說。

粗的話，你會在意嗎？

這個他得想一下。不在意，他說。我一丁點兒都不在意。我才不管妳腳踝有多粗。

這麼說是真的粗了！你只是為了遷就我，決定暫時視而不見罷了。這樣是很大方沒錯，但也表示將來你不再大方了或想取笑我時，又會開始在乎。到那時就太遲了。

什麼事情太遲？

她說過頭了。

他靜候她回答。

以朋友的身分分開。

我答應妳，他說。

你要答應我什麼？

我們不會以朋友的身分分開？不夠。我們絕對不會分開，就這樣？太好了。我以後不管妳的腳踝了，他決定這樣說。我發誓。

那現在這是怎樣？

凱文嘆了口氣。妳贏了，他說。

我贏了，她心裡想。

這一個看來難搞了，他心想。

同時卻也在想，看來注定就是她了。

二

講完電話的次日早上他坐在長椅上，想著自己是否即將經歷所謂的幸福快樂。如果是的話，他又是否準備好了。有個說話的對象的確不賴，跟自己同齡、小一點或老一點都沒關係，總之是能夠一起沉思的人。但來了個可以一起沉思的人，心碎也隨之而來。他跟那個自己絕不會再對她腳踝多嘴的女孩，兩人在這件事上有志一同。雖然他們都還不曉得，思考愛情等於思考死亡。

他很少思念母親，但是現在卻想起了她。「媽，怎樣做才好？我該放手一搏嗎？」不過她總是很消極。**怎樣做才好**？怎樣做都不好。對她而言，什麼都不做才是上策，不要惹麻煩，乖乖等死就好。

至少這是她給凱文的印象。事實上她過著祕密的生活，即使這樣的生活總是圍繞著死亡，但這也意味著她在當中看到值得冒的險。難道因為她愛凱文勝過愛自己，才不建議他冒險？

這種愛好怪，凱文如果知道的話可能會這麼想。

至於他父親，這類的對話肯定同樣不可能。「你總是會傷害你愛的人。」父親在他第一次被女孩子甩掉（jilt）時這樣說道。凱文還以為父親講的是自己耳機裡聽的老歌。他父親平常話並不多。

「可是傷我的人是她啊。」他回應道。

他的父親聳聳肩。「嗶—叭—叭—嘟。」他說道，連耳機都沒拿下來，看起來活像個心知自己飛機快要墜落的飛行員。

「那麼我就放手一試了。」凱文這樣對自己說，彷彿已經考慮過所有沒人給他的明智建議。但他還是要先在心裡頭想過一遍。

看見丹斯德．克普利唱著歌出現在小徑上，凱文一肚子火。他拉低那頂鄉巴佬氈帽，蓋到眼睛，腳下踩著不合時宜的厚重靴子，拽著那裝滿滯銷手冊和蕁麻護髮乳的背包。

「你想坐長椅的話我可以讓給你。」凱文說：「我還有工作。」

「如果偶要坐的話會自己早一個。」克普利說。

今天一早倒是扮起土包子來了，凱文想。這不是他唯一的念頭。另一個是「去你的」，雖然他平常不是會罵髒話的人。

他的嘴肯定不自覺地動了，因為克普利問他說了什麼。一不做二不休，凱文決定學艾琳的招數。

「我說：『去你的。』只是把你昨天在酒吧裡對我說的話還給你。」

理髮師伸手摸摸臉。「對啊，我有時候會醬縮，」他承認。「心情不好會罵得更難聽。」

「我不懷疑。」凱文說。

「像『khidg de vey』，你知道是什麼意思嗎。」

凱文點頭不說話。這是挨著日子過活的方法：點頭不說話。

「不知道，對吧？」丹斯德．克普利洋洋得意地說下去。「但是偶給你猜。」

「肯定是去幹你自己之類。」

克普利對空揮拳說道：「偶們快要把你當成本地人了。正確答案。」

「我不是為了讓你繼續臭罵，才提起你昨晚對我撂的粗話。」凱文說。他知道自己聽起來有點道貌岸然，但現在已經不能回頭了。「我不喜歡人家這樣對我說話。」他接著說。

「喔，是喔。」

「對，我不喜歡。」

「豬媽齁。」

「讓我猜……意思是『你媽幹豬』。」

「差不多，差不多。吃偶的屁。」

「你還真是重要情報的寶藏啊。」凱文說著從長椅上起身。

「幹我這行的就是這樣。你知道這裡誰是第一個說『豬媽齁』的人？」

「你。」

「我是說第一個。」

「不曉得。我當時應該還沒來這裡。」

「還沒，你還沒來。所以偶告訴你。是巨人賀法倫（Hellfellen）。他就是這樣趕走陌生人的。他就站在這個懸崖，就是你現在這個位置，把手當作號角，放在屁股上吹出『吃我的屁』，聲音大得可以傳到三郡外那麼遠。吹過以後除非必要，不然沒人會想來這裡。」

凱文對民間傳說沒興趣，神話裡粗野的半人半獸讓他害怕。而且他討厭巨人的故事，尤其是會講髒話的巨人。如果真有神祇的話，他希望祂們是超俗脫凡不會放屁的神仙，滿嘴聖潔的話語，不然就保持隱形。

「我們這兒就是懂得如何熱烈歡迎他人。」他說。

「我們？」克普利用手當作喇叭，湊在嘴上打嗝大笑。「是噢，我們的確是呢。」

「所以說你叫我幹自己時，只是想表達友善的意思。」

「就是這樣，凱文·柯恩少爺先生。吃我的屁也一樣。我是在展現兄弟之情，我跟哥兒們就是這樣。我可以免費幫你剃鬍子來證明。」

凱文·柯恩少爺先生拒絕了。「豬媽齁。」他想這樣說，但沒說出口。

他對髒話的厭惡幾近噁心的程度。學校裡雖然沒教拉丁語，有位同學告訴他拉丁語的「幹你自己」是「*futue te ipsum*」，雖然好聽一些，但意思好不到哪去。「吃我的屁」也是。不只是因為他不想吃屁，也不想別人吃他的屁，尤其不想跟最適合罵這句話的對象扯上關係，光是這個字眼的發音都讓他退避三舍。「屁！」就算拿掉克普利粗俗的發音，都足以讓人厭惡起自己的身體來。說髒話是一種對別人施加的暴力，也是褻瀆自己的醜陋行為。他就是無法容忍。

他從來沒聽過父母親說髒話，除了一個例外。這個獨一無二的例外可以運用在許多地方，他父親會用「批斷聲」冠在他想譴責的字眼前面。比方說，用「批斷」來轉譯「那件事」，就會變成一句刺耳傾軋的冷笑話（jestless jest-speech），成了「大批斷災難」或「超越所有批斷災的批斷禍」，或者單純說「批斷劫」。結尾總是伴隨著一聲細微、自滿的勝利嘶鳴，彷彿光是在字前面冠上「批斷」就是一種解放。但講完後他總會嚴詞警告凱文，不管是私底下或在公共場合，都不准亂「批斷」。

除此之外他聽父親說過最糟的話，就是「我好像忘了弄亂他媽的客廳地毯了」。

即使只是這樣，他的妻子也會責備他。「豪爾！在兒子面前別這樣。」

這不只是對髒話的厭惡，兩人彷彿曾發過誓，共同生活的這項任務是否成功——以他雙親的身分一起生活——取決於兩人是否遵守誓約。

為人父母他們年紀大了點，這也解釋了一些事情。他父親的確年紀大，母親則是老成。這使得他們對他特別殷勤，無微不至中帶著自責，好像他們覺得自己必須為了年邁或老態補償他。他父親在生命將盡時，承認自己犯了一個錯。「我們要是讓你更像其他人的話，說不定對你比較好。」他說。「我們想保護你卻用錯方法了。願上帝原諒我。」

他的母親早一個月前去世。幾乎從他有記憶以來，她便逐步邁向死亡，因此她的辭世乃預料中之事，雖說走的方式很意外。當時的狀況令人費解，她在小屋不遠處散步，卻遭受多重燒傷。她不抽菸，因此不會帶著火柴。當天也不熱，附近也無明火。除非有人放火燒她——若是這種情況，她並未失去意識，肯定會指出是誰幹的——或者她人體自燃——這個理論被推翻是因為她軀體沒灼傷，只有四肢被燒。她靜臥病榻三天，沒有一句抱怨，也看似不覺疼痛。她的遺言是「終於等到了」。

但他父親是被無處發洩的怒氣慢慢燒死的，死時享年八十歲，雖然外表更顯老態。在一些老人家的臉上，有著因為缺乏表情運作所產生的肉垂，彷彿那塊皮囊已經用不上似的；但是他父親的皮膚，隨著死亡逼近繃得更緊，彷彿皮肉下的頭骨控制不住地膨脹。臨死的最後一夜，他要凱文挖出他藏在樓梯下面、標示「私人物品」的箱子，拿出古老的音響，反覆播放盲人歌手雷．查爾斯的歌〈你是我的陽光〉。放音樂時他搖晃著拳頭，不過凱文看不出來是對著他、對著雷．查爾斯，還是對著世事的殘酷諷刺在揮拳。「笑話（joke）啊。」他父親說：「真是個大笑話。」

在他的殘燭之光終究熄滅後，凱文還得將父親的手指扳直。

他讓音樂繼續播放著。

凱文老早就知道那個標著「私人物品」的箱子的存在，其徒勞無用令他感傷。標示為私人物品就會讓小偷斷念了嗎？還是為了阻止凱文和他母親窺探？他不知道到底還有多少箱子標明私人物品；有些是紙箱很好打開，有些則是上了鎖的金屬箱子，但每一個都有編號，他父親將箱子偷偷藏在床下、衣櫃上、閣樓中、工作室裡。一般說來囤積物品是不被允許的，雖無法律明文禁止，但你知道不該那麼做。可是凱文不覺得這樣算是囤積。囤積當然是隨意又雜亂的，是錯亂人格的外在表現。他父親的箱子顯示他是一個謹慎、有條有理的人，性格或許有點太過隱晦。但他曾經在書上讀到過，喜歡保留東西的人，不管有無條理，最怕的就是失去，害怕失去實體事物的恐懼替代了害怕失去其他東西的恐懼：愛、幸福或自己的生命。他不需要證明父親是個擔心受怕的人。唯一的問題是他長久以來在怕什麼。

凱文知道答案，同時卻堅稱自己不知道。你可以知道而不了解，而凱文不知道卻能體會。貝塞斯達藝術學院圖書館裡的刪節書區，有些書的書頁被撕掉。凱文就這樣坐在那，在學院圖書館員蘿哲溫．費根布拉眼裡，他彷彿陷入了深刻放空的專注中，讀著已經不見的書頁。

他父親有個箱子是刻意標示以引起他注意的，其中一個標示是給他考慮成為人父時所用。至於他要拿其他箱子來做什麼，凱文完全不曉得。囤積用的吧，他猜想。

凱文瀏覽著箱子裡的文件和信件，發現一件關於自己父母的驚人事實：他們兩人是表兄妹。這件事並未明文記載或大肆宣揚，但對讀得懂言外之意的人則顯而易見，凱文就是這方面的專家。從他父母的苦難和多年來不經意說出的話中，他不可能拼湊不出來，他們並非本地人，他們不是因為喜歡海，也不是為了追求簡單的生活而選擇居住在魯本港，他們是「被迫」住在這裡的。可是他從來不曉得到底是哪種脅迫，是誰或什麼將他們帶到這裡，他們又為什麼會待下來。現在他知道了。即使聽到傳言，這裡也不會有人在乎他們亂倫（凱文認為那是亂倫）。表親？那又怎樣？在這裡我們就是一個快樂的大家庭。親愛的，我們不在乎你們是兄弟姊妹。

凱文當然也想過這一點。實情會比信件裡所透露的更糟嗎？「表親」難道是委婉的說法嗎？

在魯本港和四周村落，人們對血緣關係的隨和態度在國內絕無僅有。若要完全除去人口過度稠密所帶來的病態（也就是造成社會失和的原因），血緣就得轉淡而不是變濃。這個郡之所以能有特例，僅僅是因為當局沒認真看待這事。防疫線可以輕易劃過郡境的一大半，跟國內其他地方分割；光是想像那條線存在，已成功防止嚴重的交叉感染發生，少有白痴（這是對觀光客、甚至是商務客的蔑稱）會想越線。在氣溫比較炎熱，人們說話跟繁殖一樣頻繁的城鎮裡，才需要將表親隔離開來。這一切都在「現下公司」的掌握中，他們深知肯定、鼓勵以國族為基礎的團體癖性會有危險，在某些地方可能是從事娛樂與運動，某些地方則是修水管，那些聚集地的情勢可能會再度升溫。但這一套在貝塞斯達不管用。貝塞斯達人大可以跟他們養的牲口交配，官方當局也不會在乎。

就這件事、還有其他許多事上頭，凱文·柯恩無法像他的鄰居那樣漫不經心。得知自己雙親是表親，甚至可能更親，令他深感震驚。這跟合不合法無關，他不知道他們在法律上是否有錯。但他們選擇隱世獨居，讓他感覺他們肯定是做錯了。對他而言就是像牲畜一樣：居然是表兄妹！這太淫亂了，跟發情的動物沒兩樣。兩人私奔去生小孩，而他就是繁殖出來的後代。在他們牛舍裡，熱氣蒸騰的麥稈堆中受精的生命。近親交配。

他猜想這是否造成了自己古怪的天性。是因為這樣，他才從未結婚生子嗎？是他的基因告訴自己，必須讓髒污的血脈絕後嗎？

他們所處的時空總是那麼遙遠，讓他無法像其他兒子一樣與父母親近，所以他覺得自己很難追究他們犯下的肉體之罪。做了就是做了。他不能原諒的，是他們沒把祕密帶進墳墓裡。為什麼要留下揭露罪證的文件？他們難道不該對他隱瞞他們所做過的事，一如以往隱瞞兩人過去般瞞著他，不管是他們的出生地、家人、往日的身分？他得理清楚的文件所剩不多。至於能佐證他們人生的故事，除了些不起眼的筆記本和字跡潦草的便條紙，已經被小心翼翼地銷毀了。他保留了這些只因為是他們留下的，此外還有一個上鎖的箱子，凱文發了誓除非他自己要當爸爸了，否則絕不會打開——不能提早開，當然也不會更晚開。所以他只好這麼想，兩人是故意不燒毀或碎掉一大把能證明他們血緣關係的來往信件。但為什麼？他們以為這樣是在幫他好好過人生嗎？或者這些信是故意放在容易找到的地方，好讓他有理由乾脆別活了？難道是他們留下的死亡禮物，就像一發銀色子彈或一粒自殺藥丸？

他們還真是周到！把他撫養長大成為一個無法吐出最司空見慣的髒話、感情纖細、如豪豬般渾身是刺的人，始終是個不正常的雜種、畸形、怪胎。難怪他無法對任何人說吃屁或吃屎。他自己就吃了不少屎。

翻閱父母親的文件時，他又發現一個不樂見的事實。他們並非從外地跑到國境邊疆來躲避醜聞，他們都在這裡長大。這也是從字裡行間推敲出來的，但似乎是他們的父母、至少是他母親那邊的人逃跑了。他猜不透原因。難道他們也是表親？

所以根據遺傳學的可憎定律，他又算什麼？一個兩代或甚至四代亂倫產下的怪胎？

三

艾琳的養母認為她幼年曾受過虐待，否則實在無法解釋她時不時就一副憂鬱恍惚的模樣。

艾琳搖頭。「媽媽，有的話我會記得。」她說。

她並非自然而然地對「不是媽媽的媽媽」叫媽媽，而且她看得出來「不是媽媽的媽媽」其實不在乎。但她嘗試了。她倆都努力過了。

「妳說有的話會記得，但這得看那是妳幾歲時的事。」

「相信我，沒有這回事。」

「我相信妳不記得，人心裡有個機制會幫助我們遺忘。」

「會不會是因為我們本來就該忘記。」艾琳回答：「因為根本不重要？」

「這麼說真糟糕。」

會嗎？艾琳不這麼想。不記得的事就當作沒發生過。凡事都記得，人就沒辦法擁有未來。除非你記得的事大都是愉快的，而艾琳可從沒想過回憶是愉快的。

她自己的回憶可以追溯到很久之前。她聽得見遙遠的回聲，彷彿被困在鐵棺裡迴盪的聲音。但她不知道自己憶起的是什麼。

「所以當妳生命走到了盡頭，」她母親繼續說道：「當妳只剩一丁點、甚至完全沒回憶了⋯⋯」

「沒錯，那就等於沒活過。」

「願上帝原諒妳說出這種話。我希望等妳老了以後可別這麼想。」

艾琳笑了：「這樣想說不定比較好呢。」

但她也知道自己的玩世不恭是在虛張聲勢。她的內心其實渴求人生有個不同的開始，邁向讓她不後悔活過的時光。可以的話她願意超越回憶。

她們在家裡，坐在擦得晶亮的松木桌邊，喝茶浸著餅乾，望著外面一片犁過的田。亮橘色眼睛的烏鴉，在犁痕間凶惡地跳來跳去。艾琳心想，牠腦海裡有著什麼樣的回憶。要經過幾千隻烏鴉的經驗累積，牠才學會自己所知的一切？那些烏鴉之中的任何一隻，牠又有什麼知識？甚至對於自己的過去，比方說昨天，牠又知道多少？

艾琳十九歲。她已經住在這屋子裡幾年了？十二、十三年？不管怎麼算，她都不該感覺陌生。但是這裡的一切枯燥拘泥：戴著羊毛帽的茶壺、花卉圖案的陶瓷茶具組、餅乾仔細擺放在盤上、三片薑餅、三片巧克力消化餅、夾方糖用的銀鉗子；整齊犁過的田，只要轉一轉眼睛，她就可以從水平換成垂直，平行的犁溝看似通往天國的梯子；甚至連她那雙眼疲憊、沒有笑臉、從未真正成為她母親的養母——這一切在她的感覺裡，都像是另一個十九歲女孩的人生。至於她自己的人生在哪，還不知道。

她很有藝術天分。這又是另一個讓人覺得她曾受虐的原因。她用粉彩作畫：起伏的田野、擦亮的桌子、她的代理母親（不畫她的代理父親，他覺得她的技巧怪誕又令人難堪）、凶惡的烏鴉。那些神采奕奕、極具創見的畫作，她的老師們欣賞其飄逸世外的氛圍，雖然有人認為她的作品有點太像奧地利畫家柯克西卡的夢土系列。「艾琳，妳腦子到底神遊到哪去了？」那個人問她。

「我哪都沒去。」她說：「我只是把自己看到的給畫出來。」

她知道自己在撒謊。她的確去過某地。她只是不曉得那裡叫什麼名字。

她也不曉得自己為何而去，那也可能僅是回憶還是預兆，或者只是空泛的幻想。

紙花是她獻給養母的禮物。用來表示她有多愛她，自己多麼感恩，多麼地安全舒適。但就連紙花看來也像是從別的星球摘來的。

四

初次發現自己敗德的身世，凱文納悶自己是否會從此對性事反感。他覺得應該會。但答案是不會。至少不是全面反感。他知道得做好預防措施，自己身上可能帶有某種目前為止還沒出現的隱性症狀，不能再將這樣的生命帶到這世上。這意味著不只是要做避孕措施，性交時還得溫柔且體貼，這或許重新賦予性行為原本神聖的意義。正巧這樣的自覺對他不難，完全符合他準確、勉強的本性。他的出生不是為了來播種。

艾琳不介意他沒直搗黃龍進去。總算有點變化。

「跟你『歲』就像跟女人『歲』。」她對他說。

雖然她離開床後口齒很清晰，但她已養成習慣，談論性的時候會刻意發音不準。「歲」、「高」、「乾」，還有「奏愛」。他不知道為什麼。或許是為了讓自己粗野一點。又或者是為了讓他粗野一點。

「這是北部方言嗎？」他曾問過她。

「不。這是我的方言。」說著舉起她那得意、騷包的小拳頭。

沒錯，這就是她將兩人的性共有化的方式，拿掉其中特別的點，好讓它沒那麼脆弱，讓兩人一起站在更為平常的立足點。

她是否覺得他太過小心謹慎？她希望他說髒話嗎？（吃我的屁？）

他挺直身子坐了起來。他們在他的床上。她曾邀請他去她的房間，她已經清掉蜘蛛也重新粉刷，味道聞起來好一點，還布置了巨大的向日葵紙花。但離開小屋在外過夜，他還是覺得不自在。更何況，他獨居而她不是。

「所以，跟我『歲』像是跟女人『歲』……我猜妳覺得那樣是讚美，當然對我而言並不是。除非妳比較喜歡跟女人睡。」

「沒試過。」她說。

「那妳怎麼知道跟我睡起來感覺一樣？」

「因為跟你歲跟別的男人不一樣。」

別的男人！她就不能饒了他嗎？

「怎麼個不像跟別的男人睡法？」

「這個嘛，首先你不像是要傷害我的樣子。」

「我為什麼要傷害妳？妳想要我傷害妳嗎？」

「不，我不要。」

「那麼妳是哪裡不滿？」

她滑下床，似乎是想在被他嚴厲質問時站直身。他試著不看她的腳。

「我才沒有不滿。」她說：「我的感覺很難形容。好像你不在乎我是否感覺到你進入我身體，至少那並非你最在乎的點。」

「喔！那妳希望我打信號嗎？我可以揮揮手帕。」

她注意到他受傷時會開玩笑。

「不，我不是這個意思。我真的不是在抱怨。那很美。我也說不上來，但我不認為你在乎自己在性方面是否讓我有感覺，自己進來後的表現。很多男人會為此大張旗鼓寫歌。『妳感覺到了嗎？妳喜歡嗎？』他們想確定自己徹底征服了妳的身體。他們想聽到妳投降。你卻不在乎我有沒有注意到你來了。」

「來了？」

她停了一會。「對，來了。你感覺好像拿的是觀光護照，路過順便四處看看。」

「對我來說並非這樣的感覺。我不打算去別的地方。妳必須知道這點。」

「好。」

「但是聽起來妳感覺不是很好。」

「是也不是。沒有被侵略的感覺倒是新鮮。不受打擾想自己的念頭也不錯。」

「念頭！這種時候妳應該有念頭嗎？」

「不然就是感覺吧。你懂我的意思，不需要附和別人。不需要定期發布讚美和滿足的布告。話說你的呢？」

「我的念頭和感覺？」

「對。你要的是什麼？」

「啊，妳終於問到了。」

「你不想告訴我？」

「我不知道。」

「不知道要不要告訴我？」

「不知道我要什麼。」但是他為她刻了一把愛勺，整件是從一片木頭刻出來的，可以看見兩個人在上頭緊密交纏。

她做了一對精緻逗趣的紫色紫羅蘭當成回禮，一朵上面有他的肖像，另一朵是她。她把花放在他的梳妝台上，這樣他們就可以一直凝視對方。

「要打掃時動作得放輕。」她叮嚀著。

「我會吹氣把灰塵吹走。」他噘起嘴輕輕吐出一口氣，好似對著蝴蝶飛吻。

「我愛你。」她告訴他。

有何不可？他想。到底有何不可？

「我愛妳。」他說。

他也對她說過了，他沒打算去別的地方。

他不應該評判父母的罪。愛衝上頭誰也分不開你們，而且他甚至還沒能肯定愛已經衝上他心頭。

五

她搬進來了。至少她人是搬進來了。他把他的工作室清出空間讓她做紙花，但是車床的灰塵和噪音讓她無法工作。所以她的工作室和大半家當還留在天堂谷。艾琳與伊茲為了是否該更小心謹慎點有過一次爭吵，雖然伊茲曾說艾琳若搬出去她也不會介意。「聽從妳的心。」她說。但是艾琳還是覺得太早。她已經活得夠久，足以知道人心變幻無常。

她自己的心不是就亂跳了嗎？

她還要她的信件繼續寄到天堂谷。她有自己的收信偏執，可不想因此跟凱文起衝突。她怕信件會遺失，郵差可能不小心把信丟過牆掉到凱文的小花園，或是沒有仔細送進收信孔裡。她並非特別在等什麼人來信，但她相信自己生命裡缺少的某種東西，原本應該會裝在信封裡寄來給她：一個問候、一個不明就裡的優惠特價、一個好處或者一個解釋，甚至是壞消息。但即使是壞消息，也需要面對它而不是一直提心吊膽。想到它來時她可能沒發現，想到凱文可能會當它是垃圾，或者被風吹走，被吹到她不知道的世界，害她一直等著，永遠不曉得其存在或下落，這樣的念頭讓她抓狂。她小時候看過漫畫書描寫，以前人們曾經用電話給彼此寫訊息，但寫的都是很可怕的話，導致後來這種行為被阻止。她很高興，至少她不必像漫畫裡所說的那樣，焦慮連電話信也漏失了。因此至少目前此刻，她的郵遞地址照舊在天堂谷的貝克之家。

但她若超過兩、三天沒回去拿等著她的東西，期待與恐懼的重量會將她壓得受不了。

多數的早晨，吃過早餐後，她會陪著凱文去他的工作室，親吻他，呼吸新鮮鋸屑的香味，她說，這味道讓她想起馬戲團，然後不是帶本書上床去，就是一個人唱著歌走到天堂谷。有時候他們會一起離開小屋，去懸崖邊走走，或只是肩並肩坐在他的長椅上。第一次她犯了一個小錯，將他弄皺的踏毯擺正。她發現他怔了一下，然後不發一言再度弄皺它。從那之後她便面無表情地袖手旁觀，看著他鎖門然後確定門已經鎖上，跪下看信箱內部，起身，再跪下確認自己所見無誤，伸手進去信箱蓋口，抽出手，然後再伸手進去，再看一次，然後把鑰匙放進口袋。有時候他會讓她先走，好把這些動作再重複一遍。

「別多問。」他說。

她試著不問。但是她愛他，希望自己能減輕他顯然正在承擔的壓力。

「不能讓我來嗎？」她曾經這樣問過，難道她不能替他確認每件事都妥當了？隨便分擔什麼都可以。倒茶、弄皺踏毯、上兩次鎖然後再鎖兩次、跪下然後掀開信箱蓋看裡面（順便看看有沒有她的信）……她現在已經相當清楚流程了。

「不可能。」他說道。

「你想一下嘛。」

他搖搖頭，突然不喜歡她了，也不想看她。這她都知道，也慶幸自己穿著長褲，因此他看不見她的腳踝。

但是當夜在床上，在徹底把所有門窗都上鎖之後，他試著解釋為什麼她不能幫他。

「如果發生任何事，都必須是我的責任。我至少要知道自己已經盡力過。如果是因為我的疏忽而發生的事，那我絕不會原諒自己。所以我要確認。」

「房子會出事？」

「房子會出事，我會出事，妳會出事……」

「可是會出什麼事？」

他瞪著她。「**可能會出的事。不應該出的事。**」這兩句都不是問句。都是無可辯駁的事實陳述。

他們躺在她覺得應該是仿畢德邁爾式[2]的床上。他和她的衣服吊在一個精緻的紅木衣櫥裡，兩扇門一邊各一面全身長斜角鏡，也是仿畢德邁爾樣式。放在小木屋裡顯得太大，一部分橫梁還得切掉才能容下它，她也曾納悶過，到底是誰有這能耐把它搬上樓。她知道畢德邁爾，這種樣式再度流行了起來，每個人都想要仿畢德邁爾的家具。她小時候家裡附近有個地方叫吉卓米（Kildromy），那兒有家小工廠專門仿製。吉卓米的畢德邁爾式家具，這樣的市場正在成長。但她也曾懷疑凱文的家具根本不是仿的。一眼看上去比吉卓米的成品更高級也更多磨損。有可能是真的嗎？每個人多少都會欺瞞，總是會昧著良心多藏起幾樣傳家寶。官方當局對這種事也是睜一隻眼閉一隻眼。但如果這些都是真品，凱文就騙很大了。她試著問他這件事。「吉卓米的畢德邁爾？」他啞口無言盯著她看，然後回過神來。「對。」他說：「就是吉卓米。沒錯。」

所以他撒謊。她並未因此評判他，硬要說的話，她覺得成為沉默共犯很刺激。但這也解釋了他為何無所不用其極地保護自己的隱私。沒有人會跑到這個偏僻的地方，還大費周章地偷座衣櫥；她跟自己開玩笑，萬一他怕的不是小偷，而是怕畢德邁爾警察呢？

有一次，雖然她並沒提起自己的疑慮，他主動解釋財產不是他如此小心翼翼的原因。

「小心翼翼！」

「怎麼，不然該怎麼說？」

「執著？強迫？失調？」

他微笑著。他常常微笑，所以她不應該被嚇到。他喜歡她取笑她，希望她繼續下去。

「這個嘛，隨便哪個字眼都行，我會這麼做的原因是我討厭那個……那該怎麼說，妳有一次說過的那個，用來形容我缺乏攻擊性的性行為？——侵略。」

「我沒指責你缺乏攻擊性的性行為。」

「好。」

「我真的沒有。我很喜歡我們之間這樣的關係。」

「好。總之侵略這字眼最能形容我的恐懼。人們以為他們可以趁我不在、甚至是我在的時候，闖進這裡。」

「我可以理解。」她說：「我也一樣。」

2　畢德邁爾，Biedermeier，是指德意志邦聯諸國在一八一五至一八四八年，資產階級革命開始的時期。在這段期間，中產階級發展出他們的文化和藝術品味，在文化史上也有中產階級藝術時期之稱。

「是嗎？」

「我小時候總是會把房間的門鎖上。每次風吹或是樹枝擦著我的窗戶，我都會以為有人要闖進來。應該說是想回來裡面，把他們的地方拿回去。」

「我不懂。為什麼說『他們的地方』？」

「我也說不清。那是我的感覺。好像我錯拿了不屬於我的東西。」

凱文想著，她身上有一種短暫停留的感覺。沒有固定住所。明天她可能就走了。

一股強烈的保護欲衝上心頭，那是他初見她時，想像用他的地毯包著她的那股保護欲。除非那是佔有欲。保護欲、佔有欲，有差嗎？他要保護她，因為他想擁有她。「妳在這裡就不必有這種感覺。」他說。

「我沒這種感覺。」她說。

他吻了她的額頭。「那好。我要妳在這裡感到安全。我要妳覺得這裡屬於妳。」

「憑你做的那些預防措施，」她笑了，「再安全不過了。被欄杆和大門保護著，這感覺還不賴。」

但是她沒跟他說，安全和安心並不同。欄杆和大門不能給她安心。比方說她頻頻看見那名豬隻拍賣員，他還知道他們倆的名字。

「好。」他說：「那我會繼續未雨綢繆。」

她笑了。「有點矛盾。」她說：「你說你要我覺得你的家就是我家，你卻極度地保護它。」

「我不是為了防妳而保護它。我是為了妳而保護它。」

這次換她吻他。「你還真是英勇。」

「我這麼說不是為了逞英雄。」

「你喜歡我在這裡嗎？」

「我愛死妳在這裡了。」

「可是？」

「沒什麼可是。我沒在防著妳。我已經邀請妳進來了。我怕的是不速之客。我的父母親害怕人家來窺探他們的生活，怕到連門外腳步聲都會嚇到跳起來。我的父親會趕走任何走進小木屋的行人。可能的話他甚至會把他們趕下懸崖。我跟他們一樣。」

「別人會以為你藏著什麼東西。」她挑逗地說，雙手滑下他的胸前。

他笑著。「有啊。就是妳。」

「但是你沒藏著我。大家都知道。」

「喔，我不是把妳藏著不讓人看見。」

「那是怎樣？」

他想了想。「是為了避免危險。」

「什麼危險？」

「啊，就平常那些。死亡。疾病。失望。」

她像是個經歷大冒險的小女孩那樣抱著雙膝。在一個比她年長男人的床上。「三大惡啊。」她說著輕輕顫抖，彷彿這場大冒險對她而言可能有點太大了。

「其實是四大惡。還有厭惡。」

「誰厭惡？」

「我不知道，就是厭惡。」

「你怕我會厭惡你？」

「我才沒這麼說。」

「你怕你會厭惡我？」

「我也沒這樣說。」

「那你是在說什麼？厭惡又不是實體，不會偷偷爬進你的信箱。也不是潛伏在外頭，像是病毒之類，關上門窗就可以抵擋的。」

不是嗎？

總之，他承認這字眼是挺怪的。說到底，這個字眼對不上他心中所感，也對不上他害怕自己會感受到的，對艾琳的感覺。又或者是來自艾琳的感覺。那他為何要這麼說？

他決定取笑自己。「妳知道嘛。」他說：「我什麼都怕。尤其是那些抽象名詞。厭惡、絕望、猛烈、盛衰、雙手並用。而且我不只怕它們會爬進我的信箱，還怕從門下、從煙囪、從水龍頭和插座，跟著妳的鞋底進來……妳的鞋在哪兒？」

她猛搖她的頭，用頭髮蓋住他視線，然後熊抱住他。「你真是個怪人。」她說：「我愛你。」

「妳說我怪！是誰覺得樹敲著窗戶，是因為要取回原本屬於它們的東西？」

「那我們還真是一對相配的瘋子。」她笑著，親著他的臉，他還來不及告訴她，他從未對一個人有過這麼強烈、與厭惡相反的感覺。

六

厭惡。

他的父母有一次警告他不要表達出厭惡之情。他記得當時的情景。一個他不喜歡的女孩在他從家裡到學校的路上想要親吻他。當年碰到這類事，男孩習慣把手指頭伸進喉嚨。對他們而言，假裝女生很噁心是很重要的，所以有女生走近時就開始一齣笨拙的嘔吐秀。凱文碰到父親時，他站在工作室門口等他，那時凱文還繼續做著那個動作。他以為父親會激賞兒子剛萌芽的男子氣概。手指伸進喉嚨裡，「嘔、嘔……」你們看這個人！

他解釋自己為什麼這麼做時，父親摑了他一巴掌。

「不准你再這麼做！」他說。

剛開始他以為是叫他不要再親女孩子。但其實是不准再把手指伸進喉嚨，模擬厭惡的動作。

他的母親也一樣，她聽到這事時也一再警告他。「厭惡是可恨的。」她說：「絕對別那樣做。你的祖母，上帝保佑她的靈魂，她曾經這樣跟我說，現在換我告訴你了。」

「我敢說她肯定沒講過不准把手伸進喉嚨。」凱文說，父親摑的那一巴掌還隱隱作痛。

「那我就把她的話一字不差地告訴你，她說：『厭惡會毀滅你，要不計一切避免它。』」

「這一定是妳編的。」

「不是我編的。這是她說的。『厭惡會毀滅你。』」

「祖母，那是妳的媽媽還是爸爸的媽媽？」他不知道為何這樣問。也許只是想抓到她在說謊。

「我的。但是誰說的不重要。」

她從沒對他講過這麼多話。

凱文從未見過他任何一方的祖父母，也沒看過照片。他們很少被提起。現在，至少他有「厭惡」這個線索了。不算多，但是總比沒有好。當時他沒心情被已作古的人教訓。但後來他覺得自己家族的形象似乎變得清晰了一點。厭惡會毀滅你，他開始想像得出她的樣子了。

他躺在艾琳懷中，試著理解為何那個詞會不期然地脫口而出，凱文納悶著讓他外祖母感到厭惡，而且很可能全家族每個成員都厭惡的，是否是母親的亂倫婚姻。他想像她的手指伸進喉嚨。除非——他不知道日期，日期從他的家族裡被抹得一乾二淨——除非這婚姻是在外祖母死後才成立的。這麼一來，難道是她自己的亂倫婚姻？

自我厭惡，是嗎？

她有理由。

如果凱文母親說的沒錯，他外祖母說厭惡會造成毀滅，而不是亂倫。為什麼要抨擊單純的好惡判斷而不是抨擊犯罪？為何做出如此嚴正的警告？她見識過厭惡所造成的後果嗎？

難道她不是感受到厭惡毀滅力，而是將厭惡激發出來的女人？那誰是受害者，領受了其後果？

己所不欲，勿施於人。這是他父母想要灌輸給他的觀念嗎？在厭惡中，藏著殺機。

那麼，照這樣說起來，這就是他外祖母的教訓：小心不要成為被厭惡的對象。因為厭惡你的人會毀滅你。

他真的是想毀滅那個要親他的女孩，所以才假裝噁心想吐嗎？也許是。

凱文·「可可」·柯恩下床，虔誠地吹掉艾琳紙花上的灰塵。

❖

有多少男人？六百個、七百個、更多？她覺得她應該數清楚才對。有朝一日這數字或許會變得重要。一次一個人，雙手反綁在身後，走進麥地那的市場，在那裡他們被理所當然地斬首——讚美歸於——！——他們的無頭屍體跌進專為容納他們而挖的大壕溝裡。壕溝的尺寸？她覺得她應該盡可能準確度量一下。有朝一日尺寸或許會變得重要。她冷冷地旁觀著，女人免於一死，有些當奴隸，有些被當作小妾。她並未特別傾向哪邊。「我等明天再選。」她想：「等到太遲的時侯。」悲傷也是一樣。「我等明天再悲傷。」她想：「等到太遲的時候。」但到時候她要為何而悲傷？歷史在她眼前自行消除。任何不公不幸之事都未發生。一切只是一場幻想，一個謊言，一種馬薩達情結。就像在馬伊達內克納粹集中營一樣。就像馬德堡大屠殺一樣。她冷眼看著無名屍的血溢滿壕溝。

第四章 羅文娜・摩根斯登一路好走

一

艾琳對她的家族所知甚至更少。

凱文以為伊茲，那個憂慮、瘦骨嶙峋滿頭鬈髮的女人，帶她到天堂谷共住一間木屋的女人是她阿姨，但她不是。

「我們不是親戚。」艾琳解釋道：「甚至不算朋友。不，這樣講不公平。她是朋友，但是個很新的朋友。我離開前幾個月，在一個閱讀團體裡才剛認識。」

閱讀團體是有許可執照的，因為他們可以拿到別人拿不到的書（並非禁書，只是拿不到），讀者必須出示特殊的需求證明；看是獨特的學術需求，或者如果有正當理由的話（好奇心不是正當理由），一般的教育需求也可以。凱文很欽佩艾琳可以找出理由。但她說她只是有關係可以動用，因為她的養母是老師。

先不說書的事，光是聽她描述跟伊茲的關係，就讓凱文明白她為何這樣隨便地介紹他們認識。感覺她自己從來也沒真正認識她一樣。他很訝異她竟然可以這樣一下子焦慮、下一分鐘又毫不在意。

「然後妳就跟在讀書會裡認識的女人變成夥伴，就這樣？」

「呃，我不會稱之為結夥。她提供我房間住，那幢小屋最初連她自己都沒見過，我愛待多久隨便我，只要陪她作伴，還有幫忙粉刷和整理花園，我也找不到拒絕的理由。有何不可？我喜歡她。我們有共同的閱讀興趣。北方沒什麼好挽留我的。而且我也可以在這裡賣花……說不定會賣得更好，因為你們這邊的觀光客比我們多，而且……這裡有你……」

「妳以前就知道我？」

「我的心知道。」

她那心律不整的心。

他分辨不出來她哪些話在開玩笑。她真的認為他們兩人是命中注定嗎？他從前可能會取笑這種想法，但是現在不會。現在他也（所以他希望上天保佑她不是在玩弄他的感情）想要相信，兩人一直走在注定交會的軌道上。但很明顯的，他的父母也曾有同樣的想法，而且他們的理由更加充足。

她對自己親生父母毫無記憶，這點讓凱文更加想要保護她。

「沒有書信？沒有照片？」

她搖頭。

「妳也沒問？」

「我要問誰?」

「照顧妳的人呀。」

她看似對曾有人照顧過她這一點感到驚訝。他覺察到了,也許是因為他情願相信,在他之前沒有人照顧過她。「肯定有人曾經照顧著妳吧。」他說。

「那我猜最早是孤兒院的員工,雖然我對他們也沒印象。只記得氣味,像醫院的消毒水味道。我是被氣味帶大的。之後就是學校教師梅莉德,和她的丈夫亨得利。」

「那他們有什麼味道?」

她想了想:「陳腐週日午後的味道。」

「他們是妳父母的朋友嗎?」

她搖頭說:「不認識我父母。好像沒人認識他們。梅莉德在我長大到夠懂事時,告訴我說她和亨得利無法懷有自己的小孩,他們聯絡了莫諾克城外的孤兒院,說要辦領養。那個偏僻小鎮四周只有一個監獄和一個修道院。他們被邀請去參觀時看到我,像選流浪犬一樣選了我。」

她通常會說「像挑橘子一樣」,但凱文身上有一種氣質讓她想到流浪犬。

「我可以理解為什麼。」他說,手指鬆開她纏繞的頭髮。

她抬起臉看著他,就像她做的紙花那樣。「為什麼?」

「妳知道為什麼。」

「告訴我嘛。」

「因為看見妳就看不見別人了。」他是真心的。

「那真可惜你沒先把我選走。」

「為什麼，他們對妳不好嗎？」

「不，完全不是。只是有距離。」

「他們還活著嗎？」

「不。至少梅莉德不是。亨得利住安養院。他對身邊的事物一概不知。以前也差不多。」

「妳不喜歡他？」

「不是很喜歡。他是個很沉默的人，喜歡釣魚和玩骨牌。我想他打過梅莉德。」

「會打妳嗎？」

「偶爾會。也不是針對我，以前的男人就是這樣。現在還是。到了後來，在他們送他進安養院之前變本加厲。他開始說『我什麼也沒欠妳』還有『妳不屬於這裡』之類的話，然後對我砸東西。不過那時候他已經錯亂了。」

「妳從來不知道自己的歸屬？」

「我屬於莫諾克孤兒院。」

「我是說，誰把妳送去那裡的？」

她聳聳肩，表示對他的問題開始有點厭煩了。

「抱歉。」他說，又接著說：「但是妳現在屬於這裡了。」

二

她醒來後覺得很糟。雙眼浮腫，頭髮打結，皮膚老了兩倍。她究竟去了哪裡？她真希望自己知道。

一開始凱文以為是他的錯。也許是他翻來覆去，或者打呼，或者夜裡大叫，打擾她的睡眠。但是她說她一直都是這樣——不是起床氣而是一種物種滅絕的感覺，好像張開眼睛發現世界上已經沒有她的同類存在。

他拉長臉道：「謝謝妳喔。」

「你不在我清醒時的世界。」她說：「要過一會兒我才會發現你在。」

「所以怎麼會有滅絕的感覺？」他想知道。「妳是從哪裡醒過來的？」

「如果我能告訴你就好了。但願我知道。」

從莫諾克吧，凱文猜想。一座冷冰冰的孤兒院，位在鳥不生蛋的地方。他彷彿看見艾琳赤腳站在窗口，望著一片虛無，等待有人找到她。

純粹故作感傷。但是對凱文而言，生活大半是這樣。

而想著她等待被找到，他則是等著要找到，讓他對她的愛增添美麗的對稱。

她告訴他的事，喚醒他的憐惜，而憐惜給他更好的理由去愛。前所未有的感受。狂喜之後就是責任。兩人都有嚴肅的義務，但是他們在一起會讓嚴肅變神聖。

他不能從她的夢境中拯救她，但是他可以讓她醒得更好。當他感覺到她要醒了，就下床打開窗戶，讓她在光線裡、在海的味道、在海鷗的叫聲中醒過來。但是有時候光線太強，海的味道太刺鼻，海鷗的叫聲太滑稽。「他們聽起來就像我的感覺，」她會說。

這是說海鷗也感覺到物種滅絕的孤寂嗎？

所以他每天早上都得快速做決定：要拉開窗簾還是就讓它閉著。

但是當海況變差時，他們仍舊可以聽到噴水孔像巨大的嘴巴吸進然後噴出水。風浪凶猛的日子裡甚至可以看到水沫。

「讓我想到鯨魚的吐氣。」她有次說：「你記不記得《白鯨記》裡面有一段描寫鯨魚噴氣，『在正午的天空中向上飛舞閃亮』？」

他不記得。

「你讀過這本書吧？」

他好幾年前讀過。《白鯨記》是不容許被淡出而絕版的經典小說之一——雖說大部分的版本都是圖像版——之所以還可以拿到是因為釣魚愛好者對它的興趣，還有它距離這國家悲慘的近代史很遙遠，再來就是開頭的一句——「叫我以實瑪利」——為了恢復穩定而進行的龐大規模社會實驗就是借用這名字。

以實瑪利行動。

「我們應該一起讀這本書。」聽到凱文說他只記得亞哈、鯨魚，還有以實瑪利行動，她便這樣提議。「這是我最最喜歡的一本書。」她對他說：「是我的人生寫照。」

「妳去捕過大白鯨？還是妳捕的是我？」

她心不在焉地吻了他，好像在逗小孩開心，額頭卻皺了起來。「呆子，我才不會自以為是亞哈。」她說：「男人才會這樣。我跟鯨魚是一國的。」

「別擔心，男人也一樣。鯨魚比捕鯨人更崇高。」

「但我敢說你不會將自己代入鯨魚的角色。」

「所以說妳會這樣囉？整夜都在逃離亞哈的瘋狂追捕？難怪妳那麼累。」

「我不知道我整晚都幹麼去了，不過這樣描述我整天所做的事倒是挺貼切的。」

她是認真的？

「整天？當真？」

她怔了一下。「嗯……如果我說『真的』會怎樣？如果你是問我，有沒有聽到長艇船槳追趕的聲音，答案是沒有。但別人所說的迎風飛揚，那是一種我不認識的自由感覺。一片不具威脅、在身後鼓舞我的空間？不，我不曾享有這種奢侈。可能我轉身會發現空無一物，但不是善意的虛無。推動我的都沒好事。我只要轉身沒看見任何壞事，就算是好日子了。」

他不禁為此動了氣。難道他不是她背後的風嗎？難道他不是善意的力量？「我不敢想像。」他說：「妳並未從這當中得到安慰。」

「喔，有啊。跟你在一起我覺得很輕鬆。但這是最危險的時間，因為這意味著我會忘記保持警戒。你記得嗎？描述哺乳鯨魚的那段，『安詳陶醉在閒逸和喜悅中』。」

不記得。他納悶著她是否打算把整本小說，用引文一點一點餵給他。他記得這是他小時候父親曾經做過的事。不是《白鯨記》，是另一本更黑暗、諷刺的書，直到母親出面干涉為止。「你想對這孩子做什麼？」他聽到她問：「把他變成你嗎？」不久之後他父親把書都鎖起來。

「嗯，當我有類似的感覺時，」她繼續說：「當我感覺平靜、安詳、愛人與被愛，就像現在一樣，就會覺得處在危險中。在我的世界裡，我不知道除此之外怎樣才算被愛。以前梅莉德在我睡前幫我蓋被子，我會叫她不要親我。我會睡不著。如果妳親我的話會有壞事發生。亨得利想送我去看精神科醫生，甚至是把我送回孤兒院。梅莉德說不行。她相信一切都是孤兒院的錯。她深信我一定是在那裡有過很可怕的遭遇。」

「那妳覺得有嗎？」

「天啊，你跟她一樣。這世上誰沒有過不好的遭遇。追究具體狀況又有什麼意義？總之呢，恐懼若有明確的根源，你應該說得出來。你可能無法言說，卻能定出時間來。五年恐懼、十年恐懼……這是個千年恐懼。」

他想著她的後見之憂是否太過火了。她是否太過誇大自己。正同他一樣。「被獨腳的瘋子追著逃一千年，可是很長的時間吶，艾琳。」

「你取笑我也沒關係。我知道聽起來很瘋狂。但感覺一直在跑的不只是我，不管是現在或昨天的我。那是更早之前的另一個我。不要笑。你自己也有你的瘋狂。但那感覺彷彿命運注定，好像我是在逃亡中出生的。我覺得這也是可能的。只可惜我的親生父母不在這裡，我也無法問他們。」

對啊，她改寫了自己的故事。但是他愛她，也許愛得過頭了。「我們可以試著找他們。」他說。

「別傻了。」她猛地回嘴，生怕還得看他獻殷勤。

她的厲聲回絕令他退縮。但他還有一個問題。他無數次蹲下來檢查信箱之際所害怕的東西，並沒有明確的面貌。沒有人在他面前現身。他可以衡量自己小心翼翼的理由，但是他無法描繪其輪廓。然而她卻有亞哈。這是在打比方，還是她真的看到那個人了？「妳看見活生生的亞哈來找妳——」

「等一下。」她說：「我哪有說他『來找我』？聽起來有點像在等梅莉德和亨得利，不是嗎？我是在等著他們『來找我』？你一定覺得我這心態很可悲，用雙關語交替恐懼與希望——」

「我不這樣覺得。」他說。害怕兩人之間會開始互相批判。「妳的心態是妳的，所以我也愛。但我只是想問亞哈對妳來說是一種概念，還是妳真的看見他拿著語叉來追妳。」

「語叉？」

「我口誤了。妳讓我好緊張。我是說『魚叉』。」

她盯著他看。「你這是哪門子口誤？」

「那妳認為是什麼？」

「探照你靈魂深處的燈。」

他看起來有點惱怒。「妳講雙關語我也都讓妳了。」他說。

她吻了他。「對，你讓我了。但我們不是在比賽，對吧？而且我也不是取笑你。只是覺得你的口誤好像你的風格。」

「怎麼說？」

「嗯，因為你怕被嘲笑，對吧。你害怕了解你的人開始取笑你。」

她把他看透了。他只需矢口否認就能完全證明她是對的。敏感？是說我嗎？她在另一方面也吃定了他。他不就是教導她幽默的導師嗎？當初不就是因為她氣他嘲笑她的大腳踝，才會教導她笑話是怎麼一回事？輪到自己被開玩笑時，他又能多隨和？

在她看來，兩人在同一條船上。兩人皮膚都柔細如羊皮。驕傲被針一刺就破。兩人深情相望時，心就爆開來。

他看得出來她在想什麼，但他決定將她願意如此深刻地看透他當作恭維。這證明她覺得他有趣，而且在乎他。

他離開去沖個澡。雖然他常常淋浴，但打開水龍頭那一刻他所發出的聲音，聽起來彷彿是第一次體驗或最後一次享受淋浴；不管是解脫的呻吟（或者是解放？）或得救的嘆息，那深切的吁嘆都讓她害怕他會把自己的心給震出胸膛。剛開始她還猜想這是不是某種私密的性儀式，那也太丟人了，但後來她跟他一起淋浴時，他也發出同樣的聲音，令她莫名其妙。淋浴不就是淋浴，為什麼他如此忘神？他的嘆氣如雷貫耳，也許是為了他的死亡，或者是為了他的出生。

當他像頭海豹濕漉漉地滴著水回到臥室裡，她鬆了口氣。他看起來累透了。

「以後還會有更多，你知道。」她說。

「更多什麼？」

「更多次淋浴。」

他以為她會說「更多日子可過」。

「妳永遠不知道還會有更多的什麼事。」他說：「但是關於我，我是誰，還有我在逃離什麼的話題肯定是夠了。我們一開始討論的話題是鯨魚和妳，妳是我看過最不像鯨魚的人了。」

「即使是我有粗腳踝？」

「鯨魚才沒有粗腳踝。我記得亞哈也沒有。」

「他肯定沒有兩個腳踝。」

如果他不曾愛過她……

最好還是別提起，他們兩個都這麼想。但是他想要確定，她跟他在一起有安全感。他身上還滴著水就將她拉進床裡，羽絨被蓋在兩人身上。

溫柔地，小心翼翼保護著。

不過他納悶著他們是否做得太過分了。

他如果真開口問，她可能會說是。

三

他的諷刺恐懼症使他擔心起兩人會不會成為村裡的話題。一個稍嫌古怪、大半時間獨來獨往的木工，和一個來自北方、年紀小他幾歲、滿頭亂髮的賣花女孩。但是這村子不盛行配對，即使有伴也不能像這兩人一樣隨心所欲。這裡的人終年身處在洶湧海浪聲和聒噪海鳥捕捉鯖魚的景色中，性對他們來說是理所當然的事。鎮上的人則是覺得很亂來。

更何況，村子裡還有其他事可以嚼舌根：一起雙屍命案。有人在伊索．溫史塔的房車裡，發現羅文娜．摩根斯登和伊索．溫史塔倒臥在彼此的血泊中。光是一個人的血量，不可能流滿另一個人身上。因此這樁案是雙重犯行：不只是謀殺，警察認為當凶手下手時，摩根斯登和溫史塔無疑正狂熱地進行體液交流，而這殘暴的體液交混乃是對前述行為的批判。

村子裡的人都耳語著這是「捉姦在床」。所有人都確信是羅文娜的丈夫阿德去抓姦了。但是阿德．摩根斯登人在哪？他已經好幾個月沒出現在村子裡了。最後一次是他陪著妻子去看病，在他眼裡這是不需要脫下胸罩來看的小病，但他卻奪門而出。他沒親眼看見她脫，只是聽見醫生解開胸罩的聲音。他老婆胸部很美，村子裡的人都可以證明，而他是個善妒的男人。

「深吸氣。」他聽見醫生指示她：「吐氣。」又過一會，「打開。」

他老婆會診結束衣衫整齊地出來時，他已經不在候診室裡了。

赫拉．狄屈關心的不是這樁謀殺案由誰犯下，而是其時機。「要我說的話，真的要死，那個死法也是不錯，那個伊索工夫還算可以。」她對漁家樂酒吧的酒客說：「反正啊，我老公幹起那檔事就跟死掉差不多。」

帕斯可．狄屈假裝沒聽見她的羞辱，插嘴：「她叫得可厲害了，」

他老婆踢他的脛骨。「怎麼，你是專家呀？」

「說到羅文娜．摩根斯登的事，每個人都是專家。」

赫拉踢他另一邊脛骨。「以前是。接下來你要當誰的專家啊？」

帕斯可的專長無論是否管用，都引起了警察的注意。倒不是因為他是嫌犯。他缺少犯罪的精力，正如他老婆相信他沒有精力劈腿，儘管他特愛自吹自擂。他跟她說，自己躲在角落或在她面前打手槍時，腦子裡都想著別的女人。他的不忠不過就是這樣子了。

「你可以感覺這是遲早的事。」他對古特金探長說。

「你知道他們有家庭糾紛？」

「大家都知道。但就跟一般夫妻一樣。大家都有家庭糾紛。」

「那麼你怎會覺得這是遲早的事？」

「總會露出跡象吧。就像風雨前的徵兆。會讓你開始頭痛。」

「所以他們婚姻有什麼跡象？被殺的女人有情夫嗎？」

「不然跟她一起躺在血泊中的，你以為是誰？」

「你說呢？」

帕斯卡聳聳肩，一副眾所皆知的模樣。

「她老公知道的跟你一樣多嗎？」古特金問。

「他知道，她是個香爐。」

「他是個凶暴的男人嗎？」

「伊索？」

「阿德。」

「這裡到處是凶暴的男人。女人也凶暴。」

「你是說很多人都可能幹下這檔事？」

「風雨要來就是會來。」

「但其他人會有什麼動機？」

「需要什麼動機？閃電有什麼動機嗎？」

警察抓了抓頭。「假如這場謀殺跟閃電一樣沒動機，那我的嫌犯名單就有一長串了。」

帕斯卡點點頭。「差不多就是那樣子。」

那一夜他獨自去了亞伯拉罕港的鄉村舞會。他老婆以為他懶到不會搞外遇真是大錯特錯。

四

丹斯德・克普利慷慨地提議以半價賣給警察一堆他寫的《魯本港簡史》，認為這些書有助於他們調查。沒錯，他告訴古特金探長，有一股暴力的暗流潛伏在他們的社會中。但這是因為在「那件事」發生後，降臨在魯本港一種異常的、而且老實說不恰當的溫和之下，才會顯得獨特，詳情請見他的《魯本港簡史》三十五到三十七頁。至於魯本港為何必須付出代價，為了一件它不曾扮演要角的事件卑躬屈膝抱歉，丹斯德・克普利也不懂。這裡不曾發生過「那件事」，那件事都發生在城市裡。然而村民和他們的孩子，還有他們孩子的孩子，卻非得分擔全體的焦慮且改名。若有誰對他的想法感興趣，在他看來，羅文娜・摩根斯登的命案只是回復常態。在魯本港引以為豪的戰士歷史中，人們本來就應該彼此殘殺……如果有令人信服的論點支持的話，看到古特金探長的眉頭挑起後他補了這一句。

「那在你看來，怎樣才構成令人信服的論點？」警察問。

「這你就得問凶手了。」丹斯德・克普利答道。

「引以為豪的戰士歷史是怎麼回事？」古特金追問：「這一帶已經好幾年沒有戰士了。」

丹斯德・克普利不打算爭辯。「戰士已逝」是他第一章的篇名。但是這並不代表這村子近代沒有別的名聲：易怒的個人主義、強烈的戒心，都是這地方的特色，並保持它不受侵犯。丹斯德・克普利對於外來者的立場（那些可恨的白痴），不是普通地自相矛盾。他需要遊客來買他的小冊子，但是權衡之下，他還情願沒有遊客。他想對遊客們唱出魯本港的光輝歷史，以前這地方還叫魯文諾克的榮光，卻又不想要他們因此太入迷而賴著不走。在魯文諾克生活多麼愉快，改口叫魯本港真是要他的命——被懸崖與大海圍繞的魯文諾克，有粗莽的男人及狂野的女人為伴，這份快活在他看來，皆有賴於此地的偏遠不可親。理查・華格納——如果你聽說過他的話，探長——他當年短暫造訪魯文諾克時，深深被這項特質所打動。當年丈夫和情人、農人和漁夫、強盜和走私犯，解決了他們的恩怨，意見一致，就像他們從古至今所做的那樣，不依賴法律或是任何外界干預。華格納就坐在此地一家旅店窗邊，看著魯文諾克的男人如公鹿般對峙著，他聽著酒醉女子的嚎哭，看見人們濺血，然後寫曲寫到手指痛。「在這裡，我覺得比在任何其他地方都更加有生氣。」他在寫給瑪蒂爾達・韋森東克的一封信裡這麼說：「真希望妳能在我身邊。」

華格納之後為這村子寫的歌劇《魯文諾克的海盜》（他題獻給瑪蒂爾達，但當時她已經與他分手），很少被搬上舞台演出。丹斯德・克普利認為曲子本身沒問題，而是得歸咎於當時膽怯的偽善風氣。

「的確都很棒。」古特金探長也這樣承認。正巧他不只聽過華格納，他曾祖父非常喜愛這位作曲家，在衣櫃裡還藏著一個蒐集華格納紀念品的小型儲藏間，足以彰顯他的熱愛。他甚至可以哼出歌劇裡的調子，還哼了幾小節《齊格飛牧歌》，向克普利證明他也是有文化的人。然而，「的確都很棒，但是我手上這件謀殺案特別凶殘，不是幾個喝茫的醉鬼互毆而已。」他是這麼說的。

華格納致瑪蒂爾達・韋森東克的信：

親愛的，已經好多天沒收到妳的音訊，我不曉得自己做錯了什麼，為何遭受妳如此殘忍的對待。我眼裡所見的一切，只為轉述於妳。早知道魯文諾克有多麼美妙，我一定不會讓妳說服我獨自前來。當我想起自己寫過關於人類重生的那些文章，還有為了促進人性昇華所做的一切，不禁感到歡喜，因為我見到這裡的人都符合了我所知的人性光輝。當然有時候可能是因為沒親眼見到、而非眼前目睹的事情，使一個地方和其居民顯得友善可親。或許刻意或許巧合，魯文諾克似乎不受那些野心貪欲和乖僻外表的影響，不像我在歐洲城市中度過的生活那般令人難受。連耳朵也宣告進入自由天堂，從醒過來的那一刻到躺下為止——只可惜少了妳，親愛的——我擺脫了在別處「那些人」昭告天下他們到來時，那噁心混亂的喋喋不休與怪聲怪調的閒扯。在這裡彷彿回到純潔的年代，人類與大自然的土地緊密連結，未受毫無熱情的民族之胡言亂語所污染。他們沒有激情，沒別的字眼可形容了，不論是對土地、對藝術、對於英雄事蹟，或是對其他人類。

我親愛的，真希望妳能在我身邊。

R
敬上

「你的重點是？」丹斯德．克普利想知道。探長聽說過華格納，甚至還哼出幾句，這讓他很是惱怒。他想獨佔華格納。

他坐在爐火邊他最愛的椅子上。漁家樂一年到頭都燒著火。許多夜晚，丹斯德．克普利穿著厚重的漁夫毛衣坐在火邊搓著雙手，水蒸氣從他大腿升起。他散發著一種要就接受不然拉倒的氛圍。他上通天文下知地理，就看你是否要向他學習。

「我的重點是，對我來說，魯本港走回頭路，做以前拿手的事，這毫無意義。」

丹斯德．克普利聳肩。「說不定有。」他說：「假如你了解這裡的人，他們心中一直燃燒著對正義和榮譽的熱情。」

「我懷疑對正義和榮譽的熱情，與羅文娜．摩根斯登和伊索．溫史塔的謀殺會有關係。」

丹斯德．克普利伸出被火烘得紅通通的手指，對著這名警察說。「這是你能確定的事嗎？」他說：「大約一百年前有樁著名的五人謀殺案。兩名本地女子、她們的丈夫，和一名情夫。至於是誰的情夫？沒有人能說個準。這是否暗示有雞姦的行為？可能吧。可以確定的是他是個白痴，這麼說來雞姦的可能性更高了。那群人都是畜生。從北方還是東方來的，反正不重要，不是這裡人就對了。驗屍官最後決定這是殉情，由於絕望的糾葛而相約自殺。他們跑到懸崖邊，脫光衣服，看著日落然後吞下藥丸。你怎麼看呢？」

「我認為這對我的案子沒幫助，」古特金說：「自殺約定是自殺，不是謀殺。」

「除非，」克普利繼續說：「除非村民師出有名，他們對外來者有理由感到不滿，也能理解他們的仇視，於是自己動手將五名侵犯者給解決掉。這麼一來就不是集體自殺，而是暴民以正義和榮譽為名的攻擊事件。」

「所以你的推理是，全村的人都可能幹掉羅文娜．摩根斯登和伊索．溫斯塔？」

「我是這麼說的嗎？我只是個喜好本地歷史的理髮師。從我所讀的來看——」他指著自己將一切看在眼裡的雙眸，「我只知道這裡的人們被壓抑很久了。他們有著鑿戰的驕傲歷史卻不能抒發。不管是個人或群體，人們都說不準會做出什麼事，一旦他們的天性開始抗拒壓抑。」

「你可以說那是鑿戰，我稱之為犯罪。」

「這就是我們之間的不同了。」丹斯德．克普利笑著說道。

在這之後，為了表示他是值得信賴的人，他替這名警察免費理髮，還一邊哼著布倫希爾德對佛坦的最後懇求，求他降神火守護她長眠，不受凡夫俗子侵擾[3]。

五

凱文．柯恩對惡意的揣測保持超然。當兩人都喝太多時，他偶爾會跟羅文娜．摩根斯登調情。最近一次是在營火夜，他在村裡停車場吻她。他不是愛親熱的人，吻女人是因為被柔軟的嘴唇所挑逗，不是因為想要傷害她們。對凱文而言，傷害不是表達欲望的方式。

羅文娜．摩根斯登有張適合親吻的嘴，深邃神祕，她忙碌的舌頭上散發營火的麝香味。「吻妳彷彿吻著火焰。」他趴在她身上說道。

「你真該當個詩人啊你。」她說，一邊咬著他頸子直到血流至他襯衫領口。

3　此處意指華格納的歌劇作品《女武神》，故事的創作靈感來自北歐神話及沃爾松格傳說。

現在有人殺了她。躺在她身邊一起死去的男子，本來很可能會是他。

艾琳察覺到他的抑鬱心情。「你跟這些人熟嗎？」她問。

「要看妳說的熟是怎樣。」他說：「我跟羅文娜會打招呼，聽過伊索這個名字但從沒見過本人，他是個酒吧歌手，不是本地人。羅文娜是出了名喜歡有音樂才華的。她丈夫阿德是教堂的風琴手。他這個人滿腹牢騷、愛揶揄（Jeer）別人。要是在一百年前，他跟他兄弟說不定會站在懸崖邊，提著燈火引誘船隻撞上礁岩，然後笑著把船洗劫一空。如果是他殺的，那也只是在延續家族傳統。」

「但如果是他殺的，」艾琳說：「他也只是毀了他自己。」

「我們不都是如此嗎。」凱文說。

她停下來看著他。他們攜手走在山谷中，雨鞋踩濺著水窪。一條叫作約旦河的小水流，水勢已經漲到小溪的程度了。樹木滴著水。若把這想成是大自然在哭泣，未免有點想像過度，但凱文還是這麼想了。

「你說『我們不都是如此』是什麼意思？」

「我剛剛這麼說嗎？」

「你剛剛說了。」

「我也不知道。大概是對這樁悲劇心有所感吧。」

「但這又不是你的悲劇。」

「某方面來說也是我的悲劇。這裡是我的村子。」

「你的村子！你平常可不是這麼說的。」

「妳說得對，我平常不會這麼說。也許我只是有點病態，想要跟著湊熱鬧。」

「我很訝異你竟然還會想湊熱鬧。你們南方這裡還不夠刺激嗎？」

「可是沒有謀殺。呃，有幾次吧。但沒有這麼血腥。」

「我們那裡也是……」她作趣地指著身後，就像他遇見她那天一樣，看起來彷彿在撒鹽。「……假設那是北方好了。在那裡，人們都很不快樂。」

「那大概就是我說的『我們不都是如此』。我們到頭來都會不快樂。妳自己也說了，妳時時都處在不快樂的恐懼中。」

「不快樂？我是走在被死亡追殺的恐懼中。」

「喔，那麼……」

「沒什麼『喔那麼』的。那不一樣。鯨魚知道是誰在追殺牠們，但牠們還是靜靜地餵養孩子。你必須冒險才行。我還是下定決心要快樂。」

「我只是將妳的話回送給妳。**人們都很不快樂。**」

她把手放在他臉上，拉起他的嘴角，試圖要把他憂鬱的嘴拉成一個微笑。「但我們不是，對吧？我們，你和我？」

他任由她擺弄他的微笑。他眼裡燃燒著對她的愛意，一部分出於保護，一部分出於欲望。她是個獵人，有時候看起來陰沉而凶猛，像是猛禽一樣；但有時又像個無助的小女孩，一個在偏遠孤兒院被發現的棄嬰。

「不是。」他應聲說道：「我們不是不快樂。妳跟我不是。我們不一樣。」

沒錯，他們做得太過火了。

過沒幾天，他就被問到跟羅文娜．摩根斯登的關係。

第五章　我叫以實瑪利

三號星期五

突然間每個人，我說真的是每個人，都對我的對象有興趣了。我已經說過了嗎？突然間大家都對我負責的對象、對那件案子變得異常有興趣。我無法假裝自己能自在面對這激增的好奇心。人總是小心翼翼地保護自己監視的對象，就像保護自己的妻子或是名聲一樣。如果他們想要多知道點什麼，為什麼不來問我？有種討厭的感覺，彷彿被取代了，這代表可能有兩種情況：要不是他們以為我不想說，不然就是凱文．柯恩已經陷入我無法想像的麻煩了。我不在乎這會對我的名聲有何影響，說到底我還有更重要的事要做，但是我擔心凱文。照他的古怪脾氣，要是沒一個同情他的人來關心他，他該怎麼辦。我喜歡這傢伙，我說過的。不管實際狀況怎樣，讓有妄想傾向的人眼睜睜看著自己遭迫害和入罪的幻想成真，真的很殘忍。我是在說我自己……哇咧！我爺爺每次說了爛笑話都會這麼說。以前的人喜歡講爛笑話。話說回來，任何一種笑話都有人講。但是回到我身上……我小時候也喜歡笨笑話，「我自己的事說得夠多了，你覺得我怎樣？」……但是說真的，上面的人怎樣看，實在很難講。當然沒有人，至少沒花太多工夫，質疑我的工作。但是「來點明確的最新狀況也不錯」這種評語，應該不是會給我工作打甲上上的檢查員會說的，對吧？說點我們還不知道的事情來聽聽吧，當初我回傳他有女朋友的消息時，他們臉上就是這副表情。

我敲敲鼻子。「是固定的女朋友。」

在漫長、無聊的沉默後，他們問道，他有何意圖？我覺得這真是個古怪的問題。我怎麼會知道他的意圖是什麼？很高尚啊，我猜，以他這個人來說。他們很明確地要求我，不能只是用猜的。正好我相信意圖有點像癌症或是癡呆症傾向，基本上都是遺傳的。正直的父親就會生出正直的兒子。放諸四海皆準，即使是在中國也一樣。有正直的父親就會有正直的兒子。但是嚴格說起來，家族並非我的專業領域。要探查父母親和祖父母的問題，得要有很高的權限才行。一般是不鼓勵在公共紀錄區閒晃的。這是個自由的社會，只要你沒計畫去旅行的話。阻止人們出國（或者是入境）都是為他們好。原則上，所有人都可以取用所有東西。但往事基本上是另一個國度，尤其是被列表管制時：你和我的故事、我們是怎麼來到這裡的、凱文．「可可」．柯恩的故事，以及他是否遺傳了正直的基因。當權者希望我們不造訪這個國度。他們相信，說抱歉然後了結，就是最明智的選擇，而我也同意。危機潛藏在懷舊之情裡。我寫報告用的信紙下方印的標語：無事莫生非。錙銖必較的生活不值得苟活，唯有望向明日才能從昨日之中學習，這是提醒而非威脅。所以不聽話的人也不會面臨任何處分。你不會在大樓外被謝絕進入，不會被拒於門外。「是的，好的」就是當你要求查看出生或死亡證明，或是選民名冊，甚至是太久以前的報紙時會收到的禮貌回答。電話不回，申請表遺失，早上談話的對象下午就不在那裡了。如果你決定乾脆算了，到處都會對你和顏悅色。說不定還會有一瓶綁著藍絲帶的香檳寄給你，附上一張紙條說：「抱歉未能效勞，我們盡力了。」但是即使沒有預防措施，以實瑪利行動的結果——這偉大慈善的名字變成人們最終全心贊同的理念——就是追溯血統不僅是不可能，更加是不必要的。我們現在都是幸福的一家人了。澤曼斯基家、柯恩家、羅森塔爾家（學院的院長：歐文．羅森塔爾）、費根布拉家（蘿哲溫．費根布拉是學院圖書館員，老實說長得不錯）——我們都認同彼此的親屬關係，大家都默認這是人為的親族，但是行得通。最簡單的證明就是，有誰曾經因為自己的名字被找過碴？沒錯吧。「我們都是愛德華．埃佛瑞．菲尼斯．澤曼斯基！」如果有人要迫害我的話，我的學生會這麼大叫。

我們都是歐文．羅森塔爾！

我們都是凱文．柯恩！

我們都是羅文娜．摩根斯登，願上天憐憫她的靈魂——至少我們曾經是。

如果有尚存在世的老人，還想得起自己父母在以實瑪利行動之前的名字，他會聰明地選擇不記得。

可想而知，起初有段時間人們不願意，但我寧願稱之為誤解。我聽說過，或至少讀過，在那之後重新命名變成為期一個月的街頭派對，年輕人和老人在公園一起跳舞，陌生人互相擁抱，人們揮別舊名字，等著公文來告知他們新名字。少數幸運兒贏了電視轉播樂透，得以從核可名單中自己挑名字。但是不管是自己挑的或者是被分派的，人們一下子都變得樂於改變。像是被催眠一樣。「你要睡著。」

有人告訴他們：「你要進入深深的、狂歡般的睡眠，然後你會跳舞尋歡。數到十你就醒過來，之後你會記得你是誰，但不會記得你的名字。一、二……」不是真的像這樣，但差不多了。這是為了我們好，精神上的催眠。私人回憶跟公共紀錄一樣，都被抹得一乾二淨。有時候會有人悄悄主張，如果我們不能確知鄰人的來歷，那我們不就暴露在……

暴露在什麼？外來的影響？

正是為了確保這樣的詞彙永不再浮現（我必須招認我跟每個熱血的愛國者一樣，時不時會想要用它），才會實行以實瑪利行動。它廣赦天下，一勞永逸地免除了行為者和受行為者之間，諸多令人反感的差別待遇。時代必須因事件落幕而結束，最好的辦法就是讓所有人心手相連。現在我們都是一家人，我們只記得這一點，那件事絕不會再重演，因為再也沒有對象可以做出曾經或不曾做過的事。

我們都是蘿哲溫．費根布拉！

（親愛的日記我對你坦白，我們都至少想要一親芳澤……）

趁現在沒人在聽，請容我承認，要達到這樣的全體一致性，需要若干無情。我既不譴責「那件事」也不縱容。畢竟當時我尚未出生，這一點可證明我的不偏不倚。但是必須說，我們不是唯一遭到困境的。那時，對於那些必須處置的人該怎麼處置；怎樣才能遏止他們的野心；如何表達我們對他們外交政策的不滿（怪的是他們自己就是外國人，而且是因為占取別人的國家才成為國家，竟然還有外交政策）；如何把這個因為他們的移民、軍事占領和大規模毀滅武器，而陷入嚴重危機的世界再次變得安全，每個文明國家都必須要決定自己的立場，而且我這麼說不是事後孔明，我們比其他人都還要更早下定決心。這功勞絕對屬於我的專業同伴，有良心的大學副校長們，和溫和藝術的各位教授、畫家、作家、演員、記者、學院裡年輕的聘雇職員。沒有他們，就不可能以這麼文明的方式，將那些人趕出地球表面，讓他們成為流浪漢與難民，成為眾人唾棄的賤民。

這樣算是群眾暴力嗎？我當時不在場，但是這種事跟我對國家的印象不符，我們是世界上最溫和的國家，孕育出歌謠詩人以及不朽的風景畫家。別的國家那種將暴行和至上主義正常化的粗劣諫言，從未玷污我們的言詞。我們不會狂暴地塗抹畫布，也不會鋸斷我們的小提琴。無論那些帶頭扔石頭點火的人，是否熟悉自己祖上相傳的歌謠或風景畫，這都無關緊要。這種效應是經由語言和冥思的習慣滲透到他們身上。這一切都使我確信，不，過往絕對沒有野蠻行為。不過是文明本身的輕柔壓力、文化人所表達的憤慨，因為他們本身不會支持更不用說是鼓勵不人道的行為。他們有這麼多崇高的文化任務要完成，有畫要畫，有台詞要背，有課程要準備，怎會選擇煽動眾人做出有損自身氣質的凶行？別的先不說，他們怎麼會有時間做這些事？

「喔，總是會有時間的。」蘿哲溫．費根布拉曾經這樣反唇相稽道，當時我們剛好談到這個話題。我猜想這是因為她身為圖書館員，很清楚我們教授和畫家有多擅長枯坐發呆。不過圖書館員並非藝術家；以她身為檔案管理和標記者的身分，她無法理解這種表面上的懶惰對於創造藝術的貢獻。

親愛的，對於一個藝術家而言，我想說，無所事事是神聖的。看來好像沒什麼，但其實是等待美感來找上我們的漫長等待。但是我可以理解為何這會遭到誤解。「如果你是指我們有時看起來很無聊的話。」我反唇說道。

她搖了搖她那顆漂亮的頭。「我不是說無聊。」她說：「我是說作怪。」她講得好像是惡作劇一樣。

「性方面的作怪？」我這樣問，但我不想讓自己聽起來太好奇的樣子。

「知性方面的作怪。」

我不太有信心能在她面前把持住自己，於是就此作罷。雖然她讓我感覺好像言猶未盡。她還讓我感覺到應該要有人好好看住她。至於這差事，如果有空缺的話，我會好好考慮是否要申請。

還是繼續談凱文．柯恩吧。至少對我而言，探查凱文．柯恩對他新戀人的意圖，唯一可靠的方法——除了坦白問他之外，我並不打算這麼做——就是近距離觀察他。為此我邀請這對情侶來共進晚餐。日子就訂在他來學院的那天，而且既然他都提到她了，我便建議他邀艾琳同行，他剛開始有點小心翼翼——他對任何事的第一反應都是小心翼翼——但跟她商量之後他便改變心意了。她無疑想認識他的朋友，他身邊沒幾個朋友，我剛好可以算得上是一個。可能是半個朋友吧。反正是友善的人就是了。那位艾琳長得極美，一頭黑色亂髮像是燒焦的稻草，像獵鷹一樣的五官敏銳而機警。讓人想起賽倫。我曾經在國立博物館收藏的花瓶上，看到瓶身所描繪的圖案裡，賽倫這種鳥身女妖攻擊奧德賽和他的船員。我腦海想到的不是最常見的，賽倫低飛掠過船，露出爪子的畫面；而是姿態安詳的仙樂妖女，或擊鼓或撥弄著琴弦，訝異奧德賽竟然會想要抗拒她。很明顯凱文並未抗拒。

「愛昏了頭」是我跟我太太各自想到的字眼，雖然黛梅莎說我偷了她的點子。

艾琳帶了一把用她的紙花所做的精緻花束。「很俗氣，我知道。」她說：「但這是我親手做的，而且我在店裡找不到鮮花。」

我感激她的心思和歉意。就品味方面來說，這對她而言一定很苦惱，畢竟是來拜訪一位溫和視覺藝術系的教授。我跟她說花很美，然後假裝聞聞花香。「好久沒看你這麼沒用了。」我們在廚房煮咖啡時，黛梅莎對我說：「看人家長得漂亮，你就跟佩托克一樣軟腳了。」

佩托克是我們養的拉布拉多犬。佩托克．羅斯柴爾德……

這只是我們小小的下流笑話……

「我為他們的幸福感到高興。」我回答。她掐了一下我的手臂。我小聲地叫了一下。「幹麼掐我？」「你明知故問。『為他們的幸福感到高興』。騙子！你乾脆去舔她的臉算了！」「婊子！」我說。「爛人！」她回嘴。

那晚，喝著辛辣的本尼迪克特甜酒和白蘭地，我們討論到離婚的事情。我們倆一向擅長討論事情。你可以說這是我們婚姻生活的黏著劑。

他們離開之前，艾琳說了件讓我有點驚訝的事。「有時候，」她若有所思地說，回答我問她在這裡住得如何的問題：「這裡好像到處都有眼睛。」

「眼睛？」

「監視的眼睛。」

「真的？」我說，坦率地看著她。「妳的意思是？」

凱文好像也被她的話嚇到了。「我也不知道。」她說：「有時候是這裡的人看你的樣子，也不完全是討厭，甚至不是懷疑。比較像是他們在等著你犯錯或者是露出本性。」

「會不會是因為這裡已經跟國內其他地方隔離太久了？」我說：「我覺得他們也是這樣看我的。他們說你得至少在這裡住十代以上，才會讓人覺得可以對你放心。」

「我沒要他們對我放心。我沒打算交朋友。」她說：「這種感覺就像是隨時有人跟在你身後。也不是跟蹤，就只是人在那兒。等著你暴露出真面目。」

我暗自記下來以待稍後思索。暴露真面目，呃，小姐，妳是隱藏了什麼嗎？

佩托克．羅斯柴爾德一定也問了自己同樣的問題，因為牠對她極不友善；她突然換姿勢時，牠會對著她吠，她講話時牠就低聲咆哮。不過牠向來對凱文也不大友善就是了。

我問她描述的是否是最近才發生的現象。

「我也是最近才開始住在這裡。」

「當然，這當然。我的意思是妳是一搬來就立刻察覺到，還是最近才注意到的？是不是哪裡改變了之類的？」

「我住得還不夠久，沒辦法仔細分出差別。」她稍微嚴肅地提醒我，這讓我有點興奮起來。我喜歡帶點嚴厲的女人，所以才娶了黛梅莎。「但要我仔細想的話，」她繼續說：「沒有。我不是最近才注意到——不知道該怎麼說呢——一種侵入感。比方說我們兩個，」她把手放在凱文手上，「我們並非偶然相遇，而是被送作堆推到彼此的懷中。我這可不是在抱怨噢。」

「我希望不是。」凱文吻著她說道。

真甜蜜啊，但是我必須說我對艾琳口中的「送作堆」更有興趣。這是種專業上的興趣。

「所以是誰把你們送作堆的？」我裝作不經意地問道，彷彿只是在閒聊罷了。

「天曉得。某個多事的人？村子裡的媒人？某個我以前沒見過、以後也不會見到的人。我不知道你有沒有再看過他？凱文。」

他沒有。

我問凱文，是否也感覺到自己被撮合與艾琳認識。他當然沒辦法說是，必須說他看見她便一見鍾情。但是沒錯，既然都說起這件事了，的確有個人在身邊晃悠慫恿他。他熱烈地深深凝視艾琳雙眼說道，他為此感到無比感激。

佩托克突然大聲咆哮嚇到了艾琳。

「牠沒有惡意。」我安撫她。

「我覺得有。」她說。

「妳不喜歡狗嗎？」

「不，大致上不喜歡。我倆都一樣。」

「妳跟狗？」

「我跟凱文。」

我對凱文說，之前他來玩時我沒注意到他討厭狗，雖然我心裡確信佩托克討厭他。

「我不討厭，就是不愛狗而已。至少不喜歡養在屋子裡。」

「狗在屋內或屋外有差別嗎？」

「沒，但對我來說有差。」

擔心他的敷衍會讓我不開心——總不會是擔心讓佩托克不開心吧——艾琳替他解釋：「他不喜歡有東西在他腳邊動來動去。」她笑道：「總之在屋內是這樣。」

「要是有小孩的話那就很麻煩囉。」我說。

「不可能。」他倆同時厲聲說道：「那不可能。」

我對別人說話時的弦外之音算是敏銳。為何反應如此強烈？我感到納悶。

「你們不想要小孩？」我不經意地問道。我感覺他們還沒談過這件事，但也有可能是搞錯了。

總之凱文搖搖頭。「我的血脈到我就夠了。」

「這件事也一樣。」她附和說道：「我們意見一致。」

總之呢，我不相信她。我認為這小姐抗議得太過頭了。

不管他們對這主題看法如何，我認為報告裡值得一提的是，凱文．「可可」．柯恩和艾琳．索羅門斯，兩人同樣都討厭狗。

我可以打賭當權者絕對不會知道這一點。

第六章　警長來訪

一

營火晚會當晚，有人看見凱文吻了羅文娜．摩根斯登。

「這不應該導致我被調查。」凱文告訴偵查巡官古特金（Gutkind）。

「這代表有個嫉妒我的殺人狂正逍遙法外，我是受害者才對。」

「除非眼紅且逍遙法外的殺人狂就是你。」

「我才沒逍遙法外。」

「但你曾逍遙法外，不是嗎？沒有束縛，沒有責任，可以想吻誰就吻誰。」

過去凱文不曾被人與瀟灑不羈畫上等號。

「我是單身漢，假如你指的是這個的話。但目前我正與人認真地交往。」

「現在？你這段認真的關係維持多久了？」

「三個月。」

「這樣對你來說就算認真交往？」

「堪稱崇高。」

「你和摩根斯登太太之間是崇高的交往嗎？」

「我不認為一個吻就能構成交往。」

「那麼你說是什麼？」

「是一時激情。」

「你親她時，知道她已經結婚了嗎？」

「我知道。」

探長頓了一下。「……而當下你並未良心不安？」

「不關我的事。她想接吻，我感覺也對了。」

「你不尊敬婚姻嗎？」

「我覺得應該是摩根斯登太太不尊敬她的婚姻。我不認為幫她記住自己的誓約是我的工作。」

「所以你知道她婚姻並不快樂，就對她占便宜？」

「不是這樣的，偵查巡官嗝羅南（Grossman）——」

「是古特金。」

「古特金探長，我不覺得那算占便宜。你也可以輕描淡寫說，她在我覺得寂寞時占了我的便宜。

但並沒有人占了誰的便宜。就像我之前說的，她喝了一些自己無法招架的龍舌蘭烈酒，而我喝了些甜的蘋果氣泡酒——」

「甜甜的蘋果氣泡酒！」偵查巡官古特金一臉嫌惡的樣子。

「或許還有大半瓶的仙地酒。如果仙地酒令你作嘔的話，我很抱歉。」

「繼續。」

「就這樣，沒其他事。她醉了，我也非全然清醒，她覺得是個吻，我覺得是個吻……」

「所以不論你覺得那算什麼，你還是做了？」

凱文笑了。他想，如果只有這樣的話。「我覺得你對我有錯誤的想像。」他說：「證據就是蘋果氣泡酒。我不是可以放鬆享樂的人。事實上，我沒辦法以放鬆的態度面對任何事。我是個無法放鬆的男人，你在我房子裡就讓我沒辦法放鬆。」

凱文馬上想到自己所描繪出的形象，似乎會陷自己入罪。難相處、孤獨且神經質、不合時宜的大笑、喝小妞會喝的酒，而且會自我審視和厭惡自己——所有謀殺犯不都符合這些條件？如今他正在跟警官說明自己的近況，就在凱文小木屋的沙發上，這下他陷入泥淖中了。他為什麼不認罪就好了？

「我在這裡你為何無法放鬆？」警官問。

「不然呢？沒有人喜歡被警察審問。沒有人想被懷疑。」

「但你特地提到你的房子。為什麼在自己的房子裡被審問，你會很沮喪？」

「我非常注重隱私。」

「沒有注重到不去親其他男人的老婆嗎？」

「我從沒帶她來過這。」

「因為？」

「我非常注重隱私。」

「而且對很多事都感到緊繃。你對摩根斯登太太的其他愛人，也同樣抱著緊繃的態度嗎？」

「我不曉得她有其他愛人。」

「你認為你是特別的，對吧？」

「不。大家都知道她是個自由自在的人。我也不是她的愛人。我並不覺得自己是。」

「是因為她拒絕了你嗎？」

凱文笑了。他有被拒絕過嗎？他記得那一咬，但不覺得那像是拒絕。

「當天是營火晚會，現場施放煙火。我們之間也擦出火花。當下是挺愉快的。」

「你那晚有看到摩根斯登太太跟伊索．溫史塔一起回家嗎？」

「我沒看到。」

「你知道摩根斯登太太和伊索．溫史塔是愛人嗎？」

「我不知道。」

「你知道他揍了她嗎？」

「我怎麼會知道？我連他們很親密都不知道。」

「你知道她的丈夫打了她嗎？」

「這種事在這個村落很普遍。我對這件事並不知情，但我也沒很驚訝。魯本港的生活一向艱困。但除了以往的殘酷之外，如今又加上了挫折。男人們都瀕臨精神崩潰。他們不曉得自己人生有何目的。他們過去靠劫掠船難者而活，現在卻是經營禮品店，成日唯唯諾諾，女人還對他們頤指氣使。據我所知，這個國家其他地方也沒比較好。」

情況愈來愈糟：現在他把自己塑造成了道德狂熱者。

其實他不需要擔心。古特金探長天性中也帶著道德狂熱者的成分。他相信陰謀論，然而相信陰謀論是不被允許的（雖並未違反任何一條法律），但古特金就是無法自拔。他的家族有偏好陰謀論的傳統，他的父親除了陰謀論外，眼裡別無長物。古特金的祖父也對此深信不疑，甚至因此丟了他在新成立「現下公司」裡的工作，只為了將陰謀論查個水落石出。而因為這造成自己失業，更使他對陰謀論深信不疑。接著還有那個華格納迷，也就是古特金的曾祖父克萊倫斯・沃辛，他嘗盡了背叛的滋味。他讓兒子染上自己的憤慨與狐疑，而他的兒子也以此養分餵養小孩，精心培育出古特金來。不管這個家族歷史可以回溯到多久以前，一直以來就是有人或某群人，想要對付他們。他們自有一套傳承的方法，就像對待中國絲毯的態度一樣，但家族受陰謀策劃者迫害的故事，作為傳家寶繼承有其限制。任何家族懷抱太多這種情緒是行不通的，個人太過熱中也一樣。陰謀論滋養了人心的懷疑，終究爆發整個社會迄今依然遺憾不已的事件。而「那件事」背後的因素，也就是陰謀論，至今依然強而有力，並且正在削弱國家的活力，你該如何說抱歉呢？

古特金探長了解為何沉溺陰謀論沒有退路，但他也受到自己家庭背景的影響。「那件事」說到底無法歸咎於其他事情，只能怪罪於個人的違法亂紀。但個人的違法亂紀並不等於陰謀。古特金的身形看起來操勞憔悴，不察之人可能還會覺得短小精悍，身子像是長期煩惱般精瘦，一張圓臉加上彷彿中風似的眼睛，卻出乎意料配上濕潤且天真無邪的嘴巴。倘若有人謀策指控古特金跟丹斯德·克普利一樣有變童癖好，原因一定就是他那張嘴巴。他看起來就像是會三緘其口的人，雖然根本沒有默不作聲的必要。

他對著凱文微笑，問自己可不可以脫掉外套。凱文無法隱藏自己的尷尬，古特金在這裡已經夠糟了，但一個沒穿外套的古特金，還在凱文的小木屋裡，這已經超過凱文精神上可負荷的程度。「當然可以。」凱文說，接下了外套，但不知道要如何處理。「是我沒盡到屋主的責任。」

看到古特金外套下並非穿著夾克，而是一件費爾島鈕扣開襟衫，凱文感到驚訝。

凱文心裡猜想，這是為了讓人不知不覺卸下心防嗎？如果是的話，古特金的眼睛盯著凱文環繞整個房間時，不該如此炙熱，好似乾柴渴望烈火一般。

「這是畢德邁爾家具？」古特金邊說著，手指滑過精心雕刻的沙發椅背。

凱文開口道：「是仿製品。」

「本地生產的？」

「吉桌米做的。」

「為了這個沙發跑那麼遠。」

「我喜歡最好的東西。我本身是個木工，所以我敬佩精良的手工藝。」

「不過和這座小屋沒那麼搭，對吧？」古特金接著說。

凱文也不覺得探長的開襟衫和他的職業相稱，但最好別再去跟他爭論。「這風格很適合我的氣質。」凱文說。

「那你會怎麼形容呢？」

「我的氣質？沉重，拘泥小節，且不易親近。」

「還有格格不入？」

「隨便你說。」

「你覺得自己是個性孤僻的人嗎？」

「我不會替自己貼任何標籤。我應該跟你說過了，我是木材工匠。」

「生意好嗎？」

「我做燭台和愛勺，是觀光生意。錢賺得並不多，但勉強還過得去。」

「為什麼本地人幫你取了可可這個綽號？」

「你最好去問他們，但我認為這綽號很諷刺。可可是個著名的馬戲團小丑，顯然你應該會發現我並不是個取悅他人的表演者。」

「但你會取悅女人？」

又來了，凱文想著，邊嘆息邊走到窗戶旁。他不知道該如何回應，而古特金的外套仍然掛在他的手臂上。雖然海勢看起來並非驚濤駭浪，但岸邊岩石並未等閒，不時地噴出巨大水花，在陽光下不住翻騰。凱文想起艾琳的鯨魚，頓時感到厭倦。「他媽的給我滾出去！」凱文想對警探大叫：「他媽的給我滾出這棟房子！」如果總有一天要失控，不再壓抑自己，讓髒話脫口而出，就是這時候了。但他還是他自己。凱文想結束這一切。「你是想問血漬的事情嗎？」他說，但眼睛仍盯著窗戶外，頭並沒轉過來。

「你是說哪裡的血？」

「我自己的血。」

「羅文娜‧摩根斯登吻我的營火晚會當晚，她咬了我，而且咬得很用力。我猜之後有人見到我襯衫上沾有血漬。我猜你想跟我說的是這個吧。」

「你那件襯衫還在嗎？」

「喔，應該還在，我好一陣子沒丟襯衫了。但我想不起來當晚我到底穿了哪件襯衫。而且不管是哪件，那之後都應該洗過很多次了。」

古特金不懷好意地用嘴唇做出了邱比特弓箭般的形狀。他知道男人為什麼洗襯衫。

「拜託，古得堡——」

「是古特金。」

不管是古得堡還是古特金，凱文想，誰管你呀……

「拜託，」他說出來的卻是：「你該不會要跟我說，洗自己的襯衫會產生嫌疑吧？」

「是會造成嫌疑，如果那是摩根斯登太太的血，而不是你的血。」

「哈！而且你假設我嘗過她血的滋味，就會食髓知味。」

「柯恩先生，這的確也是種觀點，我會仔細想想。但坦白說，摩根斯登太太的血並非我們目前的考量。」

「不然是誰的？」

「摩根斯登先生的。」

「喔，我很開心話題回到他身上了。從謀殺案發生後的第一天起，村裡流言便認為摩根斯登先生是凶手。漁家樂裡的大夥兒也認定是他，將他判刑了。這下你只消找到他便行了。」

「你誤會了，我要說的不是在犯罪現場找到摩根斯登先生的血，而是摩根斯登先生自己血濺全身。」

凱文並非太意外地聳了聳肩。「這省了大家麻煩，對吧？丈夫殺了妻子與情夫後自殺，結案。那你為什麼還要找我問話？」

「假如事情有這麼簡單就好了。事實顯示摩根斯登先生不是自殺的。」

「什麼！」

「柯恩先生，正如你所說，這個地方的人們充滿怒氣與挫折。」

「你是說阿德·摩根斯登真的被人殺了？」

「假如他不是自殺的話，從其死狀來判斷並非自殺；從自然死亡這一條線來看，確實也非自然死亡；此外也排除天譴，我認為這種可能性也得考慮一下。謀殺是經過推論唯一得到的結果。」

凱文．柯恩搖了搖頭。他沒辦法裝出害怕或驚嚇的樣子，只能勉強做出反應。「我的天哪，這座村莊到底是怎麼了？」

古特金探長臉上的表情高深莫測，彷彿是在說，這不正是我期望你能回答的問題嗎？

他並沒有把這點感想寫進報告裡，但古特金探長心裡是這樣想的：「事情有點古怪。可能不是這件事，但絕對有哪裡怪怪的。」

二

凱文認為他必須準備一下，以免艾琳聽到這些話。他必須承認，幾個月前自己曾經親過那名遇害的女子。他知道不說的話也不會怎樣。但他必須從中擇一：如果他誇言自己不是接吻高手，就不能說一個吻不代表什麼。此外女人也不喜歡聽到男人說，他們對自己身體，或關係到感情那方面的事不當一回事。如果那不算一回事的話，為什麼還要去做？如果這算一回事的話，那就別說謊。但那一吻為時並不長，而且之後他沒有常常想起。他也沒打算宣稱自己從未想起那一吻——但他自從與艾琳交往後，確實沒想起與別人的吻，他腦海裡只有艾琳。

艾琳對他非常失望。她並未生氣，只有失望。而正是失望才糟糕。

「我很抱歉。」凱文說：「假如我讓妳嫉妒了的話。」

「嫉妒？」

「我不是那個意思。」

「不然你是什麼意思？」

他是什麼意思？「妳知道的。」凱文說。

「你們兩人之間發生了什麼我該嫉妒的事嗎？」

「不，沒有。」終究還是來了——早知如此，當初又何必去親呢？

「我是覺得，」艾琳放了凱文一馬，「我還是繼續認為，你不是個會隨便亂親別人的男人好了。我願意相信你懂得自重，至少懂得尊敬自己的嘴巴。」

凱文很努力地想有哪個他認識的男人尊敬自己的嘴巴。

「這一切其實對妳並無不敬之意。」凱文說：「當時我還沒遇見妳，除非妳覺得回顧往事也會傷害人。」

艾琳思考的時間太久，凱文有點緊張了。「不，我並未感到受辱。」艾琳終於開口了：「這件事受影響的是你，連帶影響到我，讓我的幻想有點幻滅……但那終究只是女孩的胡思亂想。所以，對，沒問題，我對這件事情完全不在意。感謝你對我誠實。」

凱文感到自己的胃在翻滾。艾琳居然對他不置可否。對，沒問題，她對這件事完全不在意，這是一種妥協與幻滅的修辭。而他擊潰了她的幻想，希望自己不是一般人的幻想。因為凱文的誠實而讓艾琳受到打擊。而誠實二字是不置可否的艾琳能找到最客氣的字眼，她終究領悟到凱文跟其他男人沒兩樣。

甚至跟「亞哈」沒兩樣。就因為他跟別的男人一樣，存心讓艾琳不開心。只不過他不是這樣的男人。不置可否。

他要求跟艾琳做愛，在他的床上，不蓋床單而且敞開窗戶。這不是為了消除羅文娜·摩根斯登那一吻在凱文唇上留下的餘味，而是為了忘記發生過這段對話。艾琳搖了頭，對她來說事情不能這樣。那麼就在戶外吧，在懸崖上，在天堂谷裡，就讓一切回歸大自然。但艾琳也沒這種心情，不過她可以陪凱文走走，走上一段長長的路來提振心情，他倆或許可談論些別的事。就將兩人的事拋在腦後，完全不去談論。「我們現在滿腦都是對方的事。」艾琳說。

凱文知道她在說什麼，但他最不想要的就是將她拋在腦後。

兩人散步很愉快，凱文這麼想，而這正是兩人合得來的徵兆。他們總是步調一致，一個人伸出手時，另一人會馬上牽起來。他們會同時駐足欣賞同一朵花，或是有如畫中風景的小木屋。他們會一起彎下腰摸小貓或是撿垃圾，而且不會在對方講完話前開口，也不會在對方剛開口時插話。兩人並肩談話，彷彿交響樂團裡的樂器合奏。這不是因為家教好，而是兩人天性合拍，兩顆心彈跳著同樣的節奏。

他那對亂倫的雙親剛認識時也是這樣嗎？凱文想著。

他突如其來地笑了，毫無緣由，仰頭對著天空大笑。艾琳沒問他為什麼，也照樣仰頭大笑。一會後艾琳緊抓住凱文雙臂，要他看著她。「這樣非常危險。」艾琳說。

「妳以為我不知道嗎？」凱文這樣回答。

凱文提議去旅行，利用幾天的假日離開這令人難堪的村莊。古特金沒叫他不能亂跑，所以他相信自己沒被當成嫌疑犯，畢竟羅文娜·摩根斯登在這鄉下不曉得吻過多少男人。他還比較擔心警官在報告裡寫了關於他家具的事。

他們會打包一些東西，一路往北開，找一座沒人認識他們、也沒人謀殺別人的城市，待在沒有海景的飯店，去幾間餐廳用餐，或許看一場電影，將摩根斯登的事情拋在腦後，重新認識彼此，不管如何他們都撐過來了。艾琳很驚訝凱文有車，他都把車蓋著防水帆布停在公共停車場。凱文給艾琳的印象不像是有車的人。一旦看見他開車的模樣，她便知道自己的印象沒錯。「你開得太慢了。」艾琳說。「你這樣要怎麼去別的地方？」

「別的地方是哪裡？」

「就是我們要去的地方。」

他沒跟艾琳說要去哪裡，他想要給她一個驚喜。對兩人來說都是驚喜。

「我們就隨便開吧，開到累了再停下。」凱文說。

「我累了。」

「這樣就累了？」

「我預期自己會累。」

凱文心想，這是暗指凱文交往前曾對艾琳不忠貞嗎？

他停下車，看著艾琳。

艾琳建議道：「換我開吧，至少這樣我們才有可能真的抵達什麼地方。」

凱文擔心她已經好一陣子沒開了，她也不認識這裡的路，車況又不熟悉，甚至沒讀過車子的使用手冊。

「凱文，車子都一樣啊！」

凱文說，好吧。他拉下手煞車，關掉引擎，跟艾琳換了座位。對車子沒熱情總讓他覺得自己跟別的男人不一樣。魯本港的男人開起車來很凶猛，看到行人會加速，沒事就死命催引擎，就算車子還沒開出車庫也一樣。週日時，魯本港的男人會用肥皂洗車，彷彿把車子當成自己情婦一樣。那些男人把所有心力都放在車子上，凱文想，難怪他們老婆喝醉時，會想要跟他這樣不愛車的男人親熱。

艾琳開得太快了，凱文忍不住閉上眼睛。

「不論是誰，都會認為亞哈在追趕我們。」

「亞哈是在追趕我們沒錯。」艾琳說：「亞哈總是追趕著我們。亞哈就是這樣。」

艾琳似乎因此而興奮。

「至少在這種情況下，難道我們不能讓他追上嗎？」

艾琳用力踩下油門並搖下車窗，任憑風吹亂她的頭髮。「你的冒險精神到哪去了呢？」艾琳問。

❖

疑問啊疑問……在這些碎裂的家具與被撕爛的衣服、壞掉的玩具、被砸碎的盤子、玻璃碎片、磚頭、窗框，以及從各種神聖與粗俗的書籍被撕下的書頁中，為什麼有那麼多羽毛？這當然是從上層窗戶丟下來床墊裡的羽毛，但這裡有足夠的羽毛可以填滿每一張床，供這座城市所有暴徒光明正大地睡覺。然而有一根羽毛卻不肯安分。它捲曲著、微微地震動，試著飄走，卻被什麼東西黏在孩童的外套上。而那些鉤子與鐵撬打哪兒來的？如果暴動是自發的，那為什麼這些武器好像唾手可得？難道K市民睡覺時都會在身邊放根鐵橇嗎？不管如何得手這些武器，他們興味盎然地將鐵橇砸在一名男子頭上，而在之前他已經被人丟入滿是泥濘、鮮血與羽毛的壕溝裡。這是種儀式般的洗滌。他們攪動著那名男子，然後將他像擰乾抹布般扭絞。骨頭碎裂聲與求救聲，和謀殺者喧囂勝利的喊叫聲及旁觀者的笑聲混成一團。這讓人不禁要問：將人像塊抹布一樣扭絞，究竟哪裡好玩了？

第七章 克萊倫斯・沃辛

一

「操你自己」警探的心情很不好。他不時察覺到凱文・柯恩對他不言而喻的藐視。他耳力很好。可以聽見三個郡以外人們甚至沒說出口的侮辱。況且他也不知道凱文對於講髒話的顧忌，因此當著他的面，他不可能聽不見凱文希望他對自己做的事，操你自己（Go fuck yourself）。

他工作過度，這是他倦怠的原因。至少在他這輩子，郡裡還沒發生過這麼多重大罪案。謀殺、謀殺未遂、暴力搶劫、通姦情殺。這是對某人或某事的憎惡所導致難以衡量的行為，但他將之解釋為人際互敬的崩壞，尤其是對他的尊敬蕩然無存。

對於其潛在原因，他自有一套理論，但他知道這自己曉得就好。

古特金的家在聖艾伯（St Eber）排屋的尾端，這座內陸小鎮當初就是圍繞著這個國家的瓷土礦坑建立而成。從很久以前，白色的塵土便堆積在聖艾伯的每棟建築上，讓建築物看起來帶點阿爾卑斯山的感覺，雖說形狀平坦不出色，但此地少有的遊客卻總是覺得很美。古特金的貓路瑟已經結紮了，也因此閒閒沒事做——「就像我一樣」，古特金有時候會這麼想——從早到晚在這堆塵土中打滾，逛過一個接著一個花園去找更多塵土。探長到家時牠會等著他，全身毛好像被撒上糖粉，睫毛就像得了白化症一樣，就連舌頭也是白的。古特金反正也沒有人可以愛，就會把貓放在廚房的報紙上，粗手粗腳地梳理著貓毛，即使他知道這隻貓待會吃過飯又會去誰家的花園裡打滾。貓跟人一個樣。古特金每天洗兩次澡，他週末在家時會洗更多次，看著塵土粒子形成黏土，順著骯髒旋渦消失在排水孔。古特金認為這是一種回收循環，包覆頭髮和皮膚的黏土回到自己地底下原本的出處。他自己其實不是會做回收的人。太多社會弊病就來自於錯誤的人懷有錯誤信仰，找到錯誤的方法自我回收，不管你花了多少力氣去解決他們都沒用。

解決？古特金探長不是個粗人，但他相信實事求是。

而且不管家裡有多髒，他獨自一人在家時，都不會覺得抱歉。

他沒有老婆。他曾經有過，但婚後她很快便離開了他。瓷土灰塵是她離開的原因之一，古特金沒打算要搬家（每天沖這麼多次澡，讓他肯定了這世界哪裡不對勁），但是她另一個離開他的原因，正是因為他察覺到這世界有哪裡不對勁。她自己體悟到朋友們早跟她說過的事，雖然她當時聽不進去，跟一個眼裡萬事皆陰謀的男人在一起，這種生活無以為繼。「你是被朋友慫恿的。」他眼睜睜看著她打包行李。她搖頭。「那麼就是你家裡的人了。」「尤金，難道不能是我自己的意思嗎？」她問：「為什麼不能是我自己決定的？」但是他無法理解她想說什麼。

查訪凱文．柯恩後回到家——又是一個對他不尊敬的人——古特金探長先沖澡，梳貓毛，再沖一次澡，然後熱上一罐豆子。他感到異常惱火。如果我能掌握到一點什麼，他告訴自己，隨便什麼都好，我就他媽的感覺好多了。但他究竟是要掌握動機，或是罪犯的名字，或者是為何每件事物都漫無目的，或者自己的生活為何如此灰暗孤單，又或是他為何討厭自己的貓，他也說不清楚。

他得找個人來怪罪，他習以為常了。智人與禽獸之間的差別，就在於追究責任這一點。獅子如果餓了，或者黑猩猩找不到對象交配，那不是任何人的錯。但是自從開天闢地以來，人類就懂得責怪氣候、地形、命運、眾神、別的部落，或是隨便任何人。身為人類跟黑猩猩最不一樣的，就是人類永遠受到超自然的神靈、某種力量、一個生命或是一群生命所擺布，他們唯一的作用就是讓你在這世上生不如死。這不就是人成功的祕訣嗎：藉著追究自己不滿足背後的惡源，他思索出箇中原理，先是獲得了宗教，然後是進步的道理？進化正如革命，不就是將追究責任的邏輯發揚光大？追求正義不就是為了處罰應受譴責之人？

那麼誰是最該受譴責的人？那些你愛過的人。

每當多愁善感的怪罪情緒來襲——今晚這情緒在他耳邊吼叫，就像你曾經與愛人並肩走過的海邊，從珍貴貝殼裡傳出的海浪嘶吼聲——他會爬上閣樓，打開用來存放不再穿卻不忍丟棄的衣物的舊衣櫃，抽出一、兩本掛在報夾上數量成打的期刊，一如它們當初被掛在都會時尚男女光顧的咖啡店裡，任由他們喝咖啡、吃點心時，瀏覽上頭最新的偏頗意見。古特金保留這些期刊，是因為裡面有許多他曾祖父克萊倫斯．沃辛寫下的心得感想，因此嚴格說來這些算是傳家寶，而且遠超過任何人被准許收藏的數量，雖然沒人知道確切數量是多少。這也不是明文規定的法律，並未受到嚴密監督；每個人身邊都留著比自己所承認還要多的數量，但是身為探長，古特金知道自己這樣有點鋌而走險，而且還樂在其中。

他時不時就泡在這些刊物中，享受尋找曾祖父遐思逸想的樂趣，這不只是因為克萊倫斯．沃辛略優於家族中其他成員，他是個自學的思想家，同時也是自立有成的紈袴子弟，遊走在尤金．古特金無法想像的社交圈。他從未見過他的曾祖父，但是曾經從他祖母，克萊倫斯．沃辛的女兒口中聽過他的事。她真是位不得了的女性，作風放蕩不羈，幾乎從未見過父親這一點，令她開心不已。曾祖父一頭栽進自己那些事情裡無法脫身，各方面都是，尤金聽得懂的話就知道她的意思；他像一陣不羈善忘的旋風，她認為這是因為他年輕時被自己唯一愛過的女人拒絕了，而對方甚至不是她母親。尤金很訝異她不因此感覺受傷。這樣的男人不可能傷害你，她說，他連讓你失望都顯得那麼有格調。古特金多希望自己也能有格調地讓別人失望。拿出報紙來，他沉浸在榮耀的回顧中，回想他曾祖父的不負責任和……痛苦。因為克萊倫斯．沃辛的存在，古特金也成了一個不容小覷的男人，他擁有悲慘的過去，對文字和女人遊刃有餘。

除了上述原因，他喜歡讀沃辛的文件，是因為其論調清晰，有鑑於此，他一再地按時間順序讀這些文件，他認為這樣能建立起其中的條理。當中有一篇特別吸引他的注意力，因為它似乎可以解釋某件迫切需要解釋的事。今晚古特金想再次細讀它。這是一篇題為〈當血濃於水時〉的長篇文章，他曾祖父在當中試圖為了自己認為這世界出錯的地方咎責。從道德、政治、倫理，甚至由神學觀點來看，他認為要怪罪那些「雙重效忠」的人，這一點人人皆知，但社會大眾卻因克己復禮而假裝無視。事實上，他認為「雙重效忠」這個詞對他們來說太客氣了，因為應該要問的是，究竟他們是否覺得自己應該對這個國家，或者對自己所身處的任何國家效忠。

又或者是對「他本人」效忠，古特金這麼想著。他不介意曾祖父的論證對女性充滿歧視。要不是曾經被辜負過，人要如何衡量那莫大的罪咎？如果他曾祖父的言論是因為個人曾大失所望，甚至是遭到背叛，那麼他的論證對古特金探長就更具說服力了。

「仔細觀察他們的同居習俗。」古特金的曾祖父寫道：「像科學家觀察白老鼠交配習慣一樣，你就會明白即使他們為了滿足欲念而離群索居，也必定會為了繁衍後代而重回群體。他們從自己不尊敬也不憐憫的人當中選擇情婦和愛人，與門當戶對的人結為妻子和丈夫。那些不清楚他們生存規則、偶然與他們相遇的天真之輩常說，他們為人友善、風趣，甚至可愛；而在某些狀況下，特別是尋求互惠利益時，他們甚至也很慷慨。但這對他們而言不過是在遊戲，運用他們不可否認的力量與魅力，獲取凌虐的樂趣。因此他們只對彼此忠誠。他們之中一員要是受了苦，他們便會展開無邊無際的復仇；要是其中一人送了命，他們會把整個地球翻過來。某些人認為這是他們堅守部落生活的證據，這是一代代相傳下來，他們學會互相表達敬意與感情的方法。但這其實是在展現優越感，他們認為自己「部落」之外的任何人都一文不值。你看，在他們稱為祖國的國家（但他們之中只有走投無路的少數人才會急著要回歸家鄉），最近一次與眾多敵人之一交換囚犯的事件裡，為了他們其中的一員，就單單那麼一個人，他們心甘情願交出七百名囚犯。數字說得明明白白。人類有史以來從未有一個種族如此鄙視外族，或者如此深信世界可以、也將會繞著他們的利益打轉。有人說即使世界將被摧殘荒蕪，只要他們所有人毫髮未傷，他們便會放任世界被摧毀。當然以上不是摧毀他們的藉口，儘管這主張獲得強而有力的支持，也的確讓我們不得不問，我們到底還要容忍他們囂張的存在多久？」

古特金最愛他曾祖父的散文中，那堅定又真誠的特質。他想不通為何他的文集沒有出版過，甚或是為何他沒在議會政治中嶄露頭角。是因為他惡名昭彰的社交生活占去太多時間，或是他的文字對身處的時代來說太過未卜先知？古特金自己知道不受賞識的感覺，也同情曾祖父的哀傷，那種滾燙的痛。就是不知道克萊倫斯・沃辛自己是否曾經感受到。

古特金仰慕沃辛的作品，部分原是因為他每篇文章持續精進的論證。比方說，某篇文章結尾對所有破壞之說進行反駁，並在下一篇以「自我毀滅」重提，也就是他稱之為「自大、魯莽且虛榮」的人，似乎自相矛盾般地拚命著——「在他們靈魂裡，分化的蠕蟲驅使他們——有史以來一直如此，彷彿他們知道歷史本身對他們不利——朝向自我毀滅的邊緣趨近。在想像中，他們滅絕的故事使自己沉迷；讓他們享受一段和平時期，接著就會引發戰爭，享受一段時間的關愛，他們就會召喚仇恨。他們夢想著大規模屠殺，就像飢餓的人夢想著饗宴。他們野蠻的行為，招來自己發熱的腦子無法理解的事件。『殺死我們，快殺死我們！證明我們是對的！』他們一再被拯救，不是因為自己的決心，而是因為這世界相信他們低落的自我評價，努力幫他們達成他們所由衷渴望的極致成就。唯有此時，他們才能像同胞般團結、消弭分歧，讚頌自己之所以能夠脫險，再次證明他們與眾不同，因此能得到恩寵保護。但這是場危險的遊戲，總有一天會適得其反。」

古特金在這裡面聽到曾祖父的私人呼籲，對象是一個他曾經愛過卻未得到回應的人，要她小心自己和後代所播下的紛爭種子。他甚至懷疑這是否為某種密碼暗語。也許是最後關頭給她的警告，警告她趁第一槍開火之前快逃離（他甚至用了「逃離」這個詞），快收拾細軟離開或者找個地方躲起來。

他自問，有多少封這類訊息，像這樣被寄出去。不只是克萊倫斯．沃辛一個人，還有其他迷戀上那些看似有魅力又和善的男女，在他們想要認真投入時，卻證實被玩弄了感情，而且那些男女頭也不回直奔自己人的懷抱。有多少「拯救行動」，為了短暫卻永難忘懷的擁抱而進行？就像所有背叛與陰謀論者，古特金是個習慣誇大的人。從他曾祖父的單一例子，他推算出一整個被情所傷的地下組織，他們孜孜不倦地密謀著給那些他們知道——從他們本身經驗得知——罪不致死的人再一次機會。

對探長來說，這可能性很高，於是他開始質疑當年的事件最終是否有任何的被害者。這麼多年來，這件罪案未曾被著墨，是因為這是一件未解懸案，而未解是因為其不曾發生過嗎？這對他來講就說得過去了。這解釋了這世界為何不曾因此變成更幸福的地方，因為應該發生的事件真的發生了的話，世界理當會變得更幸福才對。

古特金剛開始追求日後的妻子時，她曾經寄給他一封香豔的信，上頭印著她的唇印，描繪自己的欲望。她在信末寫著「讀後請燒毀」。

如今他懂了，曾祖父這些文章是寫給他愛過女人的私密書信，他可以想像他提出同樣忠告。讀後請燒毀。

但是這並未減損克萊倫斯・沃辛所分析的真理。真要說的話，正因為這些文章是為了讓可能受其傷害的人產生共鳴，是為了讓對方有心理準備的戒慎警告，而不是為了煽動——這使得其分析更具說服力。善解人意的古特金象徵性地照做了，讀完後將之燒毀。

二

今晚，他在廚房桌子上再度攤開幾頁克萊倫斯・沃辛辯才無礙的文章，畢恭畢敬逐段拂著頁面的灰塵。他多麼欽佩他堅定不移的決心，不因激情妥協，卻因激情而更加堅固。能夠知道生命中根本的錯誤之處與其樣貌，豈不美哉？這裡寫的不是抽象形容，都是活生生的實體。彷彿他的曾祖父寫作時，他的敵人正在另一個房間，或許正虛情假意地跟他的孩子玩耍，或者正在勾引他的妻子，一如他自己曾被勾引那樣。古特金感覺自己彷彿可以碰觸到他們。用手臂環抱住他們，遞上臉頰接受他們虛情假意的吻。他閉上眼睛，彷彿可以聞到他們。那是一種愛。一種純粹因為入迷而產生的仇恨。他那內心崇高的曾祖父曾經是他們的朋友。他對他們誠心相待。他被他們背叛了。古特金感覺自己的心也膨脹起來。他幾乎被這份愛恨難分的感覺沖昏頭。他閉上眼睛，嘴唇噘起一個完美的粉色圓圈。他感覺自己像女人一樣。吻我！

但當他張開雙眼時沒有人在，只有路瑟在白色塵土中打滾。他覺得塵土彷彿模糊了他的視線，像一層面紗，眼前一切都看不清楚，沒有一個人或是一群人，只有他自己莫名的空虛不滿。

但是他需要知道五官長相才能召喚他們，不是從家族日記，而是從自己親身經驗所得知，那疏離、冷血而優越的面貌。那就是凱文．「可可」．柯恩的長相。

第八章　聖人小阿路爾德

一

艾琳的開車方式大膽卻不失和氣，她無視其他駕駛人外顯的怒氣。如果她不讓對方超車，他們就會對她按喇叭，一讓開後他們還是會按喇叭；有人嫌她太慢，也有人嫌她太快；有時被嫌燈號轉綠後太晚起步，有時又被對向車輛嫌起步太早。有自行車騎士生氣地搥她車頂，一看駕駛是女人就拋了個飛吻。

「要是我早就回頭了。」凱文老實說：「我要不是會動手殺人，就是會被殺。」

「身為女人，這些都早已司空見慣。」艾琳說。

「妳該不會是想把這變成性別議題吧？」

「沒這必要。有多少女人曾搖下車窗對我吼回來？有多少女人會對我比中指？」

「我沒算過。」

「沒必要算。你覺得那個自行車騎士會對你拋飛吻嗎？」

「好吧，我接受妳的說法。但他是年輕人。社會所面臨的所有危機都會在年輕人身上展現。所以我們回家去吧。」

她聽不進去。別忘了，回家沒比較好。男人在家不只對女人比中指，他們還會殺女人。而凱文或許忘記了，他自己就曾被懷疑殺害過女人。

「還有男人。」他提醒她：「其實有好幾個人。不要低估我的罪行。」

「我不會。但是你的行為不構成危機。」

凱文拉緊安全帶。「妳會說這是廢話。」他說：「但是人們的行為，正是我們面臨莫大危機的鐵證。」

「這是廢話沒錯。」她說，車子終於開上了公路。

她以她平常的速度開著，彷彿穿越隧道般專注而自信。凱文不發一語。開了一個半小時後，出於某種善念的衝動，她離開公路，隨著路標來到艾許布里特（Ashbrittle）這個小座堂城市。這裡一度曾是全國菁英教士的集中地，也因此吸引了許多基督徒遊客。但那是在「那件事」發生之前。之後儘管教會堅稱他們與事件無關，終究還是低頭讓步。凱文望著車子行經之處，心裡不禁想，這道歉實在太多太過了。

「這裡可以嗎？」她問道。

他拉下車窗後又捲了上去。「都可以聞到荒廢的味道了。」他說。

「那麼直接開走囉？」

「不，就停一下吧。我想讓眼睛休息一下。」

「又不是你在開車。」

「是就好了。」

他們在城外一、兩哩處找到溫馨的民宿落腳，遠離了荒廢的氣味，立刻就上床睡覺。床上方掛著各式鉛筆畫，繪有墓碑、停柩門和聖水盆，以及從奇特角度描繪的拱門與列柱。「這些是教士們的軟調意淫。」凱文這麼稱呼那些畫。「因為再也無人相信的宗教，就淪落成這樣的媚俗作品。」

艾琳覺得他想太多。這不過就是一些圖畫嘛。牆上總得掛些東西裝飾一下。倘若他們掛的是救世主釘在十字架上流血的畫，他又會怎麼想。他說那得看是誰畫的。

「我們就別斤斤計較了。」艾琳提議道。至少不要在他們出遊的第一晚。「我們是來度假的。享受一下離開魯本港的放鬆感。享受沒一天到晚時時被監看的感覺。」

他同意。「或者是被訊問的感覺。」

「誰叫你要吻已婚婦女。」

「妳口氣活脫脫像是古特金探長。」

「他問起我了嗎？」

「沒有。他應該要問嗎？」

「我想不會。但我以為他會拿我的意見來評估你的性格，或者是你的狀況。」

「他應該是比較想評估我的家具。」

她淺淺一笑，然後想起了一件事。「我也曾經被警察盤問過。不是跟你在一起之後，是在我離家前。我也覺得他們對我的家當比較有興趣。」

「妳因為什麼事情被盤問？」

「我也一直搞不清楚。大概是為了一樁竊案。肯定不是為了跟誰在停車場接吻。但主要是他們想看看我住的地方。他們想知道我有沒有留著任何被收養之前的家族照片或信件。我說自己沒有以前的家族照片或信件，因為我沒有家人。而且我曉得法律規定。他們說每個人都多少犯過法。我告訴他們我沒有，如果他們想知道更多關於我的事，應該去莫諾克的孤兒院找找。如果真的找到什麼，拜託讓我知道。」

「他們有嗎？」

「你是說讓我知道嗎？」

「他們找到什麼了？」

「不曉得。」

她在他懷中打了個冷顫，心不住撲通跳著。「一定是有我親近的人死了。」她說。凱文一驚之下坐起身來，她笑著要他別擔心。「這是我們那裡的愚蠢迷信。」

但他自己就是個迷信的人。只有笨蛋才不會迷信，他這麼想著。萬一她的心撲通跳是種預兆，是種事前預知的話怎麼辦？說不定他就是她身邊死去的那個人。

沒一會兒，有人敲門。兩人的心同時驚跳了一下。會有誰知道他們在這裡呢？其實不需要緊張：只是好心的地主來問他們是否需要熱水瓶。

他們說不用沒關係。

他們有彼此為伴。

二

他們吃完早餐去散步時，艾許布里特街道上空無一人。同時卻也如艾琳的心臟一樣，彷彿受驚害怕般撲通跳著。

他們顧目四盼。一個接著一個沒有靈魂的露台，彷彿嘲笑著它們當初在精心設計下所顯現的平庸、傳教士般地敦親睦鄰。如同名片般充滿期盼，卻無人造訪的居所。石材神情鬱悶，布滿黃色鏽斑。黃銅門鈴沒有人按過而變黑。細雨彷彿不是從天而降，而是從路上的石磚裂縫中升起。街上開著兩間店面，賣著當地的歷史手冊（沒有人想買整本書）、錫鑄高腳杯、刻著教區徽章的銀湯匙，還有不可或缺的教堂明信片，但更多店面是釘上板子關門大吉。河面上像肉汁放冷後那樣布著一層浮油。曾經的觀光勝地「主教穀倉」也關閉修繕，但是就連公告此事的牌子看起來也欠修繕。堅固而低調的詹姆士一世風格大門上有塗鴉。凱文看不懂也猜不出那些符號，但是對他而言，所有塗鴉都是孤獨恨意的語言，即使主題是在宣揚「愛」。

他們靜靜地走在大街拱門底下，那裡有一間圖書館，一樣也是無限期關閉修繕中，然後他們找到教堂圍地。「我特別喜歡教堂圍地。」艾琳說，環顧著四周。「我總是覺得住在圍地裡的人一定過著很好的生活。」

「說不定是呢。」凱文說：「不過也得有人住這才算。感覺他們好像都走了。好像瘟疫來了，大家都逃難去了。除非他們都躲在地下室裡，跪著說抱歉。」

艾琳停下腳步叫他安靜。她可以聽見從大宅裡傳來音樂聲。她希望聽見巴哈或是韓德爾，卻只聽見公共電台播放著民謠，唱著沒有愛會怎麼過。

「在糞坑裡過。」凱文自言自語著。他不想對心愛的女人說髒話。

她拉著他的手臂，像個教堂圍地的熱中者那樣，朝教堂大門方向走去。她小時候曾經在修道院附屬的孤兒院待過，因此對教堂建築瞭若指掌。

「滴水獸都被毀容了。」凱文往上看時才發現。「它們都沒有五官。沒有歪鼻子、沒有突眼睛，也沒有下垂的嘴唇。」

「是被風吹日曬損壞的吧。」艾琳猜想。

「也有可能。但我敢說是故意的。它們都被磨平了，故意弄成無法辨識的模樣。」

「會不會是打了肉毒桿菌？」

他笑了出來。「道德上的肉毒桿菌，讓它們變得沒那麼醜惡。」

「好吧，但現在這樣子不是比以前好看多了嗎？」

「大概吧。但若是這樣的話，乾脆不要放在那裡。如果它們無法提醒你邪惡的存在，它們就沒有作用了。」

艾琳提醒他，滴水獸的作用是為了將水排到建築物外。

「我指的是精神上的作用。」凱文虔誠地說道。

教堂裡面，光線幾乎很難透進布滿灰塵的彩色玻璃窗。兩名穿著黑衣的老婦，離得遠遠地在祈禱，其中一人還把臉埋進手中。

「這不就是了，精神上的作用。」艾琳細聲地說。

「我不確定這樣算數。」凱文細聲回道：「她們看起來彷彿在這裡待了兩百年。」

「要上帝回應你的祈禱，」艾琳說：「得等上很久。」

「我們沒那麼多時間。」

「但是沒像她們等那麼久。」

「如果人們祈禱的事情完全相反，祂要如何進行判定？」凱文納悶道：「假如有兩個人互相祈禱要毀滅對方怎麼辦？祂要如何讓兩個人的願望都獲得滿足？」

「很難判定。所以祂要等很久才會回覆。」

「這下我覺得還好這裡沒什麼人在祈禱了。」凱文說：「看來其他人都心想事成了。」

「上帝保佑他們。」艾琳說。

「上帝保佑我們所有人。」凱文附和。

他們隨意瀏覽著十字架和聖經場景圖，兩個人都懶得欣賞當中是否有突出的作品。他們在一個刻工精美的石雕神龕前停了下來，它比枕頭大不了多少，矗立在一塊小板子上，看起來簡直就像王座一樣，上頭寫著：其中裝有艾許布里特聖人小阿路爾德的遺骸，死於——。

凱文掏出眼鏡仔細看著雕刻。「別的不說，他們的確是很棒的工匠。」他說：「如果我也可以像這樣刻木頭……真的好輕巧，妳會以為自己眼前看到的是鮮花。我這隨口說說的喔，但是我幾乎能看到那個可憐蛋小阿路爾德的靈魂，穿過石雕花瓣的窗飾升上天堂。」

但是艾琳比較想猜出是誰殺了那可憐蛋。「這上面都沒有歲月的痕跡。」她說：「都被磨掉了。」

「也許他們發現抓錯凶手了。」

「那他們為什麼不把正確的名字放上去？」

「說不定還在調查中。案子可能待審中。」

「過了九百年還在待審中？」

凱文也承認這不可能。「但是，正義就像上帝一樣，慢工出細活。我們應該叫古特金來查。」

艾琳懂得凱文的心理如何運作。你對他所設下的問題，他要是找不到答案，就會將之變成笑話。他現在已經沒興趣去了解聖者小阿路爾德是誰、他怎麼死的、被誰殺，還有為什麼會有人不想讓人知道真相。是誰拿著斧頭磨掉碑文？難道是權勢蕩然無存的教會幹的好事？她是個好奇的人。但到頭來她也不得不承認，有些謎團還是別解開比較好。

兩人帶著教堂裡的黑暗氣息走到街上。

「這地方需要來點歡樂氣氛。」艾琳說：「需要陽光。」

「它需要其它東西。我覺得是需要朝聖者、信徒、一點老式的教條主義。沒有信仰就沒有教會城鎮，沒有偏執就無信仰。」

「你覺得這樣就可以讓這裡活過來？」

「沒錯。這些懺悔的……」

「這些懺悔的什麼？」

他找不到恰當的字眼。「妳知道的……無鬼無怪。問題是妳想要上帝的話，就必須要有魔鬼。」

「兩個我都不要。」艾琳說。

「那麼這就是妳所擁有的世界了。」

❖

玻璃碎裂了，他們兩個都聽見了。她在國家的這一端，他在另一端，然而兩人都聽見了。那壓倒性的狂熱，這片土地上每一片窗戶皆為之碎裂。在這麼多火災肆虐、這麼多人頭落地、許多鐵鉤和鐵橇揮舞之後，狂熱的殺意並未稍減。只是如今局部集中了。他很害怕，她則沒那麼怕。她覺得最壞的事他們已經幹過了。他認為他們可能會想出變本加厲的新手段，他覺得不能小覷人類的創造力，以千年的時間綜觀而言，他認為最糟糕的狀況根本還沒開始。如今看來他可能是對的。這次暴民穿著制服，聽從比上帝更崇高的權威。她靜靜地看書，等著有人敲門。他藏起他的臉。他們就這樣坐在往東的火車上，看著外面的雪，不發一語，她看著書，他藏著臉。坐上這列火車是意料中的事。他們原本就是要坐上這列火車。對於同車的有些人來說，終於搭上這列火車對他們是種解脫。大雪將會洗去一切。

第九章　記憶中的黑市

一

第二天一早，如今零落的信仰中心艾許布里特教人心寒，凱文雖然有點希望艾琳拒絕，還是提議兩人離開這裡，開車往死城（Necropolis）去。死城是他父親給首都取的名字。

「這也是他開的玩笑嗎？」艾琳問道。

「可以這樣說，但說不定他其實是認真的。」

「這我就不得而知了。」艾琳眼睛直盯著前方說道。

她指的是玩笑，因為這是凱文對她的第一印象：她就是聽不懂笑話。但她對關於作為父親的一切也是一無所知。

兩個人都沒去過死城，他們不敢單獨去。那個地方惡名昭彰。住在首都外的人們，以驚人的毅力熬過了銀行垮台，甚至自豪重回昔日的節約生活，以此向那些長久以來在首都過著高檔生活、吃生蠔配香檳、住泳池豪宅的人，展現他們的道德優越感。這是種甜蜜的報復。時日一久，死城也多少漸告復原，但是它身為經濟與奢華的中心地位則受損了。那件事，或者如他父親所說的大破事，主要發生在這裡，雖然沒人責怪任何人，這地方往日趾高氣揚的光耀榮景已被破舊寒酸所取代。死城的離婚率高出其他地方。槍擊案也是。男人毫不遮掩地在街上撒尿。女人用最惡毒的話互相爭吵，喝醉了也毫不在意地在男人撒過尿的地方嘔吐。光天化日之下可能遭遇扒手，你要是用力抵抗的話，還可能會被割喉。**很有可能**。這雖並非司空見慣，但是鄉下人都很高興這種事是真的。

死城不被允許回想起昔日的榮耀，只能擺上自信滿滿的門面，用過往宏偉的店面和飯店樓宇所喚起的過往風光來掩飾。櫥窗華美的商店裡並未塞滿昂貴的物品。城裡最好的餐廳隨你高興何時訂位。黑市裡興盛著買賣美好舊時光的紀念物，甚至可以說是買賣記憶了。

如果他倆不是情侶也沒在探險，沒有彼此壯膽，艾琳和凱文就不會到那裡去。

凱文父親這些年來，肯定警告過他一百遍不要去死城，但是當他試著去回想時，卻想不起父親原本的話；他只看見一個早衰老人開闔的嘴，穿著錦緞睡衣，一身關節炎和滿腹怨懟，背對著那一年四季都燒著火的火爐，忿忿地用琥珀膠木菸嘴吸菸，一邊耳朵聽著行人的腳步聲（他說那些人是探子），取道小屋前往懸崖。在凱文的記憶中，他除了在工作室裡穿著木匠圍裙之外，就沒有別種衣著了。總是穿著錦緞睡衣，彷彿初來乍到，還在等其他的衣物到達，還是他已經打包好所有衣物準備隨時離開？到底住在小屋的這些年，有沒有至少一天，父親把那裡當作是自己家？

他的母親也是，雖然她並未穿得像是要上刑場一樣。他們好像主人與僕人，他是如此宿命地優雅，相較之下她就像眾多行李中的一件物品、一團破布，頂多用來禦寒。

凱文不知道她對死城是否另有自己的觀感，或者是否曾經待過那裡。她沒跟他提過這些事。往事不只是另一個國度，而是另一個人生。但是他覺得自己彷彿記得，她附和著丈夫，用她疲憊的聲音說話，像自言自語——畢竟還有誰會聽她說話——「你父親說得對，不要去那裡。」

凱文突然感到一股罪惡感，發覺他也冷落了母親。他把手放在艾琳膝蓋上，彷彿這樣從一個女人傳到另一個女人，他便能彌補她，彌補他根本記不清楚的母親。

艾琳將手從方向盤上移開，蓋住他的手。「雙手放在方向盤上。」他說，怕她開車時想跟他玩起拍手唱兒歌。「謝謝。」

「我很期待這次旅行。」她隱藏起自己的憂慮說道。

「我也是。我很期待我的第一頓黎巴嫩菜。」

「或是印度菜。」

「或是中國菜。」

「然後我可以拿我的電話去修理。」她說。

「我都不知道妳電話壞了。」

「就是有時候會響，然後接了又沒人回答。有時候我跟你通電話會聽到奇怪的喀嚓聲。」

「妳怎麼現在才說？」

「我不想讓你擔心。」

「妳覺得有人在偷聽？」

「誰會這麼做？」

「我不知道……古特金嗎？」

「他偷聽我的談話要幹麼？」

「誰曉得？也許他想確保妳跟我在一起沒有危險，畢竟我是淑女殺手嘛。」

兩人都笑了。

凱文沒說出自己的瘋狂想法。在她電話上搞鬼的可能是他的亡父，為了確認她是配得上他兒子的女人。

「有沒有視網膜歇斯底里這種症狀？」他們快到城市時凱文這麼問。

艾琳想起她讀過的一本舊英文小說，內容描述一位新婚但不快樂的新教徒女孩，她第一次去羅馬，那座異教／教宗之城——兩者對她而言是同一回事——巨大而破碎，在她眼前有如感官饗宴又像送葬隊伍般羅列，搏動著發光著，她的視網膜彷彿受到了打擊。所以沒錯，艾琳覺得一個人的興奮之情的確會影響其視覺。但為什麼凱文會情緒興奮，或者該問他以為自己看到了什麼？

「斑馬條紋。」他說：「還有豹紋。還有孔雀羽毛。我們是不是轉錯彎走到叢林裡了？」

「你該不會是宿醉吧？」

「我們昨晚在一起。我喝了什麼嗎?」

「那是偏頭痛嗎?」

「我沒頭痛。我感覺很好。只是被顏色搞得眼花了。」

她聚精會神地開車,這條路恐怕比她走過的任何一條都更可怕。他們接近死城時,她甚至忙到沒注意到他漸漸發現的事情。他說的沒錯。死城打扮得就像小孩的花園派對一樣。在大破事結束後公布的黑色衣著禁令,是為了防止全國哀悼的外在表現(還有誰在哀悼?),如今人們只有在違規時才會想起這條禁令。艾琳和凱文壓根不想穿黑衣。但是死城似乎嚴格遵守這條法令,好像把禁令當成製造歡樂,至少是表面上歡樂的機會。凱文和艾琳料想不到的是,這種黑色禁制,會給這裡帶來這樣的面貌。就像是嚴肅勤勉的精神徹底被抽出城市之外。

讓他們吃驚的,不僅是人們衣著的鮮豔色彩,還有稀奇古怪的式樣。他們愈往前開,就看見愈多舊衣攤位,城市看起來像是中世紀的遊藝集市或比武場,道路兩旁都是攤販和條紋帆布搭起的涼亭,花俏衣服層層堆疊。凱文揉揉眼。「我不懂。」他說:「我家有警察窺探著,連留一件家族紀念品都不行,在這裡他們根本厚顏無恥地亮出老祖宗的內衣褲。」

艾琳笑他。「我想那些東西不是真的舊貨。」她說。

他覺得他可以聞到街上那些古董的霉味。樟腦丸、腐爛的披肩、舊鞋、油膩的帽子,早已被遺忘的人們,還有早該丟棄的衣物的可怕氣味。「妳說『不是真的舊貨』是什麼意思?」

「就像你的吉卓米—畢德邁爾家具那樣。我覺得那是假的古董。」

「那有什麼意義？」

「那你的吉卓米—畢德邁爾家具又有何意義？這是種兩者兼得的方式。既可以蔑視權威，又不算真正做錯事。挺好玩的。要不要我們停車，你買個裙撐或是牛仔靴送我，我買一套普魯士軍官制服送你。」

「然後要幹麼？」

「邀我跳舞。帶我去樹林裡啊。像普魯士軍官會做的事。」

「那是從前的事了。」他糾正她。「現在已經沒有普魯士軍官。我討厭這樣玩弄東西。」

「噢，凱文，你的幽默感跑哪去了？」

他對她微微一笑。被她打敗讓他覺得高興。「不是每件事都適合幽默。」

「你認為我們應該嚴肅地面對過去？」

「我認為我們應該放手。過去的就讓它過去。」她要不是在開車的話，就會對他翻白眼。但她已經知道，他不見得會把自己相信的事情說出口。

二

當他們真的接近死城時，攤販才開始減少，但也沒完全消失。原本應該是販賣高級服飾的商店所在地，如今只剩下地上的大洞和吊車。如果現場有更多工人的話，吊車就可以被當成是正在進行大規模開發工程的證據。可是就連這些都帶著古老的氣息，像是繁華時期的紀念品。搭配著城裡霉味的喜慶氣息，吊車掛滿了耶誕節或其他老早過完的節日用破爛彩旗和褪色裝飾品。

凱文不想在車裡多待一刻了，在他的慫恿下，他們在樂蜀（Luxor）地區，找了一間飯店，這裡曾因其奢華的購物氣氛而被流行旅遊雜誌如此稱道。樂蜀曾經是多數大飯店的所在地，雖然今日無論大廳或是飯店外的街道上，已經少見往日光鮮亮麗的門庭若市。外客旅遊在事變之後大幅降低，而且從未完全回復。有誰會想要在娘子谷大屠殺發生地度假？這樣的互不情願正好稱了官方的意。如果遊客不想在我們家後院度假，那我們打死也不要去他們那邊度假。世上哪裡沒出過事？被誤導或是過於敏感的遊客還不是會對殘留的惡臭感到厭惡？認真說起來，沒有地方是安全的。沒有任何一處是愉快宜人的。哪個國家的歷史沒有萬人塚？如果你在意這種事，那最好待在家，閉上眼睛，頭上蓋塊冷敷布。最好就待在你自己的碉堡裡，閉門上鎖抵抗人們內在或外在的一切活動、一切想法。自家的大火自己滅，這是國際常識，至少這是「現下公司」所說的國際常識。遲早，我們的期望會變小，而事情終究會回復到曾經的模樣。

與此同時，樂蜀拜歷史上兩樁意外的會合所賜，保留了一點原本的老式異國情調。許多住在死城的油業富豪，靠著銀行的衰敗吃香喝辣（他們因此變得更加有錢，這背後邏輯只有精明的經濟學家才懂），並且狼吞虎嚥盡收當季流行，他們在那件事發生之際，發現自己被困在旅居國外和重返家鄉的兩難之間。即使沒有大使建言，他們自己也明白，不管他們是歡迎或甚至促成了事變，自己都很有可能是下個受害者；他們也同樣明白，身為足以負擔在國外飯店住上大半輩子、遭到憎恨的菁英階級，那股席捲自己國家的革命激情，對他們是更大的危險。某些人的春天成了他們的冬天。害怕留下但是又不敢離開，他們的餘生在焦躁的不確定中度過；他們的孫子和孫子的孩子，就住在他們被放逐孤立的地方，在略帶憂鬱卻養尊處優的幽冥邊境，有些仍住在世局動盪之際他們祖父母所住的旅館。無所事事地繼續購物，季節和櫥窗變換時搜遍最好的店家，就像自己血液裡注定要做的事，但是這城市已經不再是流行中心，衣服不再精美，珠寶變得廉價，他們也沒有地方可以炫耀購物成果。

對凱文和艾琳而言，這是新鮮又罕見的景象。那些人漫步著，手上戴著金戒指，頭上裹著阿拉伯頭巾，凱文猜他們的膚色可能比自己祖父母還要來得蒼白，但仍是一副凜然戰士的輪廓。阿拉伯人生性高尚慷慨，這是凱文在學校公民課裡學到的既定事實，就像加勒比海黑人自由隨性，而亞洲人誠實勤勞。至於女性的貞潔服從，仍可以從服裝的矜持看出來。

「不錯。」凱文說：「能看到一些黑色。」

艾琳沒說話。

在她看來，她們有如烏鴉那麼黑，但她從沒看過這樣徹底從頭到腳的漆黑，只看得見她們呆滯的眼和鞋子的金色鞋跟。她注意到她們舉止溫和，跟在男人的後面一、兩步，彼此交談著。有些推著嬰兒車，但是大都帶著幾個小孩。生小孩要幹麼？而且保母跑哪兒去了？她納悶著，那是什麼感覺？這些女人就像被保護的物種，過著沒有心機的優渥生活，可以不受拘束隨意覓食，卻沒有真正的巢穴可以將收穫帶回去？

有些男人在飯店休息室吸著水煙，愁眉苦臉，偶爾看著他們的手錶，但是絕對不看他們的女人，女人則坐著凝視自己綴滿寶石的電話，心不在焉地等著鈴聲響起，或者展現某種曾經神聖如今被遺忘的功能，有如失去效力的圖騰。女人們手指空洞地玩弄著作廢的鍵盤。男人們也一臉煩躁，手指總是離不開他們的念珠。

「你應該去弄一串來，可以平靜你的神經。」艾琳小聲地說，他們等著行李員來把行李搬到他們的房間。他們的行李不多，其實可以自己拿。但是行李員需要有事做，而且反正他們不趕時間。

「妳是說我很煩躁？」

「你？沒錯！」她笑著挽住他的手，但隨即又想到，在這種地方跟男人站得這樣近會不會有失莊重。

行李員帶他們到房間後，把凱文拉到一旁問他是否想要留聲機唱片、雷射唱片，或是錄影帶。私藏的藍調樂團、搖滾樂、喜劇，要什麼他都有門路。凱文搖頭。那絕版的書，地下酒店的黑票，還有那件事發生時沒及時逃出的人的護照紀念品、當時仇恨幫派戴的徽章、煽動海報、旗幟、畫報、簽名認罪書……

凱文想知道有誰會想要這種東西。行李員聳聳肩。「收藏家吧。」他說。

「不。」凱文說：「我不要，謝謝。」他想起父親在閣樓上藏的大量違禁音樂和文字。他沒想過那些東西可能會值錢。

房間很華麗，或者至少曾經很華麗。床有四根帷柱。地毯是朱紅色和金色，窗簾也相似。牆上掛著懷舊照片，是門外大排長龍的著名百貨公司。浴室正中央放著大浴缸，浴缸腳是鍍金的獅鷲獸爪，現今已損壞褪色。如果我們一起進去的話會翻倒吧，凱文想。他也不喜歡浴巾的樣子：雖然它們肯定一度很華麗，每一條都足夠包覆塗上浴油的一家子，現在則灰灰爛爛地掛在生鏽的桿子上。

他走到窗口凝望著公園。念書時他讀過前一代末日後幻想作家所描述的死城。那是為了讓學子們輕鬆一下而收在文選裡發行的宣傳用笑話，讓人們明白如果他們任由想像力馳騁，甚至是讓政客牽著走的話，會有多麼大錯特錯。但是這本文選後來被收回，不是因為末日後作家被證明是對的，而是因為事實上並沒有出現想像中對末日後的反駁聲浪。凱文記得某個作家所幻想出來的科技狂熱閃亮景色，左格（Zog）都會區的居民，坐在色彩鮮豔的筒狀長椅上，透過衛星用超音速傳送的視訊對話泡泡，跟自己的鄰居對話。他們放棄面對面交談，因為太麻煩了。另一個作家想像所有人都住在地底下的籠子裡，透過嚴密控管的電子匣系統，與電力和水一起穿過半透明的管路散播他們的種。除此之外他們不喜歡也不想要任何人與人之間的接觸。另一種幻想是全面毀滅，下水道布滿消費社會的殘骸，因為人們不再有消費的心力或財力；車門被拆下的廢車；從鄉間步步行進，像是侵略軍隊般走進城市的電塔，如今被連根拔起、像痛苦的恐龍那樣折成兩段，或者整個躺平就像是……凱文記不起來它們看起來像什麼，只記得每樣東西都變成像是別種東西，好像摧毀城市的不是疾病或人口過多或是隕石，而是一場幻想小說隱喻的熱病爆發。

不管怎麼說，電子產品造就的破壞，占據了這些作家的想像力。這麼多的巧思和發明，卻帶來這麼有限的快樂。不管怎麼偽裝，它們都是自成一格的樂觀和勝利主義者，各自記錄著作家如何以幻想對抗自然。

凱文覺得這些作家陰沉甚至歇斯底里的預言，其實是他們自己私密願望的實現。

他眼前的城市沒有發著閃光的東西。街上的人們沒有變成會走路的電腦螢幕，坐在透明的交通工具，疾駛在鋼鐵軌道上。但是世界也沒變成怵目驚心的荒地。的確，滿是裝飾品的吊車看來有點傷感，讓他想起派對後睡倒在走道的醉漢。沒多久行人和購物客的鮮豔復古服飾開始顯得絕望，好像他們在等著參加一場永遠不會開始的嘉年華會。但是紅綠燈還在運作，而且雖然街上的車子看來比他的老舊，車門、車燈、雨刷都還在。凱文在五樓關著窗戶都能聽到他們的喇叭聲。沒有交通壅塞，沒有駕駛人像逃命般往同一方向逃離城市的劇碼，或者是從另一座城市走避科技災難的態勢，所以按喇叭可能單純是出於易怒，而非特殊明確的焦躁。公園裡，有些男人像是愛斯基摩人般穿著連帽外衣——凱文察覺到，用「像是」這樣的詞，可以歸類在末日後的範疇——遛著壞脾氣的狗、扯著牠們的牽繩、等著牠們快點做完到公園來該做的事，然後可以回家。時不時可以看到狗和主人一前一後各自解放。只不過男人看起來比較像在解放怒氣。偶爾有個闊綽樣的人牽著闊綽樣的狗，他會保持距離，倒也不是害怕，就是習慣性地謹慎小心。這兩類人看起來都不喜歡出門。凱文一直看著，期待會看到人們對彼此敵意爆發，但什麼事也沒發生。僅僅是一片幽靜的陰鬱瀰漫著。無所不在的麻木讓色彩黯淡，讓狗厭倦，也讓光線顯得疲憊。

凱文猜想，如果要看流血場面，得等到天黑後。

主要幹道的人行道上疏於打掃，但也不是他在學校文選中所讀過的，下水道裡殘骸成堆的景象。這並非末日。

這當中說不出什麼強大的比喻。這一切什麼也不像。

那麼這是什麼？這儼然是個透過滿是刮痕的強化玻璃看見的城市。色彩斑駁多樣卻沒有輪廓。人影彼此模糊交融。凱文想，做妻子的人若在自家以外的地方碰見丈夫，是否會認得他。如果兩人都不回家，彼此會不會想念對方？然而他們進城時經過三間電影院和兩間戲院，每一間都在宣傳愛情音樂劇。愛情，這是舉世皆通的主題。為愛彈琴、為愛起舞、為愛歌唱。老少貧富，原住民和移民子弟——這都是愛。

艾琳走到窗邊陪他。「來這裡至少有個好處。」她說：「它讓人想念起了漁家樂。」她是否是認真的，他也說不準。

他們決定不要出去吃飯，照兩人說好的點黎巴嫩菜來吃，然而吃起來不過就是用各種不同方法搗爛的茄子糊冷盤。吃完就去睡覺。

結果床墊中央下陷。

「天啊！」凱文若有所思地說，抬頭看著剝落的天花板。

艾琳附和他。「天啊！」

三

他們的早餐吃得晚，結果又是綜合的茄子糊。那是在一個仿土耳其帝國大官涼亭的房間（馬賽克拼貼地板、天花板鏡子、牆上鋪滿氈毯）裡，但如今看來自暴自棄了，活脫脫像是倒閉的街角小古玩店。感覺得出來飯店的長住客不想聊天，凱文和艾琳便低頭吃飯。薄荷茶送了上來，凱文沒從必需的高度把茶倒出來。「讓它透透氣會比較好喝。」整個早餐室裡唯一沒戴頭巾的鄰座男子對他們喊道。他高舉著自己的玻璃茶壺，好似要用來沖澡一樣。「這樣泡沫也比較多。」

凱文覺得自己活像個鄉巴佬，開口向他道謝。

「你們打哪來的？」男人問。

凱文偷偷望向艾琳。她想跟陌生人說話嗎？她微微點了頭。「魯本港。」凱文說。

男人長得虎背熊腰，穿著像是遊歷天下的攝影師，一件卡其褲搭配綴滿口袋的棉外套。他搖頭。

「沒聽過。抱歉。」

「沒關係。」凱文說：「我們不會在意。您呢？」

「我也不是很在意。」

如果這個男人是個喜劇演員，艾琳真想知道她那臉皮薄的愛人會如何與他相處。

凱文也因同樣理由為她感到擔憂。

他勉力一笑。「不，我意思是您是從哪裡來的。」

「我嗎？這裡那裡到處跑。哪裡需要我就去。」

「那麼這裡正好需要你。」凱文說，世故地揮了揮手臂。「這個應該加糖喝嗎？」

男人問可不可以跟他們同桌，然後不等他們回答便逕自坐下了。他的寬厚讓凱文倍感安慰。身處異鄉，需要寬厚的男人給你建議。艾琳也有同感。他應該會是好父親。

他其實是這家飯店還有附近幾家飯店特聘的醫生，專職照顧長期住客的精神福祉。「我比你想像中還要忙。」他邊說邊對著艾琳微笑，彷彿她可以想像他會有多忙，因為她也在照顧凱文的精神福祉。

凱文有些問題想問，但是他不確定還有人在吃飯時，問問題是否合宜。醫生察覺到凱文的糾結。他的名字叫費迪南．莫柯維茲（Ferdinand Moskowitz），可以叫他費迪（Ferdie）。他前傾上身越過桌子，像是要把新朋友一把抱住的態勢。「沒人聽也沒人管我們在說什麼。」他說：「他們根本心不在焉。抑鬱症會讓你對周遭環境漠不關心，對自己都沒興趣了，更何況是別人。」

「那麼不抑鬱的人呢？」凱文問道。

費迪南．莫柯維茲亮出一口白牙。凱文想像他向非洲的圖瓦雷克人亮這一口白牙。「這裡沒有那種動物。唯一差別就是神經質的抑鬱和精神病的抑鬱，不過即使是那些初期症狀輕微的人，也會很快嚴重惡化。抑鬱症就是這麼一回事。」

「我們每個人皆無依無靠。」艾琳很快地說。她想搶在凱文之前說出來。比起面對他的悲觀，她比較能夠應付自己的悲觀。他的悲觀令她感覺被無視，他們之間的愛情也被無視。

「對啊，而且我們大家都憂鬱。」醫生說道：「不過事實上，我們之中只有少數人，像那些可憐的人一樣無依無靠。別忘了他們的憂鬱是一種文化，很久以前就落入鬱悶之中。」他用手比畫一個繩圈套住脖子上吊。「早在……你知道的，那個之前。」

「學校沒教我們這個。只有……」凱文說。「凶猛的戰鬥民族，」他回想著：「慷慨為懷熱愛生活……」

「對啊，從奧瑪．開儼[4]的智慧到阿拉伯的勞倫斯[5]皆然。葡萄美酒夜光杯……」

凱文閉上眼彷彿在品嘗美食，努力回想一句話。「享受美酒佳人無所懼，是這樣說的嗎？」

「我們在學校也讀了那個。」艾琳說：「只不過我們的版本是盡情享受，但是有所畏懼。」

醫生發出一聲介於咳嗽和噴氣之間的聲音。「搞得好像他們成天就做這檔事的樣子。」他說：「好像他們除了慵懶地躺在薰香枕頭上，和騎馬冒著沙塵暴去打無關緊要的仗之外，就沒別的事可做，只等著我們強加我們的價值觀在他們身上。」

凱文聳聳肩。對他來說，他不想把自己的價值觀加在任何人身上。他甚至不知道自己的價值觀是什麼。

「不管怎樣，」醫生接著說：「那不是奧瑪．開儼的真面貌。他是哲學家和神祕主義者，不是享樂主義者。當然你不能指望小男生或小女生了解這點。至於我們浪漫幻想裡的豪氣戰士，在相信太多謊

4 奧瑪．開儼，Omar Khayyám，波斯詩人、天文學家、數學家。一生研究各門學問，尤精天文學。留下詩集《柔巴依集》（又譯《魯拜集》），他的詩大部分關於死亡與享樂，諷刺來世以及神。

5 阿拉伯的勞倫斯，Thomas Edward Lawrence，是一位英國軍官，因在一九一六年至一九一八年的阿拉伯起義中作為英國聯絡官而出名。許多阿拉伯人將他看成民間英雄，推動了他們從鄂圖曼帝國和歐洲的統治中獲得自由的理想，許多英國人也將他視為最偉大的戰爭英雄之一。

言和承諾，輸掉太多場戰爭之後，很久以前就消失了。他們後來的文學主調是哀悼之類。」

「我們的主調也是哀悼。」凱文說：「我們都失去了某些東西。」

費迪南．莫柯維茲挑起一邊眉毛。「說得簡單，但是你可沒像我治療過的病人那樣嚴重失落。至少你在你們那裡可以像個自由派那樣盡情哀悼。」

「我不覺得自己是個稱職的自由派。」凱文說。

「總之不管你覺得自己是什麼，在你自己的家，你享有自由思考的餘裕。」

凱文和艾琳互看一眼。之後他們會想，兩人為何會這樣互看。除了費迪這名字讓凱文覺得很煩之外，他還說了些什麼惹怒了兩人？他們是不是真如他所說，是有家可歸的幸運兒？沒錯，艾琳的確小時候住過孤兒院，然後離開了拯救者給她的家，但她不也跟凱文在一起，在國境偏遠、懸崖邊上的狗窩裡找到了一個新的家？「我緊緊抓住生命不放。」凱文曾經對她說，手指比出鉤子的形狀，但這只是種誇飾。他們在彼此身上找到了家。那麼醫生說的話到底是哪裡惹到了他們？

「不管我們住在哪裡……」凱文終究回話了，但他說的話深奧不可解，好似深奧是會傳染的。「我們都在等待歷史的判決。」

費迪南．莫柯維茲掏弄著他的口袋，像是要訴說祕密般欲言又止。「的確啊。」他說：「但是有些事情是不用等歷史來判定的。」

「像是？」

「像是我們利用你看見的這些人來代替我們殉道，就像我們的祖父利用自己的子孫。我們嘴裡說是為了他們的利益著想，但其實都是為了我們自己。其實我們根本不關心他們過得悲慘或無依無靠。無依無靠的是我們。他們不過是我們用來借託強烈自卑的方便掛鉤。一旦我們得逞了，就不管他們死活了。」

「這也沒真的多糟糕。」凱文說。

「你還沒看過他們的腦袋裡裝了什麼……」他頓了一下，接著說：「我知道你在想什麼。這些人是幸運的一群人，是有錢有勢、土生土長的本地人。炸彈沒掉在這裡，因為炸彈是他們出錢造的。銀行沒倒他們的錢，因為銀行是他們家開的。他們逃過自己窮兄弟們所受的羞辱遭遇。你慢慢觀察他們就知道了，他們的生活是靜止的，他們甚至不能恨他們的敵人來得到慰藉。」

這些對凱文來說開始有點太露骨了。他不知道該說什麼。在魯本港，人們不曾討論過戰爭或是「那件事」，或是兩者的後果。這不是件壞事，也沒有禁止討論，就是沒人討論而已。只不過變成歷史罷了。假如現在他們討論的是「那件事」，那件事早已過去。難道這就是他的父親警告他不要去死城的原因？因為死城的人都還在談論老早以前就結束的戰爭？父親不想讓他碰見像費迪．莫柯維茲這樣掃興的人？

「怎麼說？」這是凱文所能想到的最好回應。就好像隔著一堆棉絮在爭辯。這並非因為凱文對此主題沒有觀點可發表，而是他不知道主題是什麼。

「怎麼說？你不能恨回憶，就是這麼說。你不能在回憶裡為自己復仇。只能抽著菸斗、數著念珠做夢。你知道他們最怕的是什麼嗎？就是我們的歷史會讓事件變得不足輕重，辯黑為白，讓他們成為惡人，而時間和苦難讓『他們』變得高貴，他們，那些擅長永遠扮演受害者角色的人，背著偷來的虛構故事強取豪奪。」

凱文眼前一片模糊。他快要不能呼吸。

「他們是指誰？」他勉強自己問。

但是醫生已經失去耐性。在他們眼裡他已不再是父親的形象，他起身對艾琳誇張地鞠了個躬，離開早餐室。

但是過沒多久，他在門口探出頭做了個鬼臉。「走了但是沒忘了。」他說。

他似乎很喜歡這句話，又重複說了一次：「走了但是沒忘了。」

「我覺得費迪不喜歡我。」醫生再度消失之後，凱文這樣說。

這句話會成為凱文嗅到掠食者的味道時，兩人之間的固定台詞——「我覺得費迪不喜歡我。」然後艾琳就會笑出來。

四

那天下午，小雨拍打著布滿刮痕的強化玻璃窗，他們決定把艾琳的電話送去修理。飯店禮賓員告訴他們最佳去處在城市北邊，而且他不建議開車去。

「危險嗎？」凱文問。

禮賓員笑了。「不危險，只是有點麻煩。」

「很難找嗎？」

「要做什麼都很難。」

他提議幫他們叫車，但是艾琳想要走走。他們漫無目的地走了一個多小時。凱文寧願亂走也不想問路。因為問路就代表要聽人說話，一旦聽到有人說直走一百公尺，然後左轉走一百公尺然後右轉，他就不知所措了。偶爾會有小販，打扮得像街頭藝人或是某種異教慶典的司儀，從某個門口走出來，對他們說這裡應有盡有包君滿意。「你們有黑色的東西嗎？」凱文問了其中一位。

小販一副被冒犯的樣子。他既不是皮條客也不是種族歧視者。「黑色的？」

「比方說黑色T恤或是外套？」

小販沒聽懂凱文的玩笑。「我可以幫你弄到手。」他回答：「你住哪？」

凱文報給他錯誤的飯店名稱。可不能真的讓他送來。

他們最後來到城裡正在進行工程的一帶，並且走進快餐店裡躲灰塵。一名穿著鮮豔顏色工作服、渾身沾滿灰泥的工人正在吃三明治，他身材壯碩、滿臉通紅，看見他們進來，上下打量著艾琳。「好吃。」凱文好像聽到他這麼說，但他可能只是清清自己的喉嚨，或者只是在說他的三明治。然而，他對著第二個進來的工人比畫，手指慢慢指向艾琳，這就一點也不模糊了。新來的人看了看艾琳，然後同樣不明其義地比畫了一下。

「這樣比來比去是什麼意思？」凱文問他們，來回看著他們兩個。

滿臉通紅的工人咯吱咯吱地扭了扭下巴，好像在重置自己牙齒的位置，然後笑了。

「別在意。」艾琳說：「不值得。」

「就是說嘛，美人。」第二名工人說，然後張開嘴讓她看見他的舌頭。

第一個工人也依樣畫葫蘆。

凱文想，這些就是我在艾許布里特沒看到的滴水獸。

「算了。讓他們做夢去吧。」艾琳說。她抓住凱文的手肘領他出去。

他們都是這裡的外來客，但是艾琳覺得她比凱文更能適應這裡。

回到街上，雨下得更大了。「我們乾脆找輛計程車，整理一下然後回家。」她說：「我覺得我們離開太久了。我的偏頭痛快發作了。」

這是一種替代性的偏頭痛，替他這樣不會頭痛的人而承受。

凱文有股罪惡感。是他要出遠門，是他想要閒晃看看那些昏暗店鋪的櫥窗，看看他們最後會走到哪裡，是他想要走進咖啡店。仔細想想，這一切都是他的主意，邀艾琳出遊，吻羅文娜．摩根斯登，這一切讓艾琳的生活變得難過的事都是他的主意。

街上沒幾輛計程車，經過的都不想停下。凱文不確定他們的「空車」燈是否亮著，但有幾輛減速，看了看他們後加速開走。難道他們簡樸的衣著或者猶豫不決的舉止，讓人家看出他們是外地人，怕他們付不起或是不想付小費？或者只是因為他們的臉看起來不對勁？

艾琳臉色變得蒼白。凱文看見一輛計程車駛來，下定決心要攔下它，跑到路上揮舞著他的雙臂。司機減速，探出車窗，開過去一小段路然後停下來。凱文牽起艾琳的手。「來吧。」他說。但是有人以為車是他招的，搶著要在他們前面上車。「喂！」凱文吼道：「喂！那是我們的車。」

「憑什麼說是你們的？」男子吼回來。

他穿著一件灰藍條的羊毛衫，凱文鬆了口氣，覺得對方像是個講道理的人。那是名三十出頭的男子，臉上戴著無框眼鏡，打扮端正，看起來像是正派人士，身邊還有一名女伴。

凱文說：「拜託講點道理好嗎？你明知道我是在你之前攔到車的，是不是，司機先生？」

司機聳聳肩。羊毛衫男子暴怒。「你不必大吼大叫。」他說。

「你說誰大吼大叫了？我在你之前攔了車，我只是希望你接受這件事實。這位小姐偏頭痛發作，我得帶她回飯店休息。」

「我也有太太，小孩也累了，我要帶他們回家。」

「那你可以攔下一輛車啊。」凱文說。他們身邊明明沒小孩。

「既然你想坐車想到瘋了，那就坐吧。」男子邊說邊舉起一隻手。

凱文不曉得他舉手是要攔車還是想打人。他感覺到自己背上有一隻手。是有人揹他嗎？凱文正在氣頭上，就算有人往他背上捅一刀，他大概也分不出來。「不要碰我。」他說。

「冷靜點，你這個蠢貨，你要就給你啦。快上車滾回你老窩去。」

「你他媽的把手拿開。」凱文說。

「喂。」男子說：「不要在我小孩面前講髒話。」

「那你就不要用他媽的髒手碰我。」凱文說，明明沒看見有小孩在場。

接下來發生的事他記不得了。不是因為他被打昏了，而是因為鋪天蓋地的憤怒蒙蔽了他的眼，接著是深深的羞辱感。他為什麼要打架？為什麼會出口成髒？他不是這樣的人。他不能忍受讓艾琳看到他這副德性。

結果是她把他推上計程車，兩人回到飯店。「你的手冷冰冰的。」回到房間後她對他說。除此之外她什麼也沒說。倒是凱文覺得她像是冰雕一樣。

他不知道現在幾點了，但是馬上倒下躺平。

「我覺得費迪不喜歡我。」

艾琳沒有笑。

第二天一大早他們醒來，她建議不吃早餐直接開車回家，明顯不想談論發生過的事。

「妳討厭我嗎？」他問道。

「我不討厭你。只是困惑，也很擔心你。」

「擔心？」

「擔心你會出事。你不知道那個男的是什麼人。說不定他有特殊來頭。」

「他就是個有家室的男人，不想讓他的小孩聽見人講髒話，雖說當時根本沒看見他身邊有小孩。

不過他好像不介意自己小孩看見他推打陌生人。沒什麼好擔心的。」

「你不懂。我也很怕你。我不喜歡看見你那個樣子。」

「妳要我解釋嗎？」

「不。」她是指不要現在解釋，但說出口卻聽起來很決絕。

「對不起。」他說。

「我也是。」

他不想照她提議那樣馬上離開，要是一路上兩人淨是惡劣的沉默會很可怕。不應該這樣動身離開任何地方，這樣會感覺好像他們離開了彼此。最好是坐著，忍著陣陣頭痛，等待心情轉變。要是已婚的人都願意等心情轉變，不管是幾天、幾週、幾個月都願意等的話，那會拯救多少婚姻啊？

「我們先去把你的手機修理好再走。」他說。

他想回到罵髒話之前的時光，急著想讓她知道，他心裡掛念著她的憂慮。畢竟他是為她著想，一心想要帶她回飯店休息，減輕她的頭痛，才會為了搶計程車與人起爭執。除非是他對她的責任感讓他一時抓狂。難道他連照顧一個女人都辦不到？難道害怕失敗的恐懼讓他失去男子氣概？

「我不在乎我的電話修不修。」她說。

「但是我需要做點事來理清我的思緒。」

「理清你的思緒！」

「理清我們兩個人的思緒。」

「那你說我們該怎麼做？出去招輛計程車嗎？」

然後可能碰上不知何處飛來的一拳。但是他還是拒絕投降，拒絕向可能的敵人低頭。

「我去找門房幫我們叫一輛車。」他說。

他的語氣堅定。他才不會讓照顧女人這種小事減損自己的男子氣概。

五

等了一個小時計程車才來。司機跳下車子迎接他們，深深一鞠躬，報上自己的名字，雷納吉・馬哥利斯（Ranajay Margolis）。他看了一眼雨勢，像魔術師抽出魔杖般拿出一把雨傘。他堅持要替他們開車門，一次一個，艾琳先上車。

凱文對他的行為舉止印象深刻，問他是從哪裡來的。

艾琳戳了他一下。他在魯本港住太久，當地很少見到黑人或是亞洲面孔。已經很久沒有人從別的地方進入這個國家。每個人的祖籍，不管你姓馬哥利斯或是古特金，都只有一個，那就是這裡。話說回來，不正是因為如此，所以現在比以前那個時代好多了？

凱文不介意被戳。她會戳他就代表他們還在一起。

雷納吉・馬哥利斯覺得這很有意思，他幾乎是手舞足蹈地蹦回駕駛座。「我是這裡人。」他說。

「至於最原始的根在哪兒，就看你要我回溯到多久以前囉。那你原本又是打哪兒來的？」

凱文舉起手，就當作他懂了。

艾琳說他們想去修理她的電話。

「你們找對人了。」司機機靈地回答，頻頻回頭亮出他那滿口白牙。「但是我先帶你們去遊覽一下。」

「我們不想遊覽，謝謝。」她說：「只要修電話就好了。」

「有些專門的地方可以修。」司機說：「我很熟。但是那些地方都不是很好找，而且有些不太可靠。」

「我們知道，所以才要請你載我們去。」

他彎著身子開車。「確定不想遊覽一下嗎？」

「確定。」

「這樣的話，」他舉起一根手指，彷彿驚嘆號般提示他想到了一個天大好的主意，「我們就得去柯恩家族以前住的地方。」

「柯恩家！我就是姓柯恩。」凱文說。一股興奮之情油然而生。雷納吉・馬哥利斯剛剛問他原本是從哪裡來的。該不會是從這裡來的吧？會不會在街上遇到與自己長相相似的人？會遇見叔叔、外甥女或是堂兄弟嗎？會不會有一群高大、淡色頭髮的憂鬱「可可」，大家都坐在長椅上，說話咬文嚼字，思考著他們的生命最終會怎樣結束？

雷納吉從後照鏡仔地看著他的臉，「不。」他解釋道：「我說的是**真正的**柯恩家族。」

凱文說要給他看證件。

雷納吉搖頭。「那還不是一樣。」他說。

他們往北行駛於狹窄陰暗的街道上，大約過了半個小時，經過一些販賣土耳其蔬菜的商店，然後經過賣印度蔬菜的商店，接著是加勒比蔬菜的商店。之後他們來到郊區，房屋的樣式看起來很久遠。希臘廟宇、伊莉莎白時期的宅第，林間小屋，瑞士木屋，加州馬里布鄉村俱樂部。炫耀奢華之至，比起電影布景有過之而無不及。但是不管原本的排場如何宏偉，如今豪宅只充作樸實的家宅。印度裔兒童在街上玩耍，或者從樓上的窗口盯著計程車經過。曾經可能是供外邦顯貴，甚至是王公貴族喝雞尾酒的門廊，如今只有一群穿著開領襯衫的男人坐在那裡玩牌。也許是因為沒人付得起修葺費用，有些富麗堂皇的住所已然廢棄。列柱傾圮。曾經閃耀著夢幻磷光的科林斯圓柱在雨中黯淡失色，看來亟需修補上漆。但這裡並非貧民窟。有人居住的房子看來備受呵護，整齊的花園和網簾，有種小企業的氛圍，就連玩牌看起來也生意味十足，彷彿在嘲笑此地前任住戶的輝煌。許多車庫大到可以容納整個好萊塢豪華轎車隊，而且是全家大小一人一台車。大車庫現在已經成了電器或是機械工場，甚至是零售商店，雖說看不出來哪裡有生意可做。標榜快速修理智慧型手機和電腦的招牌林立。黑色眼珠的少年蹺著腿坐在牆上，全神貫注玩電玩，彷彿在替自己父母的生意做宣傳。

雷納吉說柯恩家族住在這，這是什麼意思？這裡是柯恩一族聚居地嗎？柯恩鎮？總之他很堅決地說柯恩家族現在不住在這裡，而且凱文的家族從未住過這裡。但是他憑什麼這麼說？他知道什麼？

凱文的父母從來不肯告訴他，他們的祖籍來自何處。他們說那不重要。不重要，不要問。光是提起這個問題就會讓他們難過又生氣。也許那會讓他們想起自己近親通婚的罪孽。但是父親曾經警告過他不要去死城。「不要去那裡。」他這麼說：「那裡只會讓你傷心失望。」但他不是指柯恩鎮。哪都別去，他也可能這麼說，反正待在魯本港的話，你也會失望。

他不懂，沒有期望哪來失望？但是雷納吉提起柯恩家族住在這裡時，他又覺得很興奮。所以，至少他內心某處，肯定有些連他自己都不知道的期待或預想。

柯恩鎮，有何不可？

他問自己該有什麼感受，他自認應該有更多感覺才對。

他的感覺被壓抑著，像是雷雨將至的鬱悶。

他要求下車，聞一聞空氣裡的味道。「沒什麼味道。」雷納吉．馬哥利斯說：「只有人家煮飯的味道。」

「煮飯的味道也沒關係。」

雷納吉很堅持。「走吧。我帶你去最厲害的商家修電話。可以幫你談到好價錢喔。」

「給我幾分鐘。我想看看自己會不會想起什麼。」

「你又沒住過這裡。」雷納吉很堅持。「不可能想起什麼。」

「那得由我來決定。」凱文說。

雷納吉鼓起腮幫子，停車，撐傘，然後幫凱文開門。一群孩子抬起頭來看著，沒有好奇也沒有不好奇。凱文看起來不像他們，但是他的出現也沒讓他們感到驚訝。他突然想到，他們是不是已經習慣了懷舊感傷的訪客？他家族其他成員是否會定期在此出現，在此尋找自我，嗅著空氣中的味道，試著回憶過往？

真傻。這世界上有無數姓柯恩的人。按照雷納吉說的，沒道理這裡的居民跟自己那個柯恩家有親戚關係。但是他覺得只要在這裡待久一點便會心有所感。候鳥不也是會飛越很長的距離回家，接近目的地時，牠們自己一定會知道。牠們肯定會感覺到心跳的悸動。在經過這麼長的時間後，他說不定也會有同樣的感覺。

大部分的房子都有長長的車道，只有一間的大門緊挨著街道。他不曉得自己敢不敢往信箱口探視，看看裡面的絲綢地毯有沒有皺褶，桌上有沒有電話在閃著光。但是信箱口被舊報紙塞住。往上面一看發現好幾個窗戶壞了。這間屋子的荒廢對他而言，好過其他屋子裡若有似無的住戶。正因為荒廢，讓他聯想到消耗殆盡的柯恩家族歷史。他閉上眼睛；要是他連貝殼被沖刷的聲音都能聽見，應該可以聽見過去的聲音從這片廢墟傳出。家族不可能從開始到結束只有一個人。如果他的家族曾經在這裡住過，那麼他的身體一定能感應得到，不管是從指尖、舌頭、喉嚨，或者是太陽穴的陣陣抽動。像鬼魂那樣嗎？當然是鬼魂了。所謂的文化、回憶、自我，不就是鬼魂嗎？但是他知道放任這種想法很危險。沒錯，他可能會說服自己，快樂夾雜著可怕事件的日子回來了，熱吻和失落、擁抱與爭吵、愛、心碎、叫罵、亂倫……他的父母想要對他隱瞞的事；他們警告過他的，那些如果他發現就會傷心失望的事。

他的太陽穴的確在抽動著。他沒感覺到偏頭痛，所以一定是因為別的原因而抽搐。回憶？還是期待著回憶？但這念頭多傻啊！他在魯本港，坐在自己的長椅上時，也同樣能想像所謂喜愛的滋味，或者嘗到苦澀失落的味道。就算柯恩家族曾經住在這裡，就算他們跟其他家族一樣悲歡離合，那又怎樣？

而且！而且，天啊！凱文愕然想起，柯恩就跟凱文這個名字一樣，是後來改的姓。他不知道當初「真的」柯恩家族住在柯恩鎮的時候，他家原本是什麼姓氏。大概是凱渥雷德（Cadwallader），或是奇威登（Chygwidden）。他幹麼要追溯跟自己沒關係的姓氏歷史？

然而，這不就是重點嗎？沒有人應該知道誰是誰，或者誰曾經是誰。沒有人應該追溯自己的過去或先祖。「叫我以實瑪利」，生命由此重新開始。

艾琳下車看著他。「你還好吧，親愛的？」她問。

他感到無比釋懷。她叫他「親愛的」。也就是說那樁討厭的計程車事件已經被原諒了。他想要當街親吻她，但只是抓住她的手緊緊握著。

他點點頭。「這裡有股奇怪的鳩佔鵲巢的感覺。」他說。他看見有名母親走出來看她的小孩，可能也順便看看來者何人。她走路之輕柔令他驚訝，好像生怕驚動死者的模樣。「感覺他們就好像住在別人的墳墓上過活。」

「你也未免太快下判斷了。」艾琳笑道：「你剛到這裡才不過五分鐘！」

「這不是判斷。我只是試著形容我的感覺。妳不覺得這裡有股令人不安的靜默嗎？」

「如果有的話，可能是因為你盯著人家看的樣子。要是你正站在我家門外，一股腦地形容自己的感覺，我也可能會感到不安。我們該走了。」

「我不知道究竟是怎麼回事。」他繼續說道：「感覺好像這塊地方不屬於這裡的居民所有。」

這話惹惱了雷納吉。「這些人都是合法住在這裡的。」他說：「而且已經住很久很久了。」

「別擔心。」凱文說：「我沒打算收回任何東西。」

「那本來就不是你的東西。」雷納吉說：「你別想了。」

不是你的，好比昨天那輛計程車。好比艾琳在那間快餐店裡所受的羞辱。是不是這座城市裡每件東西的所有權都得動武來爭取？

艾琳害怕如果凱文不退讓的話，司機會丟下他們，好讓他明白這裡的主人到底是誰。她輕輕地碰了一下雷納吉的手臂。「我想他的意思不是說這是他的東西。」她說。

凱文突然感到暈眩。「我們先修好妳的電話然後回飯店。」他說：「我受夠這裡了。」

他沒等她先上車就爬進車上。

他聽見他母親的聲音。「凱文。」她就這樣呼喚著：「凱—文—」那聲音來自遙遠的地方，不帶著痛苦或恐懼，感覺像是透過玻璃窗傳來。然後他彷彿聽見玻璃碎裂的聲音。難道是被她的聲音給震破了？

她不可能叫他。她的本姓不是柯恩，只是因為嫁給凱文父親而跟了他的姓，除非……但是他今天的心思不在那邊，所以他怎麼可能在柯恩鎮聽見母親的聲音？

那聲音到底是在召喚他，還是警告他快離開？離開吧，他想。他甚至可以感覺到她的手放在自己胸膛上。走！快離開這裡！你父親說得對，這裡會讓你傷心失望。

這真是奇怪的用語：傷心失望。就像他們對他說過的所有事情一樣，遙遠又含糊。好像在對著不屬於他們的兒子，解釋一段不屬於他們的生活。

一直以來都是那樣。就連他們坐在往東的火車上，看著窗外的雪，那種時候也毫無親密感可言。當火車終於停靠小站，他們清點了其他家庭，送到各地，有必要的話也會拆散他們。身為母親要怎麼跟孩子道別？到底怎麼做才好，是緊抓不放直到最後刺刀穿過身體，還是毫不眷戀地離開？心碎有什麼規則嗎？有什麼禮節要遵守嗎？

凱文不知道，一旦那個時刻來到，一旦士兵把他們加入可怕的算式中，他的父母會選擇哪條路。接著，他像是挨了一記刺刀，驀地感到一陣厭惡，宛如性交後的厭惡或是回想起羞辱的恥感，更像是憶起了不屬於自己的恐怖記憶。

凱文覺得毛骨悚然，努力將自己從單調沉滯的夢境拉出來。永遠是同樣的地方、同樣的臉孔、同樣的恐懼。相互滲透交融，彷彿他的腦子裡有顆齒輪壞掉。所謂失智症一定就像這樣吧？所有空間事件都錯位了，但是他還年輕，不太可能犯上失智症吧？所以他爬了又爬，讓計程車載著因感到上當了而暈眩的他離開。

現在輪到雷納吉納悶自己是否哪裡說錯了。「我是為了妳丈夫著想。」他發動車子，這樣對艾琳說：「他不可能住過這裡。住過這裡的人現在都不在了。」

他哭喪著一張臉。

「沒事的。」她說，伸手環抱著凱文，他似乎墜入了夢鄉。他沒暈倒。只是像被催眠一樣，瞬間從清醒墜入睡眠。

雷納吉這下可愁了。「都是我的錯，是我的錯。我不該帶你們來這一帶。」他說。

「你帶我們來這裡也沒什麼不對。」艾琳安慰他。她覺得自己整天都在安撫身邊的男人。「是我們自己要求的。」

他側著頭。「謝謝妳。」他說：「我想妳丈夫一定是搞錯了。原本住這裡的人都不在了。很久以前就離開了。久到沒人記得是多久以前。」

閉嘴，她很想大叫。快閉嘴！

值得高興的是，他以為凱文是她丈夫。丈夫，她喜歡這個頭銜。老公，我來了。是誰曾經說過的？她忘了誰曾經這樣說過，要是別人稱呼自己為凱文的妻子，不曉得會是什麼感覺？但是沒關係，她想，就算他們出遊的這一路上，凱文總是處在半瘋狂的狀態。整體來說，都算還好。外面多的是更糟糕的男人。

他們沒修她的手機。零件要三到五個工作天之後才能拿到。他們不打算待那麼久。她乾脆買一支新的手機。

當天下午他們開車回魯本港的家，一路上若有所思的沉默，兩人都不希望有任何想法或話語讓對方難受。每個話題都藏有弦外之音。兩個人都小心翼翼，一回到家，卻發現他們意料之外的事情。有人曾經潛進小屋。

「我就知道。」凱文還沒轉動鑰匙便說道：「我們不在家的這段時間，我心裡都有數。」

「你真的肯定嗎？」艾琳問。

時間不早了，他們都累了。今晚是滿月夜，滿月會愚弄人的感官。他有可能搞錯了。噴水孔的咆哮聲讓他們不得不大聲說話。不，沒搞錯。他查看過信箱，確信自己看到了證據。

他的絲綢地毯被翻弄過。

他怎麼知道的呢？

地毯被擺正了。

第二部

所有至為瘋狂與折磨之事；所有揚起渣滓的事；所有夾帶惡意的真理；所有折筋與揪心之事；所有若隱若現的生活與思想的魔魘；所有邪惡，對瘋狂的亞哈而言，都是具體可見的，在抹香鯨莫比·迪克身上化為可實際攻擊的目標。

赫曼·梅爾維爾

第一章　教學用：瘋子的褻瀆史

一

那個把凱文．「可可」．柯恩的絲綢地毯擺正的人，無論他是誰，想要找證據證明凱文的罪——且不論他犯的是什麼罪——都不太可能是要找一本小書，那是凱文的外婆珍娜．漢那福（Jenna Hannaford）所寫的書，連凱文也不知道有這本書。絕對不可能找得到這本書。珍娜的女兒，也就是凱文的母親，讀到這本書時，覺得這是瘋子寫的書，便把它銷毀了。該書的作者反正也不會反抗。《教學用：瘋子的褻瀆史》是珍娜．漢那福自己定下的題名。

「瘋子才會以為有學校會用這本書當教材。」她的丈夫這麼告訴她。

她只是對著他甜甜笑著。她是個優雅的女人，修長的脖子配上一頭澄黃的頭髮，凌亂得像個鳥巢似地盤在頭頂上。他則是身形矮小，胸椎過彎而且頂上無毛。但是他們這一對也不完全是美女與野獸的組合。她患有憂鬱症，手指顫抖到連扣上衣扣都有困難，而且她的髮色是染出來的。「你以為我不知道嗎？」她反問。

「那妳為什麼還要寫？」

「因為我瘋了。」

「總之別讓人看見它。」

「當然不會讓人看見。你以為我瘋了嗎？」

「總之別讓人」是她丈夫常用的話——總之別讓人看見，總之別讓人聽見，總之別讓人知道。他告訴她別出去。最好沒有人知道她在那裡，或者，既然大家都知道她在那裡，至少別讓人看到她。他並不是怕她跟腰直背挺的人跑了。他純粹只是害怕。

「你實在太過擔心我了，邁倫（Myron）。」她告訴他。

「擔心永遠不會太過。」

「凡事順其自然就好。」她說。

她最後還是沒寫完《瘋子的褻瀆史》。她自己形容這本書是持續進行的工作。其實意思就是她從未指望這本書可以寫完，因為她要寫的題目永遠沒有結尾。但是這本書沒寫完的另一個原因是，她失蹤了。在一個風大的九月天下午，她抬頭挺胸，告誡她的女兒西碧拉（Sibella）不要期望太多幸福，告訴她的丈夫少抽點菸，然後就從此不見了。

她是從懸崖上跳海了嗎？出了意外嗎？

誰知道？

邁倫．漢那福不曾原諒自己。他相信上帝，但是只是為了可以有個人譴責他。「我應該多為她操點心的。」他這麼對上帝說。

西碧拉將母親的文件放進小行李箱塞進床下，不敢繼續讀下去，怕母親會突然回來，發現有人動過這些文件。父親死後，自幼一起長大的男孩照顧著她，他是比她大上十歲的親戚。不知道是哪邊的親戚，反正就是一個在她有記憶之前，就因為健康的緣故搬來海邊同住（雖然他不准外出吹海風），瘦削、陰沉、蒼白、精通木工的小伙子。他自動接收了西碧拉和她父親的車床，同時還有對切分音樂的祕密嗜好。當她年紀夠大了，兩人便結婚。他們從來沒真正討論過這件事；這一切顯然水到渠成。除了彼此，他們要去哪裡找對象？

況且從許多方面來說，這跟他們結婚之前的生活沒什麼太大差別。

為了配合以實瑪利行動，她的名字從漢那福改成克隆費德（Cronfeld），那位親戚則是從豪爾改為柯恩，她不覺得婚後再次改姓會有多大改變。

新婚之夜，西碧拉偷偷帶著她瘋子母親的文件走出小屋，把文件統統丟進海裡。

正因為自己也有一點點瘋狂，她立刻就知道不該這麼做。萬一有張紙被潮汐捲回村子裡，被漁夫發現怎麼辦？萬一被掃進噴水孔，一段一段地噴出來，被行人發現怎麼辦？她慌張走下岩石，想盡量找回那些文件，然後想到自己不會游泳。她束手無策，只能巴望著。據她所知，魯本港的溝渠裡沒有發現任何一頁文件。但從那時起，她活在一種半夢半醒的恐懼中，害怕往西澳海岸前進的巨浪中，或者南大西洋的浮冰上，會出現隱約可讀的某一頁，這會給她家人帶來無法預料的影響，後果絕對不堪設想。

在她還小的時候，母親曾經告誡她，如果要徹底摧毀某個東西，就要點火燒，然後等著它燃燒殆盡。小女孩知道那是段可怕的時期，儘管不懂何以可怕。她的父親總是極度惶恐不安。他不許人打開收音機，而且如果有人敲門，他們也不開門。有一次他們聽見有人來了，他緊緊抱住她，還摀住她的嘴。訪客走後，他告訴她：「如果妳不安靜的話，我們就得把妳放進抽屜裡。」

夜裡她彷彿聽見父母在哭。

她母親所說的，火能終結一切這件事，深深留在她腦海裡。她問，火是不是可以燒掉所有東西？

「差不多。」

「那有什麼是火燒不掉的？」

她母親從來不會慢慢思考答案。她隨時準備好回答每個問題，彷彿她事先便知道問題會被提出來。「愛與仇恨。」她說：「但是也許會燒掉愛。」

「愛要怎麼燒？」西碧拉想知道。

「就是燒掉那些感覺到愛的人。」

「那為什麼仇恨燒不掉？」

「因為仇恨存在人之外。就好像病毒那樣，人們會像染上病毒那樣去恨別人。厭惡也一樣。那也是一種防火的東西。永遠不滅。所以我的忠告是絕對不要去激發它。」

「激發愛還是厭惡？」

「哈！憤青的答案會是『兩個都不要』。但是我不憤世嫉俗，只不過是個悲觀者。所以我祈求上天，激發妳的愛，不要激發厭惡。」

「那我要怎麼確定我不會激發厭惡？」

母親看著她，這次想了一會才回答。她發出瘋女人的笑聲：「妳沒辦法確定！」

她害怕母親是對的，仇恨與厭惡無法被火焰摧毀，因此西碧拉把書丟進海裡。她的父親厭惡它，甚至於她的母親在寫這本書的時候都厭惡它；在西碧拉可以理解的範圍內，其中的胡言亂語也讓她覺得厭惡。所以最好就讓它沉到海底，去讓魚兒們厭惡吧。

至於母親說過關於火的事，她從那時開始試著奉行。她會坐在小屋上方的懸崖燒東西，文件、書信、照片、手帕、野花。結婚後，她有時候覺得，要是首飾也能燒得掉的話，她也會燒。

在她丈夫做木工、凱文去上學時，她有很多時間可以擔心和回憶，雖然她根本不記得來到魯本港之前的事。她的母親有一次說溜了嘴，說這裡不是她的出生地。

「那我是在哪裡出生的？」她問。

「別的地方。」

「哪裡？」

「很遠的那裡。」

「那是個好地方嗎？」

「沒有什麼地方是好的。」

「那我們為什麼離開？」

她的母親用手梳著紛亂的頭髮。「當時覺得這樣做應該是對的。」

她父親偶然聽見這段話。「當時這麼做的確是對的。」他說：「現在看來還是對的。我們這不是還好好活著嗎？別再回答問題了。」

「什麼問題？」

「也不要再問這麼多問題了。」

他們只告訴她這些。母親在她頭上吻了一下，然後回到廚房桌子上，繼續寫那本永遠寫不完的書。一家子很少談話。父親也是喜歡沉默勝過對話、工作勝過娛樂的人。她的父母親似乎永遠不想完成他們正在進行的事，彷彿生怕事情完成時他們也完了。

她記得母親做事的樣子，舒緩她憂鬱心情的明亮燈光永遠照著她的臉，四周圍擺滿了書（在西碧拉看來只會加重憂鬱）；她的食指纏繞著頭髮，思考時把頭托在兩個拳頭中間，寫作的時候嘴巴不停開闔，有時還發出鬣狗般的笑聲。瘋子生氣時跟被逗樂時一樣都會笑，究竟她是被讀過的、或者自己正在寫的東西給逗樂了，抑或被惹怒了，西碧拉從來沒搞清楚過。

「不要在我背後偷看，西碧拉。」當她想探個究竟時，她的母親會這樣說：「妳擋住我的光了。」但是她的態度卻心不在焉，西碧拉覺得就算繼續在她背後偷看也沒關係。那時候她根本看不懂，就連書上貼的圖畫和照片也都看不懂。即使到後來，她有時間可以吸收其中的意義時，也不敢斷言自己明白了。但是，有幾句難以捉摸的句子一直留在腦海裡——「他們看見放債人就有如看見了吸血鬼，因為錢和血這兩種污穢的東西，一樣會流通」；「清理屍體的人會遭非理性地憎恨，只因為他們做了非做不可的事」；「但願我孩子長大後的世界，是最高境界的文明世界，人們仍舊永遠記得她是神聖劊子手，是神聖劊子手的孩子，她必須過著預期自己行刑日來臨的生活。」——光是這幾句便足以讓她深信，這本書必須被銷毀。

二

四十五歲，但看起來更老。雖然她不至於像父親那樣變成駝背，卻完全沒有遺傳到一絲母親的美貌。她試著想照母親所說的那樣激發愛，而且與村裡的肉販麥德倫・施莫勒（Madron Shmukler）有過一段曖昧戀情。「你自己也不是什麼光宗耀祖的好貨色。」這是她回敬他的話。因為他表示很訝，她既不漂亮也根本不是他的菜，卻照樣吸引著他。他同樣是四十五歲，看起來更老。他們直接跳過討論各自有配偶的事實，這一切完全在意料之中，沒什麼好談的。他會送肉到小屋，等到四下無人時，他們便各自爬過懸崖，假裝兩人走的是不同路，雖然他們根本沒有地方可去；他們會在魯本港的海岬碰頭，萬一有人過來的話，在那裡可以看得一清二楚。他們會坐在草地上，彼此訝異對方對自己的吸引力，而且半情願地，不，她覺得應該是半情願的一半，進行有點敷衍的交際。他會撫摸她的胸部，中間隔著層層他叫不出名字的衣物，但摸起來仍然很軟。她把手伸進他的褲襠，出人意外地發現他也很軟。

這可以稱為風流韻事嗎？兩人都不覺得是這樣，但是他們還是斷斷續續地進行下去，直到兩人老到爬不動懸崖。

她一開始選擇他是因為他是肉販，她想要有人可以聊聊血的事情。聊聊他是否覺得自己被血污染了？

「我是否覺得啥？」

「我想知道肉販會不會覺得不乾淨，會不會怕手被弄髒？」

他把雙手抽出她的上衣，仔細地盯著看。「妳自己看吧。」他說：「幹我這行的要經常洗手。」

「不，我的意思是道德上的骯髒。精神上的……」

「妳是指斬剁豬肉嗎？」

「我是指屠宰……」

「我不管屠宰。我的工作比較像是葬儀社。動物到我這邊已經死了，但我不是埋葬牠們，而是把牠們分割然後賣給妳。」

他們之間的往來主要是商業買賣。他希望她不要忘記這點。雖然到了最後，他對她的感情漸深，以至於不跟她收錢了。

他摸索著她隨身攜帶但幾乎是空的破舊皮包。「就跟鞣皮匠一樣。」他說：「做這個舊皮包的人並不是親手剝的皮。」

她不喜歡他擺弄她的皮包。「但你依然算是其中的環節啊。」她說。

他困惑地看著她。她是什麼意思？她是什麼人？他為何要跟她攪和在一起？她又矮又胖，有著閃爍的藍色眼睛，以及圓鼓鼓的蒼白臉頰，穿著過時的衣服。她教他想起克拉格（Klug）小姐，他以前的小學老師，難道她讓他想起曾經身為老師最寵愛的學生的感覺——很難為情，但是很安全。西碧拉也說過，他不是什麼光宗耀祖的貨色。但是，這些年來，憑著他肉販子的體格和天真的藍眼睛，也勾搭了幾個女人。要不是他已婚又是四個兒子的爸爸，他不會羞於被看見跟女人在一起。然而西碧拉是他不想讓任何人知道的女人。她是不是瘋子？

「什麼的環節？」他問道。

她笑了，突然想起自己的母親。「污穢的一環。」

「不懂妳的意思。」

「你有沒有感覺到自己是殺害動物的一分子？我知道你沒有真的殺牠們，也接受你說的葬儀社和鞣皮匠的論點；但是你可曾感覺手上沾著血，人們也對你另眼看待？」

他想，這該不會是他被問過最長的問題吧？他彈走一隻爬到他腿上的螞蟻。「為什麼對我另眼看待？」

她想起印度的賤民，那些她母親在雜誌裡找到的照片，貼在她的瘋子歷史書裡。根據她母親所說，地位低賤有許多原因，但是最有力的解釋就是他們最初跟血的關聯。他們是社會的儀式凶手，因此被視為不潔者。日本的部落民也一樣。她的母親也搜集了這類資料。肉販、葬儀業者、屠宰者、濺血之人、殺害眾神的凶手。不可碰觸這種人的禁忌牢不可破。他們身上沾著死亡，凡是沾上死亡的人就是被放逐的人。這並不合邏輯，由於總得有人處理死亡之事，他們所執行的任務是不可或缺，甚至是神聖的，但是邏輯跟污穢無關。

「因為他們不能原諒血。」西碧拉說

麥德倫搖頭道：「那是妳在說，他們可是挺原諒我的。」

她聳聳肩，但日後還是常常提起這個話題。這簡直成了他們談情說愛的內容。死亡、褻瀆、儀式凶手、神聖劊子手。

「換個話題吧，寶貝。」他會這麼對她說。

然後她會試著換話題。有時候，她將頭靠在他胸膛上，聽著海鷗飢餓的尖叫聲，看著牠們流線型的腹部，她幾乎能做到轉換話題。

不過她總是甩不掉對他的厭惡。奇怪的是，應該是他這個鎮日與血為伍的男人對她感到厭惡才對。

然而她以某種方式愛著他。他死後，她出乎意料地深深想念著他，勝過想念自己的父母親。她在想，難道是因為他們令人不安的距離感，讓她感覺他們早已處於半死狀態。她記不起母親失蹤時的情況。至於父親是怎麼死的，她發現自己竟然不知道。是豪爾告訴她父親死去的事。這點她記得。「現在開始我會照顧妳。」他說。

可憐的麥德倫心臟病發作，就這樣走了。洗澡時就這麼發作了。她希望自己不是害他心臟病發作的原因。不是因為做愛，他們兩人做愛從來不激烈；而是因為讓他感覺骯髒。難道是她說服了他的心臟停止不動？

她想要再次親吻他布滿疑惑的額頭，但她明白自己再也見不到他了。她像所有已婚男人的情婦一樣淒慘，注定不敢在他葬禮上露臉。

「不要露出你的臉。」她在哪裡聽過這句話？

在他的第七年忌日，她燒掉她的手指頭；這絕對不是巧合。

第二章　朋友

一

「我們不應該出遠門的。」進門後凱文對艾琳說。

她感覺他在責怪她，雖然這趟旅行是他的主意。

「你看得出來有什麼東西被偷了嗎？」她問。

「不是偷不偷的問題。我沒有值得偷的東西。我擔心的是被看見的東西。」

他站在窗邊，不想檢視四周，雙手握拳搓著雙眼。

「你的腳。」艾琳說：「我剛剛才注意到。」

「怎樣？」

「太大了。」

他瞪著她。

「我只是想逗你開心。」她說。

她絕望地站在小小起居室的中央，不知道該如何自處、不知道怎樣才能幫上忙、不知道該說什麼。凱文手足無措的時候會開玩笑，所以她想試試同樣的方法。但她開的玩笑只讓他想起某件事，旋即飛快奔上樓去。她聽見他翻箱倒櫃的聲音，像是野生動物被困在某人家的閣樓上。十分鐘後他下樓來，臉色鐵青。「他們上去過樓上了嗎？」她問。

「他們？」

「有人上去過嗎？」

他頹然坐上扶手椅，聳聳肩。「肯定有。每樣東西都變得太過整齊了。」

「所以沒有東西被偷？」

「很難說。我父親的唱片都還在。他的書應該也都在。這倒稀奇了。要是有人想告發我私藏傳家寶的話，那應該會拿走這些東西。但是很難說他們看過什麼或聽過什麼，或者拍過什麼照片？」

她忍不住開了口。「他們？」

「我覺得妳該走了。」他說。

她走向他，吻了一下他的頭。「我不能讓你這樣一個人待著。」她說。

「我不知道妳說的『這樣』是哪樣。我一直都是這樣。」

「那我更不能讓你那樣。快跟我說說。你覺得到底是怎麼回事？」

他身體向前傾，頭埋在雙膝之間。「亞哈那回事。」他說。

有個細節他沒提到：那個將他地毯擺正的人，躺過他的床。

二

不管他的狀況怎樣，她都不想離開他，可是她別無選擇。「我得一個人睡一覺，冷靜一下。」他說。

她說她可以睡在沙發上陪他，但是他拜託她離開。「只有今晚，」他說：「這是我自作自受。吻過羅文娜．摩根斯登的是我。」

「又不只你一個。」

「妳懂我的意思。」

「你覺得這是因為她的關係？」

「不。但這終究是我的錯。」

「你不會做什麼傻事吧。」她說。

「哪種傻事？離開這個國家嗎？」

她吻了他漠然的雙唇，這才發現他的嘴唇乾裂，氣息酸腐。於是她緩慢、沉重地穿過村子回到天堂谷。我感覺自己有一百歲了，她想。一名醉漢朝著她嚷嚷：「我要咬妳。」她笑了。我有一百歲了，他竟然還要咬我。「你的牙齒會斷的。」她壯著膽子嗆回去。但是醉漢根本連站都站不穩，更別提回應她的挑釁。一對情侶靠著石牆激烈地擁吻。「四腳獸」正好可以用來形容他們。有鱗片和爪子的怪獸，像史前動物一樣。像凱文和羅文娜那樣，她想。但是她同意他所說的，這一切與羅文娜無關，如果這一切不是他想像出來的。她推開村莊入口的第一道大門，一隻貓跑過她跟前。她的養母會說這是個壞兆頭。一隻貓跑過你跟前，代表有人要遠行。這有什麼不好的？因為你再也見不到他們了。

她的心怦怦亂跳。

凱文最後那句酸話難道另有所指？他說過的酸話都另有所指嗎？為了人們好，通常只要想離開國家都會被勸阻——假設那些人真的知道其他國家在哪裡、長什麼樣子的話；但如果你真的非常想離開，總是有辦法。尤其你剛好住在海邊，又有錢能買通漁夫把你偷渡出去。你會從此銷聲匿跡。一旦遠離陸地，漁夫也很可能把你丟下船去。但至少你達到離開的目的。不過凱文為什麼會想要那樣？他說過他愛她。他說過，他這輩子從來沒有、也不敢指望自己像現在一樣快樂。那為什麼會想要走？如果不是躲警察的話，那是要躲誰？亞哈，他說過了。亞哈！亞哈是她的。她心中油然升起一股對亞哈的佔有欲，開始對凱文發起脾氣。**在他們相遇之前，他可沒被任何亞哈騷擾過**。遭人諷刺，有的。被魚叉刺，這可沒有。他為什麼竊據她的恐懼？

三

她見到伊茲時，她正在玩接龍，聽著公共電台的愛情民謠。

「天啊。」伊茲說：「妳怎麼回來了？」

「有點事。」

「旅行不順利嗎？」

「不。旅行很順利。至少我們處得很好。碰到不喜歡的事情，我們就一起討厭。不順利的是，我們回來以後發現的事。」

伊茲放下紙牌。「我來泡茶。」她說：「除非妳想來些烈一點的。」

「烈一點的。」

老女人倒上兩杯白蘭地。有點太隆重了，艾琳心想。彷彿她老早等著進行這番談話，而特地為此買了白蘭地。她們何時曾經一起喝過白蘭地？

「所以說……」

「怎樣？」

「所以說你們回來發現了什麼事？」

「有人趁凱文不在家時闖空門。」

「有損失嗎？」

「沒有。他們都整理過了。」

「這種闖空門的情況倒不常見。被拿走很多東西嗎？」

「據我所知，應該說據凱文所知，沒有東西被偷。」

「會不會是你們搞錯了？」

艾琳不想告訴伊茲，因為凱文的地毯被擺正了，這麼一來，她就必須解釋為什麼地毯總是弄皺的，等於把愛人的祕密告訴朋友。她信任伊茲是一回事，但洩漏別人的祕密就是不對。

「不管多細微的改變，他都很有警覺性。」她說：「假設有人曾經靠在他的大門上，或者聞過他的玫瑰花，他都會知道。」

「玫瑰花？沒聽妳提起過他是園丁。」

「他不是。我亂說的。對不起，我心裡好亂。」

「妳知道我怎麼想的嗎？」伊茲說。她是那種把你知道我怎麼想掛在嘴邊的女人。她以為人人都想聽她說教，然而事實也的確如此。「我覺得你們兩人開了長途車程都累了。如果凱文真的像妳說的那樣，對小屋周遭任何動靜都這麼敏感，那麼你們在外的時候他大概一直都很焦慮，他只是看到他害怕的事情真的發生了。」

「不管什麼事情妳都好篤定。」艾琳說。她覺得自己被迫選邊站，她唯一能靠的是凱文那邊。

她注意到伊茲臉紅了。儘管她愛管閒事，但對於艾琳的憂慮，她試著採取不緊迫盯人的態度，傾聽和幽默參半，就像是她的長輩，或是關心她的親戚或老師，心裡明白船到橋頭自然直。愈是要好的朋友，愈是要展現愉快的一面，這是伊茲的處世理念。喝杯茶，聽點教誨，最後來個擁抱。她像是醫生、母親，還有一點點教授的感覺。打從她們在讀書會裡面認識開始，艾琳就喜歡她性格裡的各種矛盾。她的打扮很樸實，開襟羊毛衫配上長裙，卻喜歡穿著高跟鞋蹣跚走動。深紅色的高跟鞋，好像長裙之下藏著另一個版本的她。她的舉止就像安靜、恭敬的圖書館員，沒什麼幽默感。不過若聽到覺得有趣的事，她會笑到喘不過氣，像個女學生般花枝亂顫，或者仰天大笑，讓人看見她曾經柔順平滑的喉嚨曲線。她現在是一個人，但並非一直都這樣，艾琳這樣猜想。她遭遇過悲劇。她愛過的男人跑了或死了。她帶著某人的餘韻，在心中點著一根祈福的蠟燭。所以才會穿深紅色的高跟鞋，不讓心裡的火苗熄滅。艾琳甚至懷疑過，這裡是不是那個人的小屋，或者是他們談情說愛的地方，就在這個天堂谷濕漉漉的一角，這個鞋子光是一天沒穿就會冒出菇類的角落。難道是因為這樣，她才邀艾琳同住，好讓自己有理由振作起來，不向委靡妥協？這麼一來，艾琳跟凱文談戀愛又搬出天堂谷的這番舉動，似乎太不近人情。這是否可以解釋伊茲今晚為何呈現罕見的專注？她逐字逐句地傾聽，甚至連話中的暫停也不放過；她是否想聽出來，他們之間出了什麼差錯？

「不，我什麼也沒辦法確定。」她說：「我只是從各種不同角度來看這件事。」

「萬一是警察怎麼辦？」艾琳自言自語：「萬一他們真的懷疑他怎麼辦？」

「可是妳說了，小屋裡的東西都沒被偷走。」

「那是凱文說的。不過他並沒有真的花時間檢查。」

「通常是看得出來的。」

「可以嗎？」

「只要是自己的重要東西被拿走，通常都可以感覺到。就是會知道。」

艾琳看著她。伊茲真的知道太多事情了。她又啜飲一口白蘭地。「伊茲，妳以前幹過什麼？」她問。「妳成為讀書會警察之前幹過什麼事？」

伊茲笑了，但這會笑得不像少女。「妳這麼想真是有意思。」她說：「我相信妳不會以為我在監管妳參加的任何一次聚會吧。我只負責選書。」

「正是如此。妳監管我們讀的書。那妳以前是負責別種任務的警察嗎？」

「我是個管理員。」

「管理什麼？」

「喔，就東管西管的。我會留意事情。」

「誰的事？」

「好問題。留意其他在留意事情的人。」

或許是酒力發作，艾琳突然把雙肘撐在桌上，捧著她的頭，狠狠盯著友人的臉。「這到底是怎麼回事，伊茲？」她問道。

「這是指什麼？」

「妳為什麼帶我來這裡？為什麼我和凱文會被送作堆？為什麼我們快分手時，妳逼我圈住他？為什麼有人趁我們出遠門時闖進他的房子？」

「答案一：我帶妳來這裡是因為妳是我的朋友。答案二：我不知道妳跟凱文是被送作堆的。我還以為是妳說的一見鍾情。答案三：至於凱文的房子，我不知道為什麼會有人闖進去，正如妳不知道是不是真的有人闖進去過。」

「那妳為什麼要對我生氣？」

「我一點都沒有氣妳。」她伸手撫摸艾琳的臉頰。「我只是擔心妳。」

「那為什麼妳的手這麼冷？」

「我也不知道。」

「在擔心什麼？妳從來不會擔心我。至少不像現在這樣擔心。妳不是常常說妳對我有絕對的信心？那又是什麼意思？」

或許因為酒力發作，她哭了起來。淚水並未一發不可收拾，只落下一行清淚。

「妳太累了。該上床睡覺了。」伊茲說。

「對。我想也是。不過我不會睡著。我會整晚躺著想事情。」

「想著是誰闖空門嗎？」

「想著他說要離開這國家到底是不是說真的。」

「凱文說他想離開？」

「也不是這樣。可是他有意無意地提了這想法，好像威脅我一樣。」

「我們得好好談談。」伊茲說。此時如果艾琳摸她的手，會發現它們不只冷，簡直像冰凍了一樣。

第三章　婦人之病

二十五日，星期一

通常這天不是寫日記的日子，但有些事我得趁著還記得的時候記下來。

該死的古特金！

往好的一面想，我的本性就是會往好的方面想，古特金運勢的衰退，以及他最近笨拙的狂熱舉動，絕對會改善我的運勢。命運，這神聖的雜耍人多妙啊，精準地協調人類的運勢。每當運勢起落時，我們就會空出位子，不是給任何一個死對頭，而是給我們出於某種原因而恨的人。總之，正是因為在下，轉換的力量削弱了古特金所造成的損壞。首先，必須先把那蠢貨調離凱文·柯恩身邊。有鑑於我曾經在他成年後，短暫地當過他的老師——很難想像一個沒有想像力的男人竟然異想天開，想把溫和視覺藝術當作第二職涯，縱使溫和視覺藝術並未回應他的異想天開。總之，以我的權威，除了我之外，還有誰更適合提醒他掂掂自己的斤兩？不用太強硬，只需要面對面地提點一下——絕口不提上級，要他退出。殺雞焉用牛刀。他們傳達的意思就是，既然教授您跟他是舊識，可以暗示我們的不悅

（還真是輕描淡寫啊，不是嗎？）。當然我跟凱文熟識這一點，給了我額外的影響力。「我觀察柯恩有一段時間了。」我可以輕而易舉地對古特金探長說：「沒有任何跡象顯示他會傷害女人的一根頭髮，更何況是對可憐的羅文娜．摩根斯登做出那種事來，所以不要再為他費神了。凱文．柯恩？那位愛勺先生！開什麼玩笑？你當警察的人更應該知道有些人就是當不成殺人犯，因為他們知道手上的鮮血會永遠洗不掉。你可以想像我們的朋友凱文．『可可』．柯恩清洗手指甲的樣子嗎？他會埋頭使勁地洗，洗到世界末日。別說笑啦，探長。這個國家多得是真正的惡徒，隨便你愛抓幾個都行。」

至於古特金是怎麼跟我認識，之後又成為我的學生，這又是另一個故事了。簡單地說，是透過我們的太太認識的。她們則是因為「信任疲乏」課程結為朋友。女人家對於「那件事」總是有點搖擺不定，大概是因為生育或者期待生育的關係，不然就是一般的賀爾蒙刺激，於是需要堅定一下她們的決心。即然古特金太太已經離開她的丈夫，所以我說不準——只能說正常人都不會責怪她離開——但是我太太黛梅莎有段時間陷入極度憂鬱的精神狀態，質疑著無時無刻說抱歉的意義，儘管所有官方記載（也包括我的）都表示沒什麼好道歉的；質疑我們生活的方式；質疑當權者的力量；甚至質疑我這個養家的人。「所有的事情都不對勁。」她這麼抱怨著。「我對一切都感到厭倦，我覺得學校在教謊言給小孩，我覺得我在學校學的都是謊言，我懷疑你教你學生的都是謊言，我們應該做的是改正錯誤，卻反而告訴我們沒有錯誤。但是出門上街根本不安全，連在這裡都不安全，在這他媽的呆滯的貝塞斯達！好像大家都深陷恍惚中，像殭屍一樣，在假裝。我們到底在假裝什麼啊？菲尼，我們在說什麼？你在說什麼？你說你必須做的那些小事是些什麼？是其他女人嗎……你是不是有別的女人？可是我這裡感覺不到——」她將手放在她可愛的胸前，「感覺不到你有別的女人。感覺好像你皈依了什麼宗教，或者出去跟外星人或者誰喝酒去了。這是你在做的事嗎？又或者，難道我們是外星人？我們是從別的星球來的嗎？菲尼，因為我愈來愈覺得我不是這個星球的人……」等等諸如此類的瘋話。

醫生在我的教唆下，開了抗憂鬱劑給她。

去上信任疲乏課程也是我的主意。親愛的日記，告訴你一個祕密，我曾經有過一小段職場上的出軌，對方也是某種幻覺藝術的教授，她叫梅根．亞伯拉漢森（Megan Abrahamson），也在貝塞斯達開課。外表凜然的藍眼美人。她第一次生產時曾陷入重度憂鬱，所以她很清楚黛梅莎和其他有同樣經歷的人的感受。「身為待產的母親，」她曾向我解釋：「最大的恐懼，就是把我們的孩子帶到一個危險又充滿謊言的世界。每當有人靠近我們就感覺到威脅，每句話聽起來都是謊言。我們的保護本能走火入魔。因此當你得知『那件事』時，你便決心不去猜測或質疑。它就是發生了，而且顯然不應該發生，否則我們不會到如今還是小心翼翼地，一邊說抱歉，一邊堅稱沒有事情值得道歉。你要給自己孩子的，除了真相還是真相。你覺得眾人皆醉，唯你獨醒。在你看來，你就快接近被混淆的真相，儘管混淆真相的人其實是你自己。我發現在這節骨眼上，平鋪直敘的歷史雖然痛苦，卻是必要的。『好吧，這是你自找的。』我說。然後我給她們看機密檔案和照片：這就是妳以為的，『那件事』的無辜受害者所做的事；這是他們造成的破壞、這是他們用來攻擊手無寸鐵百姓的武器、這些是他們出於毫無根據、神經質和一時起意的恐懼，害怕自己被摧毀卻反而摧毀的國家、這些是他們自大的『永不再犯』政策的苦果、這是他們在我們的議會和報紙上自圓其說的方法、這是他們帶來的苦難、這些是他們的臉、這些是他們的話、這些是他們的歷史，不管走到哪裡一再地重複。這替他們自己帶來悲傷，然而他們腳下踐踏的人們卻是千萬倍的悲傷。等到人們忍無可忍，他們便展開反擊——假如真的有反擊過的話。還有這些是他們的自白書，自我厭惡的表述，自我犧牲的行動，對彼此大肆抒發他們內在的仇恨，這是他們千古不變、最終的譴責方式，但是他們比誰都清楚贖罪無望。沒錯，這的確讓人心酸。但是那件事，如果曾經發生過的那件事，終於讓他們自食惡果……」

我大可親她的。

最後也真的親了。

我不知道這些課程讓黛梅莎安心多少。她往往很頑固，有時候甚至歇斯底里。不過上完這個課程後，她的確變得更溫和呆滯。我承認可能是抗憂鬱劑的藥效，但更情願相信是顯而易見的真相發揮了功效。

古特金和我經常在信任疲乏中心附近的酒吧喝酒，等我們的妻子上完課。他對妻子的憤怒比我更甚。「也不知道她這是中了誰的招。」他說。

我納悶著——當時他還只是名警員，我擺出教授面對警員居高臨下的態度——究竟會是誰，又是怎樣讓她「中招」。

他被我的問題刺中。「女人家總是說長道短。」他說。

他的眼神太過銳利。當他雙眼閃閃發亮時，他缺乏血色的臉便失去光彩。平心而論，我們所在的酒吧裡，大多數的男人都是這樣。每張臉上都燒著炭火。說不定他們也在等他們的妻子，雖說他們好像是這種地方的常客，就像古特金一樣。但我自己很少上酒吧。不管是不是常客，他們骨子裡知道我不是貝塞斯達出身，可以聞到我身上外來客的味道。我曾經跟凱文．柯恩一起來過這裡，當時我還害怕會見識到一場私刑聚會。兩個白痴！為什麼這樣會惹到他們？如果他們必須表達他們意識到我們的差異，為什麼不能嘲笑我們就行了？或者過來摸摸我們？「老天啊，這皮膚跟我們好像喔！來交個朋友吧。」但是沒有。他們齜牙咧嘴、摩拳擦掌地走進酒吧，互相交換眼神，好像等著旁邊的人先對我們動手，而最終沒人動手，這正是某種形式的背叛，甚至是恥辱。他們所感受到的無能為力，是更加不信任我們的另一個理由嗎？「你該殺卻未殺的人，最後變成仇恨他們，那是遠遠超過殺意的怒火。」我們在廁所撒尿時，凱文這麼說。其實是我在撒尿，凱文在一旁等我。他說身邊若有別的男人在的話，他會尿不出來。「那如果有女人在的話呢？」我追問。「有哪個男人在女人身邊撒得出尿來？」他問，神情看起來頗為驚訝。「黛梅莎跟我常常這樣。」我這樣告訴他。

他一副想吐的樣子。

我慶幸沒有當地人在場，親眼見識凱文的龜毛，否則他們會更想對他動私刑。我時常想起他說過的話。不是關於撒尿的事，是關於憎恨那些你原本應該要殺掉的人。他說對了嗎？這麼蠻橫的恨意又是從何而來？我只能猜想有某種東西——我們一進門時，那些酒吧常客就能聞到的某種氣息——完全破壞他們對自己身分和所在地的自信。我們的自我感是否太不穩定，以至於小小的差異都能讓我們陷入混沌的狀態？這算是電子反應嗎？難道說凱文無法在我身邊撒尿，對我有相似的影響？我不是因為他在撒尿這件事上極度龜毛而想殺他，但是也不排除這個可能。開玩笑的。當然我不是真的想殺人，畢竟我飽讀詩書又遍覽藝術，並非暴戾之人；那些頑固的蠢蛋，光會仇恨，他們欠缺的就是藝術和詩歌的教化。

這些想法我沒對古特金說過，我覺得他有點不入流，是個胡思亂想的傢伙。「她以為我處處都只看見陰謀。」我回過神來時他正這麼說著，說的是他的太太。「那麼你以為她會這樣想，也是某人的陰謀？」我回他話。他仔細看著我。我知道他這是在思考。「傲慢的豬！」但幹我這行的，對這種話早習以為常了。這世界才不在乎教授呢，雖然有那麼一陣子，人們希望爛教授的人數會在淨化過程中減少。

我又叫了酒，然後提議為這課程舉杯。「梅根．亞伯拉漢森會把她教得服服貼貼。」我說，試著模仿本地人說話。他搖了搖頭，並非質疑我的信心，而是惱怒著他的妻子竟然需要被教。顯然他覺得這玷污了他的男子氣概和地位。「幹我這行的，」他說，口氣像是他覺得我的職業根本不算職業，「你很少會看到沒有原因的結果。我的意思不是說，每個受害者都跟罪犯玩過心理遊戲，但是如果受害者更加謹言慎行，往往可以避免犯罪。」我點頭贊同他用的「謹言慎行」。為了公平起見，如果你因為一個人的無關緊要而貶低他，就別忘了讚揚他使用的詞彙。「如果一個人被攻擊是有原因的，」他繼續說，根本不感激我的贊同，「那麼幾十萬個人被攻擊也肯定有其原因。」

「假如他們真的遭到攻擊的話。」感覺好像我必須隨時加這麼一句話才行，但是我們的妻子目前正在接受梅根．亞伯拉漢森的矯正指導，此刻言行拘謹似乎特別重要。

「如果你的意思是最終的屠殺沒發生，那麼我同意。」古特金說：「但你若認為他們不曾挑釁，我就不能同意你了。」

我了解，我想。不過這突發的浮誇發言還是留在警校吧。

若要論好壞賞罰，他就是個頑固守舊、黑白分明的人。他認為「那件事」應該發生，也記在他那本小小的、離經叛道的警察手冊裡了，沒有所謂的「如果」。不像我們的女人，她們因為病了，以為她們自己是串通起來隱瞞著某件天大壞事的共犯，古特金則是相信其他人都串通著隱瞞某件大事。沒有「如果」或「但是」：那件事必須如此才行，然而在證明它真的發生了這一點上卻差強人意——可能一方面因為膽怯，或者另一方面因為毒辣狡猾。他的妻子無法理解他為何感到挫折，這讓他幾近瘋狂。據我所知，她不明白，他為何公然認可一件事情，又否認事情曾經發生。「所以是到底有沒有發生過？」她曾經咆哮著問他。有，這個想法發生過，他曾經這麼解釋，但是實際上沒有執行。「那我們為什麼要說抱歉？」他同意這是個好問題。他們是為了這個企圖而說抱歉。「所以說，」她堅持著說道：「那一定是個不好的企圖。」不不不！是個沒有成功執行的好企圖。「所以我們是為了什麼道歉？因為我們沒有做好？這樣聽起來不像在道歉。」「那就他媽的別說！」古特金發脾氣了。就算這之後他吻了她，我也一點都不驚訝。他能以實際的方式來說抱歉就好了。

「結果好就好了嘛。」我這麼說著想安慰他一下。我們的酒也喝完了。

「但是其實還沒結束，不是嗎？」他說：「像我們妻子那樣的人不容許它結束。」

「但結果不錯啊。」我說：「你想要的，以某種形式被實現了。」

我看得出來，他想要說這根本不是他滿意的結局。那他到底想怎樣，這個心碎的否定者，難不成是重新再來一遍嗎？我舉雙手表示無力再談。一旦有人開始拿他老婆跟你老婆比較，最好就別再聊下去了。但他不知道是喜歡上我哪一點，或許是在我們的談話中，他開始佩服溫和視覺藝術教育所帶給我的優勢，因為六個月之後他註冊成為我的學生。

六個月之後我當掉他。不是因為他寫作很爛，是因為他對藝術的陰謀論觀點，讓每個藝術家都成為其他藝術家惡意的受害者，馬薩喬（Masaccio）未滿三十就逝世是因為安基利柯修士（Fra Angelico）的陰謀，羅德列克（Lautrec）的落馬意外是被皮埃爾・皮維・德・夏凡納（Pierre Puvis de Chavannes）害的，還有康斯特勃（Constable）如何如何……沒完沒了。「藝術不是戰爭。」跟他討論他的作業時，我告訴他。「可不是嗎！」他說，然後衝出我的辦公室。

因此，我想無論過多久，這都不會變得比較簡單；我很難把兩件事情當作同一件事，勸他把凱文・「可可」・柯恩交給我來辦就行了。但是當我找上他時，他闖進凱文小屋這件事，上頭已經下達官方指令了。「我知道，」他說：「我很不乖。」

「誰告訴你的？」

「不是你們的人。」他說：「但既然那個女的比你先找上我，我猜她肯定是你的上司。」

「女的？」

「哈。不好受吧。沒錯，就是女的。」

這下我成了那個想修理他的人。「可見此事的重要性。」我說。

「重要個鬼。如果真的重要，他們就會讓我放手去做了。只能說那娘炮有朋友在高層。」

「娘炮？」

「你看過他的家具就知道了。」

「如果他是娘炮，你就不會懷疑他跟羅文娜．摩根斯登有一腿了吧？」

「不會。不過他的確承認他吻過她。」

「就是說啊。」我說。

「就是說怎樣？吻一下並不代表他是『正常』的。」

「我同意。但也不代表他就是殺人凶手。」

「當然他並不是殺人凶手。他沒那膽子，也沒那力氣。他犯的罪就是囤積。」

「囤積什麼？」我問道。這讓我很擔心。這些事情我應該要知情才對。

「我剛才說了。就娘炮的東西。家具、書、唱片、枕頭套、桌巾。你真該看看他的毛巾，還是絲綢緄滾邊的！還有他的床，如果你有好好盯著他的話，你就會看到他的床。你沒看到嗎？我就說，有些人啊，就是不會認真工作。」

「有些人不需要多管閒事也能完成工作。」我擺上架子回敬他。

「而有些人做事就是沒效率。你應該要知道，他這個人不對勁。他這人古怪，住的地方也古怪。還有假裝有女朋友這招。要我說的話，他那女朋友也古怪。」

「不管是否古怪，」我提醒他，「都不干你的事。」

「這我知道。只不過夫妻犯錯後的殘局是我在收拾。要是管事的人堅持把眼睛貼在屁股上……」

「只能說我們步調不同。我們得篩理出真相，不能光靠直覺。」

「他現在又歸你管了。」他不滿地說。「隨便你了。」

「還有一件事。」我說。他把頭轉開，不在乎還有什麼事。但是我必須確定他聽進去我說的話。

「不管你在他的小屋裡看到什麼，都必須保密，」我說：「那不是公開的資訊。而且你必須遠離他。他們不想驚嚇他。」

「怎麼，怕他跑了？」他想開玩笑卻不好笑。

「不能驚動到他。」我說：「事情就是這樣而已。他們對他不是鬧著玩的。他們要他待在他們看得見的地方。」

「所以我就說啦，他有點古怪。」

「相反的，他可能正常得不得了。」我這麼說只是為了表現出我知道的比他多。

但是我一說出口就發現，我知道的比我自己以為的還要多。

第四章　午夜樂聲

一

他沒睡好。心知有人曾躺在他的床上，說不定還睡在他床上，奪走了他僅剩不多的歇息。

但是他睡不好的真正原因，是艾琳不在他身邊。怎麼會這麼快就變得依賴她的陪伴！她讓他感到多麼安全，而他卻沒發現！

他心想，安全感會悄悄接近你，就像恐懼一樣。

女人有時說自己抗拒愛情，是因為愛情使她們軟弱。他納悶著，愛情是否已使他軟弱，將安全感潛移默化到他的生活中，引誘他無視危險？

他根本不該要她搬來同居，但也不應該要她離開。他不該對她發飆，她並沒有錯。他熱吻羅文娜．摩根斯登，還把古特金探長引進他的小屋。但是他也知道不能怪羅文娜．摩根斯登。是古特金探長把踏毯擺正了，這點他很確定。古特金是自己開門進去的，當他不在家時，當他正在叫陌生人滾蛋，當他在柯恩鎮聽見怪聲時，古特金跑去翻箱倒櫃。不過他不是在找沾血的襯衫。這點凱文也很確定。古特金沒把他當成凶手。那古特金到底把他當成什麼？

先不管古特金了，那無名小卒什麼也不是，只是歷史的意外。到底有什麼可挖的？

他躺在沒有艾琳的床上，看著天花板上那根蟲蛀的橫梁，看著拒絕成形的問題。壁紙上那些密密麻麻的圖案，讓發燒中的孩童夜不成眠，扭曲纏繞著，現在整個脫離了壁紙湧向他。讓他納悶，這是真的在他身體外部，或只是紛雜侵略他心智的視覺呈現。有些問題你不能去問；有些問題你不能從無知的黑暗混沌中捉摸出形狀，因為害怕它所帶來的定義。因為一旦你框出了問題，就賦予答案一半的形狀。最好它就這麼亂七八糟地待在天花板，既像音樂聲，也像繪畫或雕塑的形狀。像電子奏鳴曲的漏彈音，卡住的鍵盤，像是一抹流動的顏料。

但是今晚，沒有艾琳安撫他進入忘我之境，他無法置之不理。為什麼？他逼自己問，為什麼這樣憂慮？為什麼年復一年強迫性地盯著郵箱？為什麼要檢查門鎖？

他懂心理學。這叫情感轉移，這一切都是。這是代表別的東西的存在。但這不也是一個練習的方法嗎？讓自己至少習慣，那些無力也永遠無能控制的事情。

那這是他一直在等待的證據嗎？證明無論好壞，他都無能改變自己的結局？

但是，即使這樣，就能解釋這揮之不去的掛念憂懼嗎？先不論有或沒有需要解答的事情，為什麼這掛念、憂懼一直存在？他覺得自己必須抱著頭才不會爆開。有個鐵箍就好了。能固定住腦子的鉗子。「一直」這個字眼總是跑進跑出的。「一直」，因為問題本身出現在他提問之前。為什麼我一直覺得憂慮？我到底以為自己做了什麼迫切需要彌補的事？我到底是怕自己會再度做出什麼事？

他覺得自己讓父母親失望了，在這間曾經是他們臥房的安靜房間裡琅琅自語。他粗魯。他神經質。他懦弱。甚至可能是危險人物。或許這個問題，唯獨就是這個問題，是他們一直教導他絕對別問的問題？難道這就是那些闖進來到處查看的人長久以來所等待的，難道這就是古特金想找到的東西？——那個問題，抑或是對提問的屈服？「我害怕自己做了什麼事」就像是在招供，而且暴露他的行蹤。「喂！那個一直在懷疑誰幹了什麼事的人，看過來，你懷疑的人就是我，我在這！這邊這邊，快來！」

來了然後幹麼？

來把我抓走。

他想起另一首父親狂愛的歌。那些歌似乎有什麼刺激了他，哈哈！凱文只記得那句「哈哈」，還有母親用手摀住耳朵大喊「閉嘴，豪爾！」，卻惹得他唱得更大聲，混雜著令人瘋狂不快的笑聲。

哈、哈……

二

不管凱文認為他們想找的是什麼，總之不是《教學用：瘋子的褻瀆史》。他屈指逐一排除各種入罪證據，他祖母的那些研究並不算數。那一堆都被抹殺了。這都是為了家族著想。而這意味著，它也被排除在凱文所知的範圍以外。一代過一代，這邊忘一點，那邊刪一點。說真的，他能藏的不多了。他發現踏毯被擺正後的第一件事，就是衝上樓查看父親的東西是否被碰過——路易．阿姆斯壯和胖子華勒的唱片、詩集、父親鍾愛的宿命論快嘴喜劇演員的錄影帶（他從沒笑著看過，只是邊看邊點頭，活像在讀柏拉圖的論著），還有裝著信件的小袋子——但理智上他知道沒有人會對這些感興趣，頂多覺得他保留這些東西，體現了他對前人遺物情感上的嚮往。絲緞桌巾和畢德邁爾樣式的家具已經清楚述說了這一切。總之，古特金不可能只是要抓他眷戀著過去時光來罰點小錢。

那麼，這些東西為何對凱文來說神聖不可侵犯？古特金想給他定什麼罪？

「我害怕自己做了什麼事？」凱文躺著重複自言自語。這個問題問錯了。他應該問：「我們害怕自己做了什麼事？」——不只是問，要求答案——他想起父親的崩潰，他不肯聽勸接受治療的精神崩潰，因為他壓根不想要醫生來管閒事——凱文當時覺得這種恐懼正是精神崩潰的症狀，再來就是，他認為醫生也無能為力，因為他是從自己的父親身上遺傳這種傾向。「我們只能希望，」他回想起老人家在床上說的話：「這毛病跟著我一起死去，沒有傳到你身上。」

凱文不懂。他那素昧平生的祖父，在他妻子、凱文的祖母珍娜失蹤後精神崩潰。凱文對祖母所知不多，僅只一則真假不明的猜測——她離開小屋後從此未歸？誰不會因此精神崩潰？這樣的話，就不算是家族中有這種病的遺傳傾向了，除非女性家族有搞失蹤的遺傳傾向。

「這樣區別很聰明。」他的父親表達認可之意。「但是，你想的是你外祖父那邊的，因此我不可能從他那邊遺傳到什麼。」

「你覺得你從你父親那邊遺傳到什麼傾向？」凱文問道。

「恐懼的傾向，但我羞於提起的是，缺乏勇氣面對恐懼的傾向。我一直不希望讓你知道，但現在無所謂了，現在什麼都無所謂了，另外也缺乏忠誠。」

凱文問他那是什麼意思，但是他不肯多說。

那麼就是個不忠的懦夫了。這一點凱文可以感同身受。萬一碰上考驗，他能拿出多少忠誠來？面對恐懼、痛苦、猜疑，能有多少定力？當他把門一鎖再鎖，難道不是重重鎖住自己以防膽怯？可是知道這點也無濟於事。不管古特金在找什麼證據，肯定不是為了證明凱文所繼承的軟弱性格。

然後他想起父親死前抓住他的衣袖，甚至還把蠟燭翻倒，那可是他當時唯一能忍受的光源，神智不清地哀求要他的狗。

「你沒有養狗。」凱文說。

「你不需要騙我。」父親說。

凱文在想，父親是否希望他騙他。但是他無法拿出一隻狗來。他可以告訴他狗已經死了，但這樣何來仁慈可言？「你已經很久沒有養狗了。」他決定這樣說。

父親點點頭，好像記起了什麼。「波・金哥先生」[6]——他提起力氣在「J」字上畫了條橫線，彷彿這是最後一回了，「他為了他的狗哀悼了二十年。我比他哀悼得更久。」

---

6 波・金哥先生，歌曲名稱，Mr. Bo Jangles。

凱文握著他不曾愛過的那隻手。「嗯，牠是條好狗。」

「我說的不是狗，你這個笨蛋！」

凱文沒問「那麼你到底是在哀悼誰？」。可能他也不想知道。

「原諒我。」父親頓了一下，凱文還以為這是他最後一次停頓。

「沒什麼好原諒的。」凱文說：「你總是照顧著我。」

「不是說你。」

「你一直都照顧著我。你和媽媽。」

老人把手從凱文手中拉開，在眼前揮著，像是要驅趕蒼蠅。「不是要你原諒我。是他要原諒我。」

「狗嗎？」

「什麼狗？你幹麼一直在講狗？我說的是我兄弟。」

這是凱文第一次聽到兄弟的事。想必跟狗一樣，也是精神錯亂底下的產物。

「我相信他也沒什麼好原諒你的。」

「你又知道什麼了！」又一揮，趕走無形蒼蠅，然後吐出一聲彷彿遠方傳來的笑聲。「哈！那麼就只好是你了。只剩下你了，所以非你不可。就跟那首歌一樣。〈非你不可〉……你來原諒我。你替他原諒我。」

「我可以嗎？」

「沒有別人了。」

「那麼我原諒你。」凱文說。

他家人之間習慣隱藏祕密，所以他也沒想到要問父親，到底有什麼需要被原諒。他覺得那不關他的事。更重要的是，他不想把這變成他的事。他內在的唯美主義者在這場鬧劇中縮小。他擅長做小巧精緻的手工品。燭台是他處理最大的物品。連他的燭台都有窄腰和細頸。要是他把衣服掛在畢德邁爾衣櫥裡，也只是出於對父親龐大個人悲劇感的尊敬。畢德邁爾是他的出處，如此而已。但是他的出處一直在追趕他，直到割斷他的喉嚨才滿足。又是更多鬧劇。他奚落（jeer）自己，看吧，你比你父親好不到哪去。你可以繼續刻那些細緻纏綿的愛勺，但你自己的愛情仍舊粗糙。這是在說艾琳？不，當然不是在說艾琳。但是他對待她的方式難道不算粗糙？像條狗一樣，把她趕出自己的生命中？

他從來沒問過父親任何問題，因為他不想聽答案。但是你不見得要問才能知道。凱文知道答案是什麼，就像他知道很多事情那樣。他知道而不自覺。

他的父親，當年也不過是個男孩。他不可能把自己兄弟拒於門外，不肯幫助他，不聽他求助，像條狗一樣放他在寒冬中，讓追捕他的人抓住他，且不管是誰或為何要抓他，雖說他知道是誰也知道原因——這是源自那無數的線索，從堆疊的悔恨或是半掩的告解，從一長串歇斯底里的忌諱和禁令，從旁白和歌曲和悲傷，從骷髏舞和胎死腹中的笑話，從他對人心以及對父親乾癟靈魂的了解，從邏輯推理和常識和經驗，從他有記憶以來便住在要塞小屋的提心吊膽生活，從他很清楚自己一旦面臨同樣考驗時會做的事——這一切凱文都了解而不自覺。

三

在這長串回憶後的隔天清晨，他一大早便出門，坐在長椅上，反覆咀嚼回味父親的懇求，感覺海浪如噴水口般把唾沫吹到臉上，屈服於大自然的侮辱。這時丹斯德．克普利來找他。凱文聽到腳步聲時，還希望來者是艾琳，髮際戴著紙花，手上另外拿著一朵，來接受他的道歉，在他額頭上深深一吻。艾琳啊！他生命裡的光。

他需要被擁抱。但是不是被丹斯德．克普利擁抱。

「在想什麼呢？」克普利客氣的聲音問道。

他的身影在天空的襯托下甚是奇異，彷彿十九世紀德國畫家弗里德里希那幅《霧海上的旅人》。畫中的主角突然轉身露了面，不過他沒穿著禮服大衣，而是一身輕便的軟呢鄉村西裝，手臂上披著雨衣。從克普利的牛棚裡能冒出這樣商業氣息濃厚的人，簡直是個奇蹟。因此凱文懷疑自己是不是有幻覺。

他身穿雨衣卻沒帶帆布背包，活脫脫像是穿過晨霧來見自己的律師。凱文注意到，他雙頰火熱的紅潤也浸濕了。這樣說來，他強烈的鄉土味是可以任意切換嗎？

「瞧你打扮得人模人樣，是在做什麼大事業嗎？」凱文問道。

克普利敲了一下鼻子。

這個手勢意味著他懷有百般祕密，而且知情千般祕密，這比什麼都更能誘騙徹夜難眠的凱文對他推心置腹。而且說不定，對於發生了什麼事，克普利多少知情。

「我出了一趟遠門。」凱文向他吐露。

「去了什麼好玩的地方嗎？」

凱文略過這部分的對話。「有人趁我不在時闖進小屋。」

「不是我。」克普利說。

「我絕對不是在懷疑你，只是想知道你是否聽到什麼風聲。」

「我沒在聽風聲。」

凱文努力擠出友善的笑容。不這樣做的話，他可能會把這傢伙推入海裡。「我還真沒聽說過這村子裡有什麼事，不是你最先知道的。」

丹斯德．克普利聽見讚美頻點頭。「我是這村裡的歷史學家。」他說：「我不管村裡的閒話八卦。問我這村子一百年前發生的事，我會告訴你。問我昨天發生的事，那我跟你一樣不清楚。我不過問昨天的事。」

丹斯德．克普利那一身西裝和不太紅亮的雙頰，雖然一如往常的笨拙，凱文很感激這天早上他舉止不像本地人。但他接下來所說的話，一出口他就後悔了：「據你所知，我父親有不可告人之事嗎？」

歷史學家揉揉雙眼，彷彿眼前的奇景令他難以置信。對他們兩人而言這是個充滿奇蹟的早晨。他問凱文可否跟他一起坐在長椅上。他假裝需要時間喘口氣，舒緩驚訝的情緒。「你是說，除了他是白痴這件事以外？」

「對，除了那個以外。」

他抓了抓頭。「這個嘛，他生了你啊。」他終於回答道。

「我就當你是在開玩笑。」凱文說，用咳嗽壓抑把兩根手指放在唇上的動作。

「不管是不是笑話，這個地方很多孩子的誕生，都是人們不想洩漏的祕密。」

「你該不會是要說，我其實是別人生的吧？」

「你也不是第一個了。小孩是誰生的向來很難證明，而且通常不該去證明。」

是我活該，凱文想著。都是我自己愚蠢。「那麼，這是你大致上的猜想，還是你知道些什麼細節？」

丹斯德．克普利把手放在凱文膝蓋上。凱文不記得有別人曾經這麼做，連他父親也不曾這樣做。他深信這是披露駭人真相的預兆。

「不，沒明確的事蹟。」克普利說，他注意到凱文被他觸碰後退縮了。「不過好幾年前有個流言——如果你聽不下去就打斷我——你母親以前時常有免費的肉可拿。」

「這什麼鬼意思？」

「就是這意思。這附近有個屠夫，據說時不時就跟她在一起。他們倆會一起散步。差不多就在這一帶。」

「你怎麼會知道？」

「我是歷史學家。」

「可你說不管八卦的。」

「兄弟，八卦放久了也會變成歷史。」

「這個屠夫，他給她免費的肉？」

「據我理解是這樣。」

「免費的肉！」

「你寧願她付錢嗎？」

凱文起身離開長椅。「好了，夠了。」他說。

克普利聳聳肩。這不是他的錯。是凱文開的頭。「我知道你的感受。」他說：「我媽也是個蕩婦。」

「好了，我已經說夠了！」凱文又說了一次。

「別衝動。那只是個名詞。我媽當年跟一個從聖亞伯拉罕（St Abraham）來的錫礦工人跑了。」聖亞伯拉罕！他把這幾個字狠狠呸到地上。「以前叫拉索堡（Laxobre）。好個名字。硬邦邦的，像是在舔石頭一樣。哪個瘋子會把拉索堡改成聖個屁亞伯拉罕？不就住在拉索堡那些掌權的人。這也不能當作他們偷走我母親的藉口。」他停下來擦擦嘴巴。「反正那個屠夫不可能是你的生父。我的原則是不管出生死亡之類的，但是為了你可以破例，我猜屠夫是在你出生之後才出現的。」

凱文不確定這是否讓自己好受了點。想到他母親！那個老太婆！趁自己在學校時跟屠夫拿免費的肉。別家小孩知道嗎？父親知道嗎？

「我不是質疑你史學的正確性。」他說。「但是——」

「我的什麼？」

「別跟我耍寶。你心知肚明。但這都是捕風捉影。你肯定見過我母親。」

「跟屠夫一起散步？」

「不是。你一定知道她的長相。」

「我見到她時，她已經有年紀了。所以等於所知不多。她年輕時肯定很漂亮。你外祖母以前是個美人，大家都這樣說。高傲，但是美麗。」

「這我怎麼會知道。她在我出生前就死了。」

「我也是。但是我可以保證她絕對是美人。我見過一幅她的畫像。就我看來，不是臨摹相片就是憑回憶來畫的。她這人太高傲，不可能擺姿勢讓人畫。太孤僻了。」

「你怎麼知道？」

「我不知道。但是那幅畫題名好像是《冰山美人》還是《在水一方》之類的。我猜那是線索吧。」

「這幅畫在哪？」

「我怎會知道。大概在哪間酒吧的後面。我可能抄下了地址，但是我不確定。至於她丈夫——」

「她丈夫怎樣？」

「沒人想畫他。駝背的一點都不美。」

凱文需要回到長椅上坐著。今天早晨會是徹底改變人生的那種早晨嗎？像是你遇見心愛的女人那天早晨？像是你忘記鎖門的那天早晨？

「你最好慢慢來。」他說：「得讓我慢慢消化這些事。你剛剛告訴我，我母親跟屠夫拿免費的肉，當作以身相許的報酬。我外祖母是出了名冷淡的美人，因為你曾經在一間你忘了在哪的酒吧裡看過她的畫像。還有我的外祖父是個駝子。這一切有多少是你編出來的？」

不知為何丹斯德．克普利，不管身上是否穿著雨衣，決定將自己打回原形，成為前後矛盾語無倫次的魯本港天才。「我從未親眼見過他，柯恩少爺。」他說：「所以我只能靠著風聲來推想。但是沒錯。現在這時代，人們只不過不會對您外祖父丟石頭，但當年人們可尊敬他了。巨人賀法倫也是個駝子。他收費讓人摸他的駝背，這算是對旅人課稅的方法。想進入或離開魯文諾克就得付錢摸他，而人們也樂意，因為可以添好運。如果他知道怎樣對自己才好，那肯定是離群索居，把老婆管得緊緊的。但是我不認為您外祖父當年會這樣做。大家都明白村子裡有個駝子會帶來好運。他可能會嚇到小孩子，但吉祥物就是吉祥物。不管他是誰，都不會有人騷擾他。」

「你說『不管他是誰』是什麼意思？」

這下換克普利站了起來。

「他是個白痴。」他邊說邊搖著手指。「你別忘了，內地的男人，不管有沒有駝背，都不該來這裡。在那年代白痴得小心行事。不像現在，整個地方都歸他們管了。當年還有一堆事發生，殺人什麼的，謠言滿天飛。到處都有人盯著。但是我可以告訴您，他們不會讓人傷害他。他是駝子。傷了駝子一根汗毛，你就厄運臨頭。村民不會忘記這教訓。所以他們就隨他去了。柯恩少爺，我說您如今人在這裡真是走運。」

「這到底是啥鬼意思？」

「你想是啥意思就是啥意思。」

「我人在這裡算走運是啥意思？」

「他媽的太走運。」

「克普利先生，我是在這裡出生的。」

「我說的走運就是這點。」

語畢他將雨衣甩到肩頭上，跟凱文·柯恩告別後走向村子，漁家樂外頭有計程車等著載他去聖艾伯赴約，對方正巧是他們倆都認識的人。古特金探長。

或著該叫他尤金，克普利覺得現在可以這樣叫他了。

四

這場對話讓凱文整天心神不寧，他還差點忘記晚上得去學院教課。他考慮過打電話取消，但是他的職業責任心不許自己這樣做。他叫了車，雖心煩意亂但還是及時趕上。有一點讓他覺得欣慰：不用被埃佛瑞半路攔截，最近他頻頻追問，而且是打破沙鍋問到底地問一堆問題。他幹麼對艾琳那麼感興趣？

能跟學生談木雕的話題，讓他暫時忘記了警察和駝子。「木材裡頭，」他結語時說道：「存在著救贖。」有些學生覺得扯太遠了。但這對他來說是真的。

雖然時間已經很晚了，但他決定在圖書館裡坐一會兒。總好過回到他被侵入過的小屋，況且艾琳也不在。

蘿哲溫．費根布拉（Rozenwyn Feigenblat）是典型的鄉下大學圖書館館員，身上穿著白色花邊上衣，黑色長裙和靴子。凱文總覺得她看起來好像從遠方騎馬來上班，一路側騎，眼睛沒離開過書本。她用一貫滑稽的熱情向凱文打招呼。凱文覺得她喜歡他，他也喜歡她。她有一種人馬妻子的感覺，並非半馬半女人，而是一半屬於行動世界，一半屬於思想世界。脖子以下是騎士，脖子以上是個鵝蛋臉小眼睛專注且好奇的讀者。她的秀髮用橡皮圈綁成辮子，有點諷刺地披在左肩上。他納悶她騎馬時是否會解開頭髮。

他曾經差點吻了她，但那不是親熱，他覺得蘿哲溫．費根布拉不是喜歡親熱的人；那次是像他吻了羅文娜．摩根斯登那樣出於喜歡，出於一陣柔情的波動，也出於不吻可惜的念頭。但是對他這樣小心翼翼的親近，她臉上出現一絲幾近後悔的神色，彷彿在為了自己芳心另許而可憐他，這讓凱文感到退縮。她好像在說，芳心已許。恨不相逢未嫁時，那種感覺。現在換他傳出同樣訊息。他有艾琳，有主了。只是他不曾擁有過艾琳，對吧？

一時之間他感覺到一絲危險閃過。「你通常不會在這時候來這裡。」她說。她銳利的雙眼裡有火光。她是否突然轉變了？

「是不會。」他說：「但是我需要一個小時靜一靜。」

「我沒辦法給你一小時，我半小時後關門。」

這算得上哪門子危險？

「那半小時我能看什麼書？」

「你要看短篇故事嗎？」

「我受夠了故事。妳有短篇的真人真事嗎？」

她手指放在下巴上，故作思索的模樣。「那……那麼……《美與道德》……」

「埃佛瑞的最新作品？我覺得那個不算真人實事。」

「沒錯，但是算短篇。」

「反正我沒心情看那個。」

「是美還是道德讓你倒胃口？」

「美絕對不會讓我倒胃口。」

「那就是道德了？」

「不是。是兩者能結合在一塊兒我不買單。」

「那麼你就是不吃埃佛瑞這一套囉。」

她輕輕拉了一下辮子，彷彿這是開始八卦那些資深人員的祕密暗號。

「埃佛瑞人還不錯。」凱文謹慎地說道：「當他沒因為藝術而忘形的時候。」

「你不相信那一套嗎？」

「藝術有很多事情我都不相信。」

「但你自己就是藝術家……」那三個字她講得特別輕柔。

小心哪，凱文心想。

「我雕刻愛勺。」他說：「如果這樣算藝術家的話，那我就是了。事情不過就是這樣。」

「你沒有一套自己的哲學？」

「藝術家就是擁有思考任何事的自由，包括選擇不去思考。」

「如果你真的相信藝術家擁有思考任何事的自由，那一定也包括邪惡思考的自由。」

凱文笑了，彷彿在笑自己的侷限。「原則上是這樣沒錯。但是雕刻愛勺用不到多少邪惡思考，我得澄清一下。」

「你沒做過邪惡的愛勺？」

他想了想。「我應該是做過妳所謂的色情愛勺。但是讚美肉體之美算不上邪惡。」

「那你曾經在愛勺裡展現過，人體為了色欲可能施行的酷虐嗎？人們會為了愛殺人，你難道不會構思那樣子的愛勺？」

「我的確能這樣構思。但我不會真的做。」

「既然藝術家可以自由思考，為什麼不做？」

「因為那份自由包含著抗拒邪惡。」

「也包括擁抱邪惡的自由？」

「對，當然有。但為何要擁抱妳所說的那種邪惡？」

她身體一直靠著桌子，穿著靴子的腳踝交叉著。這下她坐直了笑道：「如果你連這都不知道，那你就不是真的藝術家。我覺得你是倫理學家。」

「不，倫理學家是埃佛瑞。美與道德。」

「他才不信那套。他是個狡猾的傢伙。」

「埃佛瑞？」

「有一次他想把手伸進我裙子裡，就在這圖書館裡。」

就是有那種會引人遐想的裙子，凱文想，努力不洩漏出自己也分神了。「妳覺得他是在表達思考邪惡的自由嗎？」他最後回過神來說道。

她笑聲中帶著危險圖書館員壞壞的感覺。「差不多就像你說的那樣。他喜歡享受做壞事的念頭。這讓他覺得刺激。他如果敢的話，說不定會成為另一個薩德侯爵。他們都這樣。沒有哪個畫家或陶藝家不想做點壞事，但是沒一個有種的。在別的時代他們可能會加入非法組織，穿制服、拿畫筆、打人之類的。現在他們成天無所事事只會說對不起。所以只能搞上學生，或侵犯圖書館員來得到滿足。」

凱文覺得他應該為他的同行講句話。「在貝塞斯達做壞事的機會很有限。」他說。

她哼了一聲。「這你可別相信。有段時間這學校可是樂得勾搭惡魔呢。」

「我不認為我們回到了中古世紀。」

「這你就錯了。你看那邊……」

她指著一張放大照片，掛在當地地形專書的架上，一旁就是幾張皇家藝術學院會員愛德華・埃佛瑞・菲尼斯・澤曼斯基教授的習作，以淡出水的筆調描繪低潮時的聖末底改山。那是一幅時常被複製的著名照片，畫面上大約二十輛古雅的老式冰淇淋車，像馬戲團的大象那樣排列，遙望著聖末底改山。凱文瞥見過好幾次，卻從不知道這張照片是怎麼回事。他猜想這張照片會出名，大概是因為可愛對稱的構圖，還有讓人回想起古早海岸風光的感覺。

他不曉得蘿哲溫為什麼要他看這照片。

「這照片是在它們被除役之前拍的。」她說。「一個月後，這些車被漆上『不離開就逮捕』的標語，巡迴全國各地。正是貝塞斯達學院漆上的大作。」

「冰淇淋車？」

「對。」

「叫人們離開？」

「對。」

「叫誰離開？」

「少來了，凱文，你明知道是誰。」

他搖搖頭，好像在搖萬花筒，在重整圖案那樣。

「但是為何要用冰淇淋車？天啊！」

「我也不知道。不想嚇到小孩子嗎？因為小孩有可怕的想像力？」

「我猜，他們大概沒有在賣冰淇淋吧？」

「你猜對了。但是怪就怪在……」

他等著。

「……他們把廣播的音樂給留著了。」

「貝多芬五號交響曲？〈給愛麗絲〉？〈綠袖子？〉」

「沒錯。還有一些當時被遺忘的流行歌曲。〈吹著口哨來上工〉，或〈你是我的陽光〉。」

有股抽動，像是在凱文心中最深遠的角落，簾幕被悄悄打開了。他困惑地盯著她。「這是什麼時候的事？」

「這個嘛，可不是中古世紀呢。」

「當然不是，那是何時？」他敲敲自己額頭。

「你太年輕了。」她說，明白了他的意思。

「你是我陽光……」他開始哼給她聽。如果他太年輕，怎麼會知道這首歌？他想起那個瞎眼的靈魂歌手，以及父親最後的苦澀笑聲，真不知是對著誰笑。他想，如果我不坐下，可能會倒地。

「你沒事吧？」蘿哲溫問道。

他點頭。「妳確定這是真的？」他笨拙地問，抓著身後的桌子，雙手靠近了她的手。

她拍拍自己手腕。「我是圖書館員。」她說：「圖書館員知道哪裡有蹊蹺。」

可是他希望她是在誇大其詞。「話說回來，」他說：「在幾台車上塗漆不完全是犯罪行為，對吧？而且只是警語罷了。我可以想像當年像埃佛瑞那樣的人，會完全相信這是出於人道的行動。」

「這我不懷疑。我們總是以為自己做的事是人道的，即使自己正偷偷品味其中的邪惡。但是那些警語只是軟化民眾的態度，讓他們能接受接下來發生的事。這個機構所參與的抵制和誹謗也一樣。就別謙虛了，我們做的可不只是漆車子。我們還提供燃料。我們只會說，外頭暴民很多。然後讓別人去動手。」

凱文環顧四周。他想，蘿哲溫．費根布拉可以這麼毫無顧忌地說話嗎？他是他父親的兒子，從小被教養不要在公共場所表達太多意見。你永遠不知道有誰在看著。

但他是個大男人，不是男孩，他需要表現給蘿哲溫看，自己也是有鬥志的。「妳必須要考慮到，這是一個『學術』機構。」他以強烈的諷刺語氣說道。

她翻了個白眼。「他們可不希罕你的體諒。」她說：「他們不喜歡你。」

「是嗎？這我不知道。他們為什麼不喜歡我？」

「你有獨特的惡意。」

「獨特的惡意！說我嗎？」

「開玩笑的啦。」她說：「獨特的惡意是出自當年的一句引言。如今我用在新進學者不認同的任何人事物上。他們不喜歡你的真正原因，是他們必須不喜歡某個人才行，要不然他們就沒事可做了。還有當然就是因為你抱持不同的觀點。」

「我沒有抱持什麼觀點。」

「錯了，一切都只是觀點。有時我得一口氣聽他們闡述上好幾小時。他們以為那是我的工作，得回應他們找書的要求，找些連白痴都知道沒必要參考的書；有些書裡，不被接受的論點被撕掉了，有些是已被審查管制的論證，像是少數教派的書，政治文宣，匡正視聽的小冊……等等。然後還得贊同他們一知半解的論點。」

在這個話題上你無話可說，凱文提醒自己。你是駝背的子孫。你能出生在這裡是好運。「你是我的陽光」。

「你可能比我想的更像挺埃佛瑞的人。」蘿哲溫說，她注意到凱文的保留。「但是你說說，過去有哪次恐怖統治，不是由知識分子所煽動，然後由擁有藝術家瘋狂的人所主導。」

「妳想得還真多。」凱文說。

「你是說以一個女人而言？」

「當然不是。」

「那就是以圖書館員而言囉？」

「不，這也不是我的意思。」

但是他想說不定就是。

「在圖書館裡工作是種莫大的知識特權。」她提醒他這一點。「阿根廷作家波赫士曾經是圖書館員。英國詩人菲利普·拉金也是。」

凱文沒聽過這兩個人。

「人類生活的各種面向，這裡應有盡有。」她繼續說道：「最好的與最糟的，大都是最糟的。書本就是這樣，它們帶出讀者心中的惡——如果他們心中已經有惡的話。」

「如果原本沒有呢？」

她微笑地看著他，摸著她的辮子。「那它們會帶出好的一面。就像我一樣，我希望啦。我在這裡可以讀很多書。」

「妳應該把這寫成一本書。」他說。

「何必呢？好讓他們把書頁撕掉嗎？我對我現在知道的事情很滿足了。」

「那妳為什麼要告訴我？」

她促狹地看著他。「為了打發時間。」

他看了看錶說道：「我該走了。」

「為什麼你跟別人說話時都不看著人呢？」她突然問，好像想把對話拉回原本的話題。

「我從沒注意過這一點。」他撒謊。艾琳也曾說過他這樣不禮貌。「但就算這樣，那也是因為害羞。」

「你的同事們都覺得你難以親近。」她接著說：「他們覺得你看不起他們。說你傲慢。」

「那真是對不起了。我就是個刻愛勺的。沒什麼好傲慢的。」

「你又來了……單純的木匠。他們就是不信這種傲慢。」

「那我沒轍了。」他說：「很抱歉讓他們討厭我……」

「我沒說『討厭』。我是說他們不相信你。」

「因為我獨特的惡意……」

她笑了。「不是。是因為獨特的傲慢。」

他對著她微笑。「那就好。只要我是獨特的某某就好了。」

「這種情況也不算太糟。你可能變得跟他們一樣。你可能會讀那些書頁被撕掉的書，然後自以為找到真理。你可能會認同某種信仰……」

「信仰會殺人。」他說。

「沒錯，就像美一樣。」

兩人眼神交會。她把辮子甩到腦後，這態勢就像她要上馬之前會做的動作，他想，或者是要上床睡覺時那樣。她伸出手來，彷彿要碰他的襯衫。他覺得她是想吻他。

「這樣做是不對的。」他說

「我知道。」她用輕柔、嘲弄的聲音說：「所以我才要做啊。」

然而她其實只是想看他是哪種倫理學家。

「他比想像中還要天真，」第二天早上她在報告中寫道：「而且過於脆弱，我們應該加快腳步。」

❖

他們在音樂中抵達，在樂聲中工作，在樂聲中成群結隊集合來到火葬場。他們被逼著唱：「兄弟啊！向著陽光，為了自由。」「兄弟啊！朝向光明。」接著也許是〈藍色多瑙河〉這美妙的樂曲，或者一首出自歌劇《紐倫堡名歌手》裡的歌，反正沒人管它出自哪裡。這些使精神昇華的音樂顯示出其極致諷刺的本質，對自身虛假的認知，因為到頭來沒有什麼本質是高貴的。這到底是什麼邏輯？是為了安撫還是嘲笑？為什麼是冰淇淋車——車子來臨時播放著〈馬賽曲〉或〈給愛麗絲〉或〈吹著口哨來上工〉，激起孩子們的熱切期待——是為了安撫還是嘲笑？還是兩者皆是？連父母親之間對其功能或訊息也無法達成共識。有些人說，至少貨車比火車好些。只可惜孩子們沒有冰淇淋可買，但還是知足點跟著音樂唱和。其他人相信貨車只是個開端。他們相信，我們午夜時聽見音樂聲了。

第五章　佚失的信件

一

二〇一X年七月八日

親愛的媽媽爸爸：

很開心上週末與你們共度快樂的時光。很遺憾你們見到我不覺得高興。我從來不曾想過，也絕對不會想，給你們增添困擾。我說的話都是真心的。你們一直以來都鼓勵我要聽從我的心。你們會說是因為受其他人影響，尤其是因為費德利，我的心變成別人的了，但是請相信我，那不是真的。我接受群島信眾聯盟的部長任命，完全出自我個人的決定。那是一個行政職位，因此純粹是非宗教性質的工作。我沒有離開你們。我當然有受到在此認識的人的影響。這不就是受教育的結果嗎？這不正是受教育的目的嗎？而媽媽妳曾說過，妳不該讓我離家——「像吉普賽人那樣浪跡天涯」，妳這麼說過，雖然我並沒有離開國境，而且以妳的開車速度來算，也不過四個小時車程——但是這一切都不是妳的錯，正如當初我跑去紐幾內亞當野人也不是妳的錯。只希望妳可以把我的作為，當成是在頌揚妳教導我的開放精神。我的思想延續了妳的思想，就是如此而已。不論我住在哪，和誰一起共事，我仍然是妳的女兒。

永遠愛你們的瑞貝卡敬上

這是同伴拿給艾琳讀的一疊信中的第一封。「先別問我怎麼拿到的。」她說：「妳先讀信再說。」

「現在？」

「就是現在。」

第二封信的日期是四個月後。

二〇一X年十一月十二日

親愛的媽媽爸爸：

我等到最後一刻還希望你們會出現。費德利試著警告我最後可能會失望——他並無惡意，我向你們保證。恰巧相反，你們要是給自己一個機會的話也會愛上他的。他說：「妳要體諒這對他們來說有多難。」但是我仍然抱著一絲希望。即使當我們交換誓言時，我仍然希望你們突然出現在教堂門口，走向紅毯走道。

好吧，終於說出口了。「教堂門口」。

這個字眼怎麼會在我們家變成這麼可怕的字？教會到底哪裡錯待我們了？是，對，我知道，但是那已經是一千年以前的事。有什麼深仇大恨是不能原諒的嗎？有什麼過節是忘不掉的呢？

請試著每天晚上入睡前對著彼此說這個字眼。教會，教會，教會，教會……你們會發現這有多簡單。還記得我們以前玩過的指頭歌嗎？「這是教會，這是尖塔，打開門兒看見人兒！」這字眼當時感覺好天真。說了也不會有人從天上降下一道閃電來懲罰我們。

但是如果你們覺得不夠天真的話，我已經是個大人了，難道不能為了我少恨一點嗎？

打開門兒看見人兒！

總之，我們就把話說開了吧。我在教堂裡嫁給我愛的男人。在上帝、聖父、聖子與聖靈的面前交換誓約。我現在已是麥舒尼太太（Mrs Macshuibhne），費德利·麥舒尼牧師的太太。頭銜的確有點長，但是如果你們願意的話也會習慣的。

至少，請替我感到快樂。

瑞貝卡上

「妳是怎麼拿到這個的？」艾琳想知道。

「我們說好不問的。」

「不，是妳自己說不要問的。」

「接著念就是了。」

二〇一X年三月二十四日

親愛的媽媽爸爸：

依舊沒有你們的消息。我該接受你們已經拋棄我的事實嗎？

我到底做了什麼大逆不道的事？我讓你們蒙羞嗎？

我承認的確我們有時需要表現彼此之間的團結。我們曾經窮途末路，士氣低落。我知道。每次有人叛逃，都被解讀成懦弱和被利用的象徵，一再聽到這樣的事我怎麼會可能不知道？人家會說，如果他們彼此不相愛——或者其實是我們怕人家說，這就另當別論了——為什麼要愛他們？但這是很久以前的事了。沒有人會再利用我們了。甚至沒有人會注意我們。我們已經被接受了。我們不曾比現在更安全。我知道你們會說什麼。「不要被虛偽的安全感給誘惑了。別忘記青蛙的寓言。」爸爸，如果我沒記錯這個寓言的話，它要我別在同一個地方停留超過五分鐘。但如果我還記得這個寓言，便永遠都不會覺得安穩。而且水已經不再熱了。甚至不是溫的。沒錯，我知道你聽過同樣的話。我知道這是我們先祖曾經說過的話。「這裡？別逗我笑了。這裡怎麼會有可能。」你講過千百遍，直到最後一刻，直到大禍臨頭的最後一秒前，他們無視於警訊，嘲笑那些告訴他們得快逃的人，拒絕接受眼前現實。這裡？絕對不會！「接著你就知道他們的下場了，貝琪。」是啊，爸爸，我知道他們的下場。因為他們的遭遇，我記得他們——你提起他們像是家人一樣，雖然我們家族的人沒有人死掉——我永遠不會忘記。但往事已矣，事過境遷。每次我從大學回家你都會笑我：「咱們的女兒回來了，現任的『粉飾太平』協會會長。」而爸爸，我會叫你「前車之鑑聯盟的榮譽主席」。嗯，我對擁戴著信念的你並無不敬之意。擔憂是對的。但是你不能將可能與不可能的事情視作等同。我多麼希望你能看見我在此接受的待遇。是多麼仁慈！無微不至！

你們的恐懼都是你們想像出來的。有時候我覺得這樣的恐懼讓人了無生趣。終日惶惶度日還能稱得上是生活嗎？每次有人敲門就膽戰心驚？每當被無心羞辱就畏縮？如果這就是我們結婚、生兒育女、崇拜的自由環境，那麼它根本不是自由。永遠在等著結束的生活根本不能算是生活。

無奈我們原本可以多麼幸福。天知道我們曾經是多麼幸福的一家人。如果能夠跟你們重聚，我們會再次幸福起來的。但是我不能，除非你們能接受費德利。你們怎麼可能不接受他呢？他不是惡魔。他不會終結我們的關係。我們難道不能停止這些宗派意識，和平相處嗎？

你們一味地拒絕我，只會讓你們的恐懼成真。

永遠愛你們的女兒貝琪上

附記：你們快當爺爺奶奶了。

「這結局看來很不樂觀。」艾琳說。

「繼續念下去吧。」

二〇一X年九月十七日

親愛的媽媽爸爸：

我不寄你們孫子的照片免得惹你們心煩。雖然非常傷心，但我現在接受了，我們之間不可能和解。但是我有必要向你們，也向我自己，最後一次解釋我的所作所為。

你的世代並非我的世代。我是懷著最深的敬意這麼說。我從來不是、現在也不是一個叛逆的小孩。我理解你們為何會有這樣的想法。但是木已成舟。我的世代拒絕風聲鶴唳的驚嚇。我們愛我們的生活。我們愛這個國家。我們享受這裡的生活，也要繼續這樣的生活。我們不必像過去一樣。我決定皈依。這麼做不是要推翻你們對我的教養，而是從那裡更往前一步。費德利說，我們一直都是凡事做好萬全準備的族群。我們都完成了我們生在這世上的目的。我們已經完成任務也看見道路。我們曾經出面抵擋各種壓迫，征服了這些困境，如今已不需要那些可怕的回憶和再回憶。我不是說我們應該忘記，我們已經得到可以前進的機會，也應該好好把握。現在應該為未來而活，而非活在過去。我們現在應該當個向前看而非回頭看的人。

那麼我為什麼決定擁抱我丈夫的信仰？媽媽，我是為了它的美。爸爸，它的音樂是為了向我們的前人受盡苦難致敬，我們因此得以享受生命的美好。

相信我，我不曾比現在更加遵行你們的教養，即使當我獻身於我們的同胞，為了可理解甚至必要的分離意識所棄絕的一切時——那焚香、那聖像畫、透過彩繪玻璃窗灑落的光線、那份狂喜。我們已經被接納了，而且準備好要與眾人為伍。至少我是這樣的。

請為我高興。

在基督之中永遠愛你們的女兒瑞貝卡上

「我知道。」當伊茲告訴她，瑞貝卡就是她外祖母時，艾琳這樣說。

「妳怎麼知道？」

「我一直在等著信。」

「妳在逗我嗎？」

「不，絕對不是。」

「那妳是什麼意思？」

艾琳用手示意「別管了」，把她所指的事情揮走。揮出房間，揮到天堂谷去。

「我看得出來她是我祖母，如此而已。我在字裡行間看到自己。後來和解了嗎？」

「我想要妳念最後一封信。」伊茲說。

艾琳不太情願。說不上來為什麼，也許是因為「最後」這兩個字。但她還是讀了。

二〇二X年五月

親愛的雙親，

得知貴地變故，聞訊心驚。盼覆音訊報平安。唯此。

誠惶誠恐的瑞兒

「妳看信封。」伊茲說。

上面蓋著斗大的紫色字樣：

此地址查無收信人

原信退回

❖ 青蛙的寓言

一隻青蛙被丟進一鍋沸騰的水中。

「你把我當成什麼了？」青蛙說著俐落地跳了出去。「把我當笨蛋嗎？」

第二天青蛙被慢慢地，甚至是溫柔地，放進一鍋微溫的水中。水溫緩緩地一度一度慢慢上升，青蛙享受得很，慵懶地閉上眼浮在水面上，想像自己在享受專用的溫泉。

「這才叫享受哪！」青蛙說。

青蛙全身關節放鬆，飄飄然地，卻在不知不覺間任由自己被慢慢煮死。

第六章　古特金與克普利

一

「你怎麼喝茶？」

警察尤金・古特金給歷史學家丹斯德・克普利倒茶。

「像男人一樣。」

「那是怎麼個喝法？」

「五顆糖不加奶。你這隻是貓還是白化症的狗？」

丹斯德・克普利摸著那團在他腳邊磨蹭的惡臭糖粉。

「別碰牠。手上沾上牠臭味你就洗不掉了。」

「就像罪惡感一樣。」克普利笑道，在沙發上往前挪了一下，兩腿打開，中間有著重物。

古特金感到一股噁心。他真心想要**那個東西**坐在他的家具上嗎？

他邀請克普利來自己位於聖艾伯的連棟公寓，給他看他曾祖父的華格納收藏品。這位作品如今鮮少被演奏的作曲家讓這兩名男子聚在一塊兒，他的音樂人氣大不如前，讓兩人確認了他們共同的信念，他們生不逢時哪。每個人都相信陰謀論，雖然不見得是一樣的陰謀論。

「這不是犯法的嗎？」克普利問，翻閱著古特金從包著舊報紙的檔案箱裡拿出來的照片、節目單和未證實的手稿紙片。

古特金實在搞不懂，他的陰謀論同好還有多少針對合法性這個主題的玩笑可講。「法律沒那麼小心眼。」他說：「對合理的個人物品會睜一隻眼閉一隻眼。除非是文物館那種規模的收藏才會有麻煩。」

顯然克普利肯定有某種程度的文物收藏才能編撰《簡史》，他這算是小小回敬一下。

「那麼魯文諾克那件妓女凶殺案，你凶手找得怎麼樣了？」克普利問，那是兩人首次提起理查·華格納這名字的契機。但他只是隨口問問。他其實也可以問這警察最近看了什麼好電影。

古特金像牧師一樣十指合併，低下頭來。

「我猜你說的是羅文娜·摩根斯登？」

克普利輕蔑地說：「你還認識哪個妓女嗎？」

「還有多少妓女？」

「住在這邊的全部都是啊，探長。」

「那這個有什麼不同嗎？」

「她是個死妓女。」

古特金攤手。羅文娜．摩根斯登死了是不爭的事實。但她生前是妓女嗎？「你的意思是，」他問，帶著一點微妙的顧忌，「羅文娜．摩根斯登靠賣吻維生？」

「我沒什麼意思。只是問問。找到凶手沒？有嫌犯嗎？」

「還在調查中。」古特金說，再度合上手指。

「我看我再加點糖好了。」克普利改弦易轍，自己加了第六顆糖。「你的白子狗也要糖嗎？還是牠想要爽一下的時候就舔舔自己？」

他覺得失望，探長沒問他認為是誰殺了羅文娜．摩根斯登、她的情夫，還有她最近遇害的丈夫。他覺得這降低了他的權威和判斷力。

古特金遞給他一張《眾神的黃昏》在拜魯特演出的節目單。背面有著褪了色的優雅筆跡、一組縮寫，還有一個電話號碼。古特金前陣子推論出，這是他曾祖父曾經愛到無可救藥的女人名字縮寫，那電話號碼是她的。他們肯定是在巴登歌劇院相遇，也許是在酒吧，又或許他們的座位彼此緊鄰，兩人陶醉在神妙樂聲中，膝蓋相觸，即使彼此身旁各有愛人也抵擋不了他們。現在仔細想想，古特金想不通那女人怎麼會到拜魯特去，但這個謎題讓她變得更加迷人，正如克萊倫斯．沃辛當初的感覺。換作是我也會愛上她，古特金想，從他幻想的資料庫中喚出那女人特異的風情。要是我也會陷下去。

節目單上面有幾位藝術家詮釋世界陷入火海的插畫。這些插畫酷似他曾祖父的心。「我喜歡思考世界末日。」他說：「你呢？」

丹斯德・克普利抓了抓臉。「我們已經熬過世界末日了。」他回答：「現在是劫後殘況。已經是末日後了。」

古特金望向鉛框窗外的灰土金字塔，貌似大地嘔吐出它的內臟。他這間沒人愛沒人住的公寓也好不到哪去。除了土塵，還有綠色黏稠物蓋住一切表面，好像一包菠菜在微波爐裡爆炸，把門炸飛然後塗上所有表面——桌面、牆面、天花板，甚至古特金和妻子婚禮當天的照片。照片上她的頭被剪掉（是她剪的，不是他），古特金和他的無頭新娘。話說回來，那也可能只是發霉了。古特金的眼睛透過自己的手指間看著。沒錯，發霉。「你說的可能沒錯。」他說。

「我當然沒錯。這是眾神的黃昏。」

「華格納的眾神？在聖艾伯？」

「是魯文諾克的眾神。」

「我不在乎是誰的神。」古特金說：「我只關心自己。」

「這也是你的黃昏，不是嗎？看看你這隻操蛋狗，老兄。你在這幹麼？在這死白的屎堆裡幹麼？抱歉爆粗口，你想要、但是你自己知道不行，解決一樁懸定了的案子？我又在魯文諾克幹麼？啊不對——」他呸了一下，試著不要呸到貓，「魯本港，現在改這名了，我幹麼在魯本他媽個逼港給白痴理髮維生？我們一度是神啊。現在看看我們，我們是世界上僅存兩個聽過《崔斯坦和伊索德》的人。」

尤金・古特金陷入憂鬱的恍惚，彷彿在想像自己如神一樣行走大地的過往，戴著像克萊倫斯・沃辛的單片眼鏡，拄著一根銀頭手杖，臂膀勾著擦著香水的……[7]

現實中，他的鞋子上有菠菜渣。「所以是誰或是什麼，讓我們落得如此下場？」他這樣問，卻沒指望聽到答案。

「就是道歉。」克普利說：「一切都是道歉的錯。你絕對不會聽到眾神道歉。他們會放出雷電，愛打誰就打誰。誰擋路就算誰倒楣。」

「我是個公正的人……」古特金說。

「以一個警察而言……」

「我是個公正的普通人。如果我做了應該道歉的事，我不介意道歉。可是如果啥也沒幹，就不能道歉。沒有犯罪，哪來罪犯。」

「這麼說吧，探長，到處都有未決懸案。一大堆沒被逮到的罪犯。殺害摩根斯登小姐的凶手就是一個。如果你最後抓錯了人，有什麼關係嗎？完全沒有。搞錯的罪人與搞錯的無辜者相抵。因果有報。你隨便挑個白痴，他們都是謀殺共犯，全都該死。」

丹斯德．克普利的怒氣發錯了地方，古特金探長對此愈來愈感到厭煩。他覺得這股怒氣沒道理又不正經。他自己的生活或許慘澹但有規律，裡頭注有感情。他為客人倒上威士忌。也許威士忌可以讓他心神專注。

「我們找個共識吧。」他說。

7　譯注：此乃華格納歌劇《尼伯龍指環》中的北歐主神，佛坦（Wotan）的形象。

「有啊。我們一致認同理查．華格納是天才。還有世界末日。」

「不。就道歉這件事。我們不應該說抱歉，這一點我們都同意了吧，不是嗎？」

克普利舉起蒙灰的威士忌酒杯，一口喝光。「我們同意了。我們同意不少事。最重要的，他媽的道歉這件事。」

「道他媽的歉！」

空氣中濃濃的叛逆氣味。

「操他的古特金！」克普利突然喝斥道。

古特金有點嚇到。

「操他的克普利！」克普利繼續吼：「克普利是什麼鳥名字？古特金又是什麼鳥名字？我們聽起來好像喜劇搭檔，克普利與古特金。」

「或者古特金與克普利。」

警察尤金．古特金與歷史學家丹斯德．克普利分享難得的說笑時光。

「我很高興，」克普利語帶諷刺，將身體重心移到另一隻大腿，弄亂了探長沙發上的靠墊，「你能在其中找到幽默。」

「相反地，我同意你。他們把我們變成一對喜劇演員，雖說我們的生活基本上是悲劇，而我們因此變成了要道歉的人。我覺得這沒什麼幽默。」

「很好。那麼夠了就是夠了。我們是神不是小丑，眾神不會為了他們的罪道歉，因為神的所作所為不能說是罪。尼茲我（*Nicht wahr*）？」

「你說啥呢？」

「『尼茲我？』是華格納語，『同意否？』的意思。我以為你知道。我敢說連你的狗都知道。」

貓挑了一下靠近克普利那邊的耳朵。「尼茲我？」克普利對牠吼。

「這些日子聖艾伯很難聽見有人講德文了。」古特金說，這是為貓也是在為自己辯解。

「可惜了。但是古特金這名字就有點德國感覺，你不覺得嗎？古特然後金？[8]」

「大概吧。克普利也是。」

「你看那些白痴豬對我們幹了什麼好事？我們在為了根本不屬於我們的名字而爭吵。你的本名是什麼？那婊子以前叫你什麼？什麼先生來著？還是你讓她們叫你尤金？尤金，占有我吧。尤金，上我吧。」

克普利要是沒看錯的話，古特金臉紅了。

「不管我以前叫什麼名字，那時我還沒大到可以找妓女。」

「那麼你父親……你的祖父……那些妓女怎麼叫他們？」

這對古特金探長而言太過分了，不管他喜不喜歡華格納都一樣。他不是會召妓的人。他心裡也清楚家族裡的男性長輩都不會召妓，他們渴望的一直是理想愛情。一名美麗的女子，身上帶著布拉格或

8　譯注：德文中，gut意為「好」，kinder意為「兒童」。

是維也納氣味，輕挽他們的手臂，進入滅絕的狂喜中——兩人一起呼吸最後一口氣……淹沒……沉淪……不自覺地……至高歡娛！[9]

克普利等不及他回答。「我本名是斯坎藍（Scannláin）。魯文諾克的斯坎藍之子。我們叫這名字他媽的兩千多年了。然後就為了一件我們沒犯過的罪，反而不是因為我們犯過的幾千件……教人不爽的就是這一點——」

「為了一樁沒有人犯過的罪。」古特金插話。

丹斯德．克普利老早就不管到底有沒有犯罪了。他伸出杯子又要了一杯威士忌。這算上流的生活了，早上十一點半在聖艾伯猛灌威士忌。眾神為了從凡人俗憂中被豁免而喝。在瓦哈拉英靈神殿上暢飲，管他灰不灰塵的。

古特金給克普利的杯子嘩啦啦地倒進威士忌。他想讓他喝醉然後安靜。他要他當耳朵就好，安靜聽話。除了貓以外，尤金．古特金沒有別人可以說話。他的妻子已離開他。警隊上只有幾個朋友，在聖艾伯根本沒朋友。誰會在聖艾伯交到朋友？幾個鬥嘴的伴和一個可以咒罵的無腦老婆，就是住在聖艾伯的小確幸，而他現在連老婆都沒了，所以很少有機會可以一吐心聲。畢竟當探長的人說話得字字斟酌。但是跟丹斯德．克普利什麼也不必斟酌，威士忌更是毫無顧慮。他不是個志趣相投的人。光是華格納不足以讓他跟人稱兄道弟。在古特金的眼裡，克普利不懂分際，不知道要怪罪誰，所以把罪怪到每個人身上。他是個濫恨者，他還真沒見過這種人。一個缺乏具體性的人。但他是這裡唯一勉強稱得上同好的人。「喝吧。」他說：「為我們所相信的真相而喝。」

當丹斯德．克普利醉到聽不見別人對他說的話，不管是真是假，也完全不在乎真假了，他半睡在沙發上，那團糖球貓坐在他臉上，而尤金．古特金探長開始他的長篇大論……

沒有罪行。也沒有眾神的黃昏。沒有對抗邪惡勢力的最後一戰，沒有燃燒，也沒有世界的復興。那些原本該死的人，都事先被克萊倫斯．沃辛那樣軟心腸的人警告了，雖然他也希望一切從零開始，卻無法忘懷自己在拜魯特劇院與奧提莉、娜歐蜜、蕾絲拉那些韻味無窮的邂逅。為了妳對我做過的事，我希望妳下地獄。但是也為了妳對我做過的事，我希望妳能倖免。那些愛人卻不得回報的男人心中，就是這番矛盾心情。古特金探長很清楚這當中的諷刺。他們能保住一命，都多虧了那些傷心欲絕者與遭到輕蔑者的共謀，奧提莉和蕾絲拉，那些從母親的乳汁裡吸收了策畫陰謀能耐的人，那些彈指間就背叛的人，她們逃過了被背叛的命運。

所以，「那件事」在他眼中，就是根本「沒什麼事」發生。大家都逃出去了。像黑暗中的老鼠一樣爬走了。這不只是他根據破解克萊倫斯．沃辛的密碼所得出的假設，是可論證的事實。如果曾經有過大屠殺的話，那屍體都埋在哪？埋屍坑在哪？火葬柴堆和行絞刑的樹都在哪？哪裡有照片或其他紀錄，足以證明那些被燒掉的房屋、街道、郊區？要是你真的相信曾經被大肆宣揚的數據，那麼空氣中應該還會充斥著毀滅的臭味。人家說滅絕帶來的臭味，幾個世紀之後都還能聞到。你去索姆河區看

9 譯注：《崔斯坦與伊索德》中的〈愛之死〉。

看。你可以在土壤裡看到，你可以在馬鈴薯裡面嘗到那味道。

他用代數計算過了，用幾何學量過，對照過對數表——幾週內在幾平方公尺之內有多少人被殺……被誰殺？這得動員一半的人口，全副武裝，而且還得非常熟練武器，才能在這麼短的時間裡造成這麼大的毀滅。不，根本沒有眾神的黃昏。

他就著瓶子喝了一大口，然後看著克普利後仰著頭，嘴巴打開，雙腳張開。他褲子裡那是什麼鬼東西？他後悔邀他過來。他為自己的寂寞感到羞恥。可是他有滿肚子的話，卻沒有對象可以說。

他比他認識的任何人還要敏銳。你這個白痴，沒有眾神的黃昏，不代表什麼事都沒有。刑案偵查第一定律：每個人都會誇大事實。第二條定律：每個人都誇大事實不代表沒有東西可查。克普利先生，幹我這行的，都說無火不生煙。謠言也是一種犯罪。任意誣告，你會倒大楣的。話說回來，火是一直都存在的。在某處，總是有什麼在燃燒著。所以說，沒有任何指控是無中生有。任何犯罪我們遲早都能找到罪犯。所以說，對啦，事情會這樣，是因為有過小型騷動和微不足道的破壞。但為了再度打贏宣傳戰，他們重施數世紀以來慣常的招數，然後進行他們裝模作樣的迫害行動。他們允許灑一點點鮮血，來交代失蹤的人，並趁沒人注意時，順道帶走搜括的財物。我的曾祖父稱他們為獻祭的民族，自己也身為祭品之一的他很清楚這一點。但是他們也犧牲自己人。這有個名字，但是我忘了。你大概知道吧？克普利，你這個不入流的傢伙。就像種姓制度一樣。你大概不知道他們有種姓階級吧？但是相信我，真的有。有人不能點蠟燭，有人不能靠近屍體。有些甚至不能碰女人，除非手上戴著外科手套。有些知道他們的職責，就是該死的時候去死。乍聽之下好像很自私，但其實不會。他們的孩子會有人照顧，而且他們死後會直接上天堂。沒有處子陪伴就是了，那是給別人的。這些人會直接上天堂去讀書。為了他們將自身置於險境的榮耀，他們的衣著就是在宣示身分，他們的房子窗邊掛著識別物品，等著被活活燒死。這邊！在這邊！

這吼叫聲沒把克普利吵醒，他睡得跟死人一樣。

至於我呢，我爛醉的朋友，古特金繼續說，我是個警察，會分辨對錯。把人活活燒死在他的房子裡就是錯，我不管他有沒有邀你進門，然後給你一盒火柴。你大可以拒絕。當然啊，你是被刺激了。罪犯總是說自己遭到刺激。沒關上的門、短裙、拉鍊沒拉上的手提包。別誤會啊，我是會同情別人的。我自己要是被刺激到也會翻臉。你這會在我沙發上打呼的景象，就讓我覺得暴怒不已。但是我克制自己不要把你給閹了。這就是為何我不是惡人。

遏止不法行為的蔓延，是我另一個座右銘。在歷史中，並非每件事都罪大惡極。

他抹抹臉然後繼續喝酒。

報告長官，不是！

然後又喝。

儘管你心中相信著某件歷史上最重大的罪行，魯文諾克眾神的歷史學家先生，但我可以告訴你這個不是。為什麼呢？

因為這個！他重搥他心口。

如果角色互換，他會做克萊倫斯・沃辛做過的事嗎？他會幫他們逃跑嗎？淚水盈上眼眶。耳際滿溢崇高的樂聲……淹沒……沉淪……不自覺地……至高的歡娛！對，他和克萊倫斯・沃辛合而為一，為愛情變得脆弱也變得堅強。

他喝掉最後一滴酒，跟丹斯德・克普利一起躺在沙發上，被自己的強烈情緒弄得筋疲力盡，他馬上就在克普利的肩膀上睡著，貓抖動著身軀，堆起沾滿土塵的毛球，睡在兩人之間。

只可惜此刻沒有家庭攝影師在場。

二

克普利醉意未消，但他先醒過來了。他想了一會兒才搞清楚自己身在何處。雖然還只是下午，但聖艾伯天色已暗。一座座骯髒的黏土金字塔，好像裡面都點著小小蠟燭，那是唯一的光源。

這裡是埃及嗎？

然後他注意到，在他洗練的西裝翻領上，貓咳出了一攤土色黏液。或者這是古特金吐的？聞起來像是古特金胃裡的東西。克普利按住自己的胃。他在日常生活中受慣輕蔑，但唯獨這侮辱是他不必受的。他帶了剃鬍刀準備給探長刮鬍子，當作自己友誼與關心的象徵。但他現在氣得不想當朋友了。黏液！從古特金的噁心肚子裡！吐在他唯一一件體面的西裝上！

他知道古特金趁他睡著時大發牢騷。老話題，還是在講惡行。他是想告訴他他知道嗎？嘲笑他，用他自以為的知識逗弄他。克普利很肯定自己昏睡時，聽到他說他會分辨對錯。受到刺激不能當作藉口。這一次……

難道這是他被邀請過來的原因？

他壓根不覺得古特金有破案的頭腦。沒錯，他大可把事情攤在他眼前給他看上一百遍，但古特金就是一臉笨到看不見眼前事的樣子。

我低估他了，克普利覺得是這樣。我真是該死地低估了這賤人。他得意地笑著自己的遣詞用字。這可以拿來當成他下一冊歷史書最後一章的標題——不，不是〈賤人〉，是〈要命的錯估〉。

他想要拿出他的剃刀，抵住古特金的喉嚨，然後自首。這個警察會怎麼做？再吐一次？然後他想出一個更好的辦法。他蹣跚起身將窗簾拉上。我乾脆割了他喉嚨就算了，他這樣決定。

但先挨刀的卻是貓。

第七章　無拘無束的諾斯邦

一

艾絲美・諾斯邦自從機車騎士騎上人行道撞倒她之後，陷入醫生口中的昏迷已經兩個月。對她而言這是場漫長、但自己亟需的睡眠。這是個不受打擾，好好思考的機會。可以藉此得到新視野。然後或許可以稍微減重。

她對體重是認真的。她厭倦了看起來親和且不具威脅性的外表，是該展現骨感美的時候了。粉碎的骨頭，她偷笑著，螢幕因此嗶嗶作響，雖然她很有把握骨頭遲早會癒合。在有必要的時候，她當然也能讓人感到不舒服。她是個偶爾會提出麻煩問題的女人，但是她身上不帶一根刺，可以煩人，卻不會嚇到人。現在她幻想成為另一個人。不對，現在她是另一個人了。一個有稜有角、帶刺的人。受過傷後，變得更嚇人。

她的思想已經跟以前完全不一樣了，各種想法洶湧而至。以前過著舒適生活的她，會自己理出個結論來，也就是說，遲早她也可以說服自己事情並不是這樣，其實不需要機車來撞，還有其他方法可以讓她回歸舒適生活……

安樂又順從，這就是她的別名。艾絲美・安順・諾斯邦。她一直是個文字控、字謎癡、迴文狂，睡夢中還會看見立體顯影的文字。安樂和順從在她潛意識的天花板上歡淫尋樂，像中年愛侶一樣，抵住彼此粗胖的肚子，對著耳朵吹氣，兩者合而為一。她的內心笑著。躺在這裡真是享受，等著看文字們接下來要幹什麼，等著看有什麼念頭會自己掃過來。她喜歡成為它們所討論的主題，好像在聽人講著自己的八卦。不，她不像她自責般那樣安樂順從，這是她最近的領悟。如果她這麼好解決的話，那她為何會躺在這裡昏迷著，半死不活的？肯定是威脅到了什麼人。這是滿腦子飛來飛去的念頭中最常出現的一個：人們容易受驚嚇。另一個則是：有人——可能是普通人，你以為你認識或是喜歡的人——想要殺你。

這念頭襲來時，她其實並不害怕。她曾經跟父母一起看過一部很老的恐怖電影，裡頭有一個金髮女人遭到鳥群攻擊。她們一家子看得驚嚇不已。鳥群俯衝攻擊金髮女子周圍每個人時，他們都掩著臉不敢看。「罪有極惡不宣者，非報不可。」她的父親這樣說道。但是躺在床上，腦海中念頭紛飛並不算在內。她沒有被「攻擊」的感覺，它們傷害不了她——這也是她能冷靜接受它們存在的部分原因，即使它們低空掠過，讓她覺得自己應該要擔心眼睛。但那不只是恐怖——她樂見其猛烈，因為那就是她的感覺。畢竟，它們是念頭，也就是說它們皆起源於自身。如果這是她自己在玩弄自己，尖叫，那麼……她傾全力歡迎。時間差不多了。這是個好時機，對啊，她有好多好時機可用；但是時間「差不多」就代表她已經浪費太多時間，思考那些比較不……比較不怎樣呢？能好整以暇地找到正確的字眼，真好。比較不……不……艾絲美．諾斯邦知道多到不行的字。她曾經是學校的拼字冠軍；當別人還在讀第一條字謎提示時，她已經填完了；她甚至知道連老師都以為不存在的字。此時她搜尋自己字庫裡面有鳥的字，能聯想到飛行、有「飛」的字。「非毒」聽起來不錯，但跟她想表達的意思恰巧相反。她不想變得無毒，她想把毒留著。「匪類」不錯——匪類，正如她當初解釋給滿腹疑慮的拼字遊戲對手時說的，是惡劣、卑下的意思。但是她不知道要配什麼形容詞。不是「匪類的」。也不能做名詞，沒有「匪類性」。如果真有的話，那這個字正是她之前不會亂飛的思想所欠缺的。之前都太過含蓄。太保守。沒錯，她提出了一份報告，為此他們要殺她——就算沒真的行動，也有此念頭——報告裡指出她監測全國性情緒時，所發現不滅的怒火。她沒把文字裹上糖衣。她主張，我們不能用區區的「如果」帶過往事。我們必須面對已經發生的「那件事」，而不是編派罪責——反正那已經來不及了——而是去了解發生了什麼事，以及為何時間沒有將之治癒。沒錯，她堅持她的立場，說了該說的話，盡力說服和她合作的「如果論者」，但是她的力量微不足道。她沒遵循她監測結果的邏輯。她不夠匪類。她沒「造成」匪類，也就是說她沒理解到，甚至對她自己而言並未參透或呈現出，被做過的那些事之「匪類性」。不是「曾經發生」而是「曾經被做過」的那些事。

啊，如果她做到那個程度，他們可能會再一次下手，有必要的話，甚至再三地輾過她。他們會那麼魯莽嗎？「魯莽」不是艾絲美．諾斯邦會選用的字。他們的行為出自好的動機，為追求和諧社會。他們錯在不懂她要的也是和諧社會。差別在於，他們的和諧就是保持現狀——排除對立與矛盾、辯論、變化——她則是覺得，和諧，應該包括這些事情。

雖然她能得到一部分別人無法得知的資訊，對於那些跟她不同眼界的人想要否認的可怕事件，她還是沒做出眼光獨具的研究。她想，其實沒有必要研究。她光是看到事件的效應便知道其嚴重性。如果事件的後果不太嚴重，那麼後遺症也會比較小。但是後遺症，正如她一樣，支離破碎地躺在這裡，這就是不容任何爭議、血淋淋的證據。他們可以將她千刀萬剮——她不會記恨；相反地，多虧了他們，她才能有這省思的長假——但真相就是真相。這國家，每個村每個鎮每棟屋的每道門後，都滲透出憤怒與不幸。家庭主婦每天早上都打開窗戶，放出夜裡積累而停滯的戶內怒氣。男人把膽汁吐在他們的啤酒杯裡，欺凌陌生人，打他們的小孩，對他們的妻子或者不是妻子的女人做出中古世紀的暴行，這些都超出性挫敗或嫉妒能解釋的範圍。

現在她有閒暇可以思考，艾絲美．諾斯邦不再尋求解釋。有謎團才需要解釋，現在沒有謎團了。不然是要怎麼解決？你不能滿腹毒藥，卻想要有甜美口氣。你不可能砍掉手腳卻還指望全屍。你不可能搶了錢，卻沒讓別人變窮；而當你掠奪的人是你自己時，那就是你把自己變得匱乏了。

這一週以來，不斷朝她飛來的許多思緒中，最後一個是最常出現的，它的羽翼掠過她臉頰，好似想把她給抓醒——我們奪走的東西讓我們變得更加匱乏。

她只看見字，還聽不見它們，但她還不急著從溫暖沉靜的昏迷中醒來，並宣告自己所知。她現在沒有報告要寫。能夠慢慢地、緩緩地看著這世界，這樣還不錯。你不需要睜開眼睛才能看見事情。

二

她的父親怪她。

「她肯定是走路不小心。」他說。

「艾絲美走路都有在看。」他妻子回應道。

「那如果不是意外……」

「那不是意外。」

「好，就算妳對，那不是意外。那麼一定就是有人針對她。」

「可不是嘛。」

「問題是——」

「我不想聽問題是什麼。」

「問題是她做錯了什麼事。」

「你怎麼能這麼說？她可是你女兒呀！」

他發出短暫的愚蠢笑聲，聽起來比較像打嗝。他雙眼近視、有橫膈膜疝氣，而且愛嘲笑別人。

「我感覺胸口老是有東西堆成一球。」他向醫生抱怨，那位醫生介紹他用抗酸片或降酸藥或抗酸乳或糖尿病用降磷酸藥或呋喃硝胺。他照單全收卻沒好轉。

「那是你的想法。」他的妻子告訴他，她厭惡地看著他拍打著胸膛，徒勞無功地想把胸口卡住的那團東西拍下去。「那是你為人惡劣的報應。竟然這樣說自己的女兒！」

「人家不會無緣無故針對妳。」他堅持這樣說。

「別再講了。」他的妻子說：「你再不閉嘴，我就拿麵包刀割開你的胸口。」

諾斯邦夫妻婚後總是這樣爭吵著。他們傷重的女兒給他倆機會從頭再吵一回，不管是爭論對宇宙的理解，還是他們相信或不相信的事。康普頓．諾斯邦（Compton Nussbaum）相信事出必有因，有結果必定有肇因，人們受苦都是自作自受。若達．諾斯邦（Rhoda）則是相信她嫁給了一頭豬。

「你難道不曾為誰感到遺憾？」她問他。

「我遺憾又能幫到誰？」

「答非所問。你從來不曾感覺到別人的痛苦嗎？」

「我看到正義伸張時會很痛快。」

「那不公不義的事呢？暴行呢？」

他拍打胸口。「濫情。」

「那如果我出門被強暴呢？」

「那就是妳自己的錯。」

「怎麼說？因為我是女人？」

「這個嘛，我就不會出門被強暴，對吧？」

那還真可惜，她心想。

若達・諾斯邦相信，丈夫是人的話，就不會看著自己女兒半死不活躺著，還一個勁地責怪。如果我為了我丈夫剛剛說的話而動手殺他，全國的法庭都會判我無罪。唯一讓她無法下手的原因是，她這麼做就證明他是對的——沒錯，人們真的都是自作自受。

他曾經是一名公僕。若達・諾斯邦總說：「倒楣的都是僕人。」他拒絕聽進對他雇主不利的任何一個字。當他的女兒在「現下公司」快速晉升時他引以為傲，但在他女兒背棄「現下公司」時也氣到不行。

「我只是提出了問題。」她大聲為自己辯解。

「那就別問。」這是他身為人父的回應。

她應該找個男人成家，離開這個家庭。但是她認識的男人都像她父親。「那就別問。」他們都這麼說。他們唯一一件不拒絕的事，她拒絕了。

她母親鼓勵她。「他們都不是好東西。」她說：「留下來陪我。」

這剛好稱了她的意。她喜歡母親，也看得出她很寂寞。這樣也好，她對男人沒感覺。

她的父親以為她是女同性戀。很多男人也這麼想。她就是這麼奇怪，對自己工作的嚴肅態度、頑固、學究氣、龐大的詞彙能力、沒彈性的頭髮、扁頭鞋、聽不懂笑話、缺乏合作精神；她過度的同理心在處理事情時，彷彿理解勝過擁吻。不過打從心裡厭惡她的只有她父親。他極力否認她是女同性戀。而且根據他自己無情的邏輯，他這是受到處罰了。他不知道為何被罰，但肯定是犯了滔天大罪，才會生出一個同性戀的女兒。

他倒寧可她不要從昏迷中醒來。

「不准你告訴她說她是活該的。」他妻子在女兒離院前夕說道：「如果你還想活的話，就不准說『這是妳的錯』。」

他站在前門口等著救護車來。一團比平常更難消化的東西卡在他胸口。

「歡迎回家。」她被擔架抬進來時他打了個嗝。她微微舉起手輕輕揮了一下。

我做得不錯，他想。

我應付得不錯。艾絲美也這樣想。不是對他，是對自己。我還算乖。但是她知道自己絕對撐不了多久。她必須早點對他說，對於所有事情他一直以來都錯了。

她母親百般呵護著她。

「我的小寶貝啊。」她輕柔地安慰她。

艾絲美叫她別這樣。她已經好多了。在某些方面她甚至感覺比以前更好。她母親擔心這意味著，她已經準備好要一輩子當病人。但是在她心中的祕密角落，其實已經準備好一輩子當看護者。餵女兒喝湯、殺掉老公、關上百葉窗、聞著他的屍臭而永不見天日。

艾絲美從未搬出父母家，她住進她的舊房間，但如今好像她成年後便離開這裡，數十年之後才重訪童年的神聖領域。大概是因為躺著進來才會這麼感覺。躺著看著文字在她頭上猛烈搖晃著。有誰能躺在床上這麼久，卻不會想起身為小孩的感覺？甚至她書架上的書、五斗櫃上她出事前買的雜誌，甚至比較新的衣服，看起來都屬於更年輕的自己。中間這些年她都去了哪兒？

她母親看見她在哭泣。「喔，我的寶貝女兒啊。」她呼喊著。

「不要這樣！」艾絲美說：「我不是痛也不是傷心。只是有東西不見了。」

「是什麼呢？」

「我過去生命中的十五年。」

「妳沒住院那麼久啊，親愛的。」

「我知道。我只是想不起來那些年我都做什麼去了。」

幾個星期後她已經可以用手撐起身子，但還不能行走，不急。理療師來看她，覺得她進步得太慢。「她已經恢復力氣了。」他們告訴她母親：「但是好像沒有意願要起來走動。」

她不擔心自己。她還有很多事情要思考。清醒後，那些思緒就不再朝她飛來了。她很想念那樣，就像鄉下人搬進城裡就會想念鳥兒啁啾。她現在得召喚字過來，從頭開始，把一個念頭好好解開。就像跟著線球的線走，不知道會走到哪裡。

她的母親焦躁地問：「妳怎麼這麼安靜？」

「在想事情。」

「妳已經想得夠久了。」

「想得再久也不夠。」

是這樣嗎？她的母親不大確定。

不過她父親就喜歡她這樣。他當作是反省。他巴望著她隨時會宣告，這場意外消滅了她的同性戀傾向。

「這世界到底是怎麼回事？」某天早上她問。

她自力走到早餐桌上，跟父母同桌吃飯。

「跟平常一樣啊。」她母親說。「出生、婚姻、葬禮。」

「要不然妳想要什麼？」她母親的丈夫問她。

「比較不可怕的東西。」

「我們是自作自受。」父親說。

艾絲美看看父親再看看母親，然後又看看父親。婚姻變成他倆的噩夢有多久了？是從四十年前他們結婚的那一刻開始嗎？他們交換誓言時有沒有被彼此嚇到退縮？她從沒聽過他們含情脈脈地聊天，沒見過那段他們還沒強烈厭惡彼此的時光。那麼為什麼結婚，又為何還不分開？他們被什麼綁在一起？難道是恐懼的吸引力嗎？在憎恨中的和諧？

她突然發現他們就像一對邪惡的星球，荒蕪貧瘠，在太空中旋轉著，彼此之間保持關係但絕對不相撞。難道婚姻遵守跟太陽系同樣不變的物理定律？社會也一樣嗎？對立的平衡很重要嗎？

「然而當行星失序漫步時……」這誰說的？艾絲美看見字謎提示馬上認得出來。失序漫步——人中之王，這幾個字。

然後她想起來剩下的內容，這是出自中學的文學課。然而當行星與邪惡共存而失序漫步時，多少

瘟疫多少凶兆……多少騷動在風中……[10]

照這樣看來，她父母的婚姻算是成功的。他們沒有失序漫步。也許他們在一起從未快樂過，但至少風還是安靜的。

她現在把這個推論用在她研究的目標上：具有持久後續效應的騷動。一陣狂風已被釋放，帶著瘟疫和凶兆，證明行星已經嚴重偏離它們的軌道。仇恨的平衡力已失去。你不會殺你愛的東西，但是你也不會殺你恨的東西。你與你恨的東西隨著星球的音樂起舞，然後一切維持完好——相對來說。當然是相對來說，相對於大屠殺與滅絕——只要這支舞繼續下去。瘋狂的是以為你自己可以獨舞，不需要互相猜忌的舞伴。如果她母親像她平常威脅的那樣離開父親，他們兩人會各自變成怎樣？她無法想像母親離開父親，對他的厭惡是她人格的固有本質。她是為了抨擊他而存在。而他，她可以想像他在街上揮舞著開山刀。出事就是出事了，沒有「如果」或「但是」，不是因為上萬個男人像她父親那樣被妻子拋棄——雖然對某些人來說，這樣更有勁了——出事，是因為他們忘記了，或者該說從來沒完全了解，他們殺的那些人，曾經發揮跟他們妻子相同的作用。那簡直是一場死腦筋的浩劫。你不能因為恨什麼就把它殺了。

至於為何有仇恨？艾絲美．諾斯邦不想把心思花在那上頭。也許等她有更多力氣之後再說。她想，自己應該重回昏迷狀態嗎？這樣就會空出精神上的空間去想了。

然而，她現在只有力氣從頭到尾維持一個想法：像她父親那樣的人變得狂暴時，就失去了讓不和諧變得和諧的重要關鍵。如今，過了幾十年，他們遊走在不可修補的失序中。

她已經不再為「現下公司」工作了。「現下公司」殺害員工時，就決定他們不再是員工了。她的母親試著幫她弄撫卹金，但沒有成功。這件事完全不能指望她丈夫會支持，因為他贊同「現下」。她知道逼得太緊他們會有什麼反應。他們會再次殺她女兒，來證明她已經不在員工名冊裡了。

有時候艾絲美會忘記自己已經不在「現下公司」工作，還會準備週一早上要帶去上班的新報告。報告中指出，如果這國家要再現和諧，必須要償還。不是那種粗糙的金錢賠償，付給當初事件發生時失蹤者的後代（不能說是受害者），如果還有後代的話，也大都下落不明。她所指的是償還後代，或者說是「後代」這個概念，那些存留在此世的人（當然也不能提及罪魁禍首）。換句話說，就是**我們**，生者在世的後代。償還就是：**把我們失去的全部還給我們**。

雖說金錢賠償不可能實現，辦公室還是會慶幸她沒提出來。血腥錢就意味著有實際罪行，而既然沒有罪行，血腥錢就不會浮出檯面。但是他們肯定不懂她所謂的「把我們失去的全部還來」到底是什麼意思。**我們失去了什麼？**諾斯邦小姐，請妳解釋清楚。然後她就會欣然解釋。

她會告訴他們：「我們失去深層的對立經驗。不是那種漫不經心、可有可無、家庭或鄰居的對立，是一種更刻意、更獨斷的對立經驗。一種優美的、長久以來吸收的、文化上的對立，這種對立意識能夠使我們辨明一切事物，包括我們崇拜的對象和我們的食物。**我們是我們，因為我們不是他們。**」

10 譯注：此句出自莎士比亞的《特洛伊羅斯與克瑞西妲》。

他們盯著她看。

「如果不提他們的話，那我們又是誰？」

他們仍舊盯著她看。

她會告訴他們：「我們必須將必要的對立還給人民。」她的激烈語氣鼓起胸中激昂情緒，體內斷骨成了衝鋒陷陣的百般兵器。

「那麼妳覺得該怎麼做呢，這位小姐？」有人不識相地問了。

她會說，啊，既然你都開口問了。

三

艾絲美．諾斯邦在工作的地方外頭被撞倒之際，她母親從自己打掃書櫃時用來墊腳的椅子上摔下來了。母女就是這樣，尤其是當她們心愛的男人不在身邊打斷這波動時，母女連心就會同步到這種程度。

在女兒住院期間，若達．諾斯邦不曾放棄希望，深信她會清醒。她可以聽見女兒腦海中活躍的思緒。現在艾絲美回家了，回到以前她住過的育嬰房，回到她的懷抱中，她母親甚至聽得見更多她腦海中的念頭。星球、婚姻、碰撞、騷動——她全聽見了。她甚至從中認出自己的念頭和詞句。怎麼可能會這麼巧？如果她的心靈跟艾絲美相通的話，那麼艾絲美的心靈會跟她相通。胎兒在子宮裡也能聽到母親的音樂。若達基本上是一個沒有伴侶的女人，滿懷怒氣的她只能對著自己女兒傾訴，有時用言語，有時不說話，她這種行為很早就開始了，而且是出乎情理地頻繁。比方說，「必要的對立」是一個兩女兩男組成的搖滾樂團，若達少女時期常聽他們的音樂起舞。她很確定這個樂團在大部分重搖滾樂團同意轉為地下化時就消失了，這些大概是發生在艾絲美出生前幾年的事。神奇的是，這樣躺在若達·諾斯邦腦海中，從未使用也從未提及的詞句，竟突如其來地在艾絲美腦海中重現。但話說回來，也許並非如此。若達隨著「必要的對立」的音樂起舞，是因為她想甩掉腦海中她不喜歡的念頭。難道是巧合？她想甩掉的是一個痛苦、或者假裝痛苦的男人。那身影一再重複著*我是我因為我不是他們*，像是複誦著咒語一樣，哀求著她的吻、她的原諒、她的擁抱，讓他變得更好。彷彿她能釋放他內心那個更好的自我。

從艾絲美的思緒當中聽到這些字，並未喚起遺忘已久的事件，因為她根本從未忘記過——她聽到這些話的場所，帶給她的感受，她微弱的回應……

第八章　眾神的黃昏

一

若達．諾斯邦十六歲時是個青春洋溢、健壯的女孩，還未邂逅她的死鬼老公，跟一個歲數大她三倍的男人有過一段短暫戀情。雖說是戀情，可是沒有太多性行為，也沒有很多愛戀。僅只是一時興起。她涉世未深就憑著一股傻勁往前衝，對象是她學校裡的老師。他的外表沒有吸引力，但是老師說的話不能不聽。尤其當他說他心理受過創傷，而妳可能就是他的救星。

「我是個支離破碎的人。」她仰著臉準備接吻時，他這麼說。

他抱著她，手在顫抖。剛開始她以為是自己在抖，但她看見他婚戒上的反光，像是映照在水波上的陽光一樣晃動。「把我變完整。」他說，稀疏的鬍子在唇邊不受拘束地擺動著，好似在狂風暴雨的海上飄蕩。

「對一個你只給過乙上的學生來說，未免要求太多。」她說。

他沒有幽默感也沒笑。他閒暇時是個民謠歌手，儘管滄瀾怒海跟他八竿子打不著，卻淨唱些漁人捕捉鯖魚的歌。他時常背著吉他來學校，這是若達允許他對她出手的另一個原因。其他女生要是知道的話肯定會嫉妒死了，她就是要其他女生都知道。

「我只要妳做妳自己。」他說。

她的下巴磨蹭著他。「那如果我不知道該做哪一個自己的話怎麼辦？」

「不用擔心。妳現在這樣就是我最喜歡的。」

最喜歡！她心裡想著，嘴裡說的卻是：「你說的是哪一個我呢？」

「善良無邪的那個。」

「哈！」她忍俊不住。就算說她涉世未深，但眼下他們坐在飯店房間的床邊喝著蘋果酒，上了鎖的門外掛著輕佻的牌子寫著：「遊戲中請勿打擾」。她很清楚有許多字可以用來形容自己正在做的事，其中絕對沒有「無邪」這個字。

「沒錯妳就是。」他說著解開她的校服鈕扣。「沒有流血就沒有罪惡。」

「可能會有血喔。」她警告他。

他克服了心中的驚訝，給她一個悲傷至極的民謠歌手微笑。「那不一樣。以愛之名流的血，跟以恨之名流的血不同。」

她不想談論愛情，但是忍不住問：「你怎麼知道？你曾經以恨之名流過血嗎？」

他的長臉垂得更長了。「總有一天會告訴妳。」他說。

她想，他這是在挑逗她。這是他的性愛邀請。我曾經如此這般……她看過年輕男孩來這套，沒想到連成年男人也會這樣。她本來就不太喜歡他，現在更加不喜歡了。他不應該以為她喜歡身懷重大祕密的男人。他們在做的這檔事已經是夠重大的祕密了。他已婚，而且是她的老師。年紀比她父母大，卻在脫她的衣服。用他的手指勾勒著她胸部，淫蕩囂張，如同用穢語塗滿她的胸部。冒犯一切她所知的體統。

他自以為猜得到她在想什麼。他以為剛剛所說的恨嚇到她了。但是他猜錯了。她只是想要他結束這個話題。

來飯店開過三、四次房間後，他很突然而且殘忍地告訴了她。

「妳那時應該十歲左右吧。」他說。當時他們還穿著衣服，看著窗外一排空調機。兩隻鴿子在搶食一片麵包屑，大概是他們樓上的房間丟出去的。床頭上掛著一幅黯淡殘破的「鏡前的維納斯」複製畫。在以前景氣蓬勃，天下太平的時代，這是間昂貴粗俗的旅館，踩著高跟鞋的幽會對象在柔軟地毯上來來往往。現在還是明擺著放縱和愛欲的氣氛，不過變得有點半弔子了。這六、七年間的改變真是大啊，現在連學校老師帶學生來都付得起了。

房裡點著香氛蠟燭。他的吉他箱子立在角落。他會對她唱歌嗎，她心裡納悶著。門上晃著那面宣告「遊戲中請勿打擾」的牌子。

她知道他說的是哪件事。那件事發生時她約莫十歲，她所知不多。當時住得距離大災難中心太遠，沒能親眼見聞。學校裡有一、兩個熟人肯定被捲入其中，因為他們再也沒出現。不過那些人不是要好的朋友，所以他們的缺席對她來說沒差。除了她的班導曾經突然間爆哭，還有校長下令校園內禁止一切手機和個人電腦之外，學校裡沒有什麼讓人覺得不對勁的事。在家裡，她的父母親仍舊絕口不提。父親在家實行戒嚴，家裡不准有報紙，不准聽嚴肅的廣播或電視節目。對十歲的若達來說根本無所謂。然而她參加過「以實瑪利行動」，這場為了平息動亂所設計的活動，一口氣將他們從欣奇克利夫（Hinchcliffe）帶到貝倫斯（Behrens），這就不能算是跟那件事毫無關係。不管怎樣，若達了解了某件她從未被教過的事，也就是某件恐怖到無法言喻的事情曾經發生過——如果有的話。

她當時決定把這事留著，等長大一點再去想。

如今她算是長大一點了。

「對啊。」她說：「而且……」

他摟住她。沒有她一開始想像的那種安全感。他身上有股靈異的氣氛——身體還有臉部都拉長而顯得很詭異，彷彿在孩提時代染上某種促使過度生長的怪病。瘦巴巴的臉上一張扁平的嘴半開著，連故意蓄長的鬍子都遮不住他的大板牙，像是一副包著皮的枯骨。

她自問，我這是在幹麼？我為什麼來這裡？我根本不喜歡他。

「要是那女孩還活著的話，大概跟妳一樣年紀了。」

「那女孩？」

「那個……」

她靜靜聽著。

「那個被我殺掉的女孩。」

「你殺了一個女孩？」

「到床上來。」他說。

她搖頭。她並不害怕，只是覺得他又在討好她。想嚇唬或者挑逗她，讓她做她不想做的事。

「你說你殺了一個女孩是什麼意思？」

「妳想知道我怎麼殺的？」

她才不是問這個，隨便啦，他是怎麼殺的？

「當然不是親手殺的。這種事我讓別人做。我只是旁觀。」

她放膽問：「別人是指誰？」

「有差嗎？」

她擺出一副女生慣用的、跟白痴說話時的表情。「喂喂！什麼叫作『有差嗎』？」

他摸著她的臉頰。「我殺人和我愛人都是為了同一個原因。」他停了一下等待她反應。他是指望她安慰他。好了，好了——我原諒你。「吸引我的，」他繼續說，好像這是他初次思索自己的動機，「同時也令我厭惡。」

「你殺人是因為你厭惡？」

「不，我殺人是因為我被吸引了。」

她現在想回家了。

「不要走。」他說：「拜託留下來。」

若達盯著那張醜陋的嘴，想起解剖課上大家輪流傳看的頭骨。那張嘴雖然曾經縫起來，但是傳著傳著還是會打開。

「相信我，我不會對妳動粗的。」他說。

「那個女孩當初也相信你不會對她動粗。」

「我是不得已啊。」

雖然說她只是個學生，但她知道每個人都有所選擇。「那只是你的藉口。」她說，一邊打著她的領帶結。

「不，這不是藉口。事情就是這樣。有些事就是必須去做，我們不能控制自己，被拉著走。等妳長大就會懂了。為了生存必須要毀滅。他們活著妳就不能活著。大都不至於到這種地步，但是當機會上門……」

「機會？」

「就是機會。」

「她當時幾歲？」

「那個女孩嗎？我不是說了。她現在大概跟妳一樣大了，算起來她當時應該九歲、十歲。」

「你對一個九歲的女孩下手？」

她注意到他又發抖了。「沒有。我沒有對她『下手』。她是那一家的女兒。」

「誰家的女兒？」

「我『下手』的那個女人的女兒。吸引我的是那個媽媽。」

真是每下愈況，若達想著。如果你十六歲時常用的詞彙不足以表達鄙視，那至少能表達厭惡。若達讓她的老師看著她在腦海中排練著這些詞彙。

「等一下。妳聽我說。批判我之前先聽我說。是那個媽媽來追我，不是我追她的。我去印刷廠要印邀請卡的時候認識她的。她也是來印邀請卡，當時正在為了邀請卡跟他們吵架。我猜是要邀請人來她的藝廊參觀非公開畫展。她說他們的成品粗劣，要我同意她。『你看這顏色！』她說：『有哪個女人的胸部是這種顏色？』我看著覺得還好，但是我還是同意她，因為我覺得她是真的很生氣——」

「而且你想看她胸部是什麼顏色。」

「不，對，也許吧。妳真敢講，算我活該。但這不是重點。我就只是附和她而已。我當時不知道她的特點就是事事不滿意，跟商家吵架是家常便飯。舉辦宴會也是她常做的事。她的圈子裡每週總是有藝廊開幕、訂婚宴會，或是四十年婚週年慶祝宴會，都是她一手花錢包辦。奢華的場面。香檳配上龍蝦開胃小菜。她有的是錢可以燒，她愛燒什麼就燒。要是我放任她的話，說不定連我也給燒了。所以說到頭來是因果報應。妳也可以說我瘋了。打從看見她為了邀請卡大吵特吵那一刻起我就瘋了。我從未看過這樣的女人。年紀比我大，見過的世面比我多。她自己開藝廊，跟我完全相反。毫無保留、妖嬈、自私、不忠，像貓一樣狂野。我也沒見過那麼愛笑的人，但是不笑的時候，那張臉就變成悲劇的面具。那雙又大又黑、濃妝豔抹的悲傷眼睛，彷彿在訴說她族人的所有悲慘歷史。總之這是她的解釋。她會說『我們經歷過太多事情了』，然後將我摟進她胸前，過了十分鐘後她就去排席位表了。『難道對妳而言沒有重要的東西嗎？』我會問她，她會說『有啊，就是你』。不然就是『有，我女兒』。有一次甚至說『有啊，上帝』。她說她會禱告，可是當我問她禱告什麼，總是一些很物質的東西，比方說能辦開幕式，或是希望她老公繼續缺席（『這樣我就可以整個週末對你為所欲為了』，一副上帝會幫忙這種事的樣子），或是希望一道閃電劈下來打死那些在她藝廊外面轉來轉去的抗議群眾。那些人吟誦著口號，反對她代理的頂尖畫家的國家，不過在他們面前她只是蔑視偷笑，說他們是道貌岸然的食屍鬼。『等他們找到別的瞎忙理想之後就會走了。』她當著他們的面對我說。她沒有罪惡感或良知，沒有美也沒有靈感。別誤會了，我的意思是她本人長得挺漂亮的。又黑又柔美、妖媚的女人。有時候當我抱著她，感覺好像她沒有骨頭一樣，身體如此柔軟。雖然每次我們交談時，她總是頑固不化，每件事都可以跟我吵，上了床她隨我處置。但就是沒有精神上的美。她捐錢做慈善，但我總覺得動機並非慈善。感覺太輕鬆、過於無意識了。我的父母親捐錢之前，總是會先討論上好幾個禮拜。我們應該給這裡捐個錢，還是把錢花在那裡？她就是開支票，然後再也不去想這件事。她會去聽演唱會和別家藝廊的展覽開幕，但是我從未見她感動。她討厭我的音樂。『像漁民和鄉巴佬叫春。』她這麼形容。但她大概沒吃過魚。話說回來，我也懷疑她根本沒看過海，或去過鄉下。她瞧不起所有人，她會模仿窮人的口音，有時候甚至會奚落我沒有她的優勢，包括了一件晚宴外套。『你不能穿這樣來我的家庭聚會。』她第一次看見我穿著燈芯絨西裝時這麼說。

「我希望我不必去參加她的『家庭聚會』或見她的『族人』，跟他們在一起我渾身不自在。是因為他們看不起我嗎？我不知道。不過我可以感覺到他們都在容忍我。如果我膽敢說出一個字反對他們，她就會怒氣沖沖地飛奔過來，有一次還打斷我兩顆牙。然而，儘管她的『族人』那麼特別，有著比起任何人受過更多苦的優越感，她依舊端著一副像是剛剛跟貴族喝過茶的氣質和優雅。這一切試圖隱藏她出身的花招都讓我震驚。她的家人以前是在街市上賣帽子的！而且她的手法很拙劣。人家都掩著嘴笑她，她卻渾然不知。人家肯定也在笑我。我知道妳一定會想，那幹麼還要待下來？我被她迷得神魂顛倒，就是這樣。我愈恨她就愈迷戀她。我也不會解釋。她是我的殘忍情婦，還是我的玩物？雖說妳還太年輕不懂什麼是迷戀，我迷戀她光滑灰黃的皮膚、她沉重的胸部、她潤澤的雙唇，每當我進入她——抱歉——的時候她發出微喘的叫聲，她雙手放肆游移的樣子。她會編故事、說謊、赤裸裸的幻想，討好她需要討好的人——無論在場是三十個人或者只有我，她都可以。但是這也讓我覺得噁心。」

他像是突然想起自己太沒禮貌了，頓了一下。也許聽到這裡她有話想說吧？

沒有。若達想著，他也許說對了，這些話對她來說還太早。

他就當作是默許繼續說下去。

「她身上有種古老的東西。我不是說長相。我是指她所代表的東西。她的歷史太久遠了。歷史早就該解決掉像她那樣的人。有時當我跟她做愛——對不起請原諒我，這裡我必須好好解釋——感覺好像在石棺裡跟木乃伊做愛，好像她會被我捏碎，在我的吻和愛撫之下像羊皮紙那樣崩碎。有人可以同時油潤又乾燥嗎？可以同時柔軟又易碎嗎？她就可以。對我來說那就是她的魔力。然後她會挑逗我，像是死而復生般坐起身來，埃及豔后似的，她的首飾在我臉上晃動著。她的首飾啊！她會摸著我的臉頰，帶著渴望看著我，或者那是厭惡的眼光？我聽著首飾敲碰的聲音，好想從她身上扯下。天啊！我真的好想好想這麼做！把她脖子、耳朵上的首飾扯下。這些虛假的美，她說話時的不可一世、她對自己婚姻的鄙視、她談到寶貝女兒的胡言亂語、她族人的悲慘過去、她的假虔誠、她毫不在乎的藝術……我沒勒死她還真是奇蹟。」

若達終於找到話可以說：「所以你找別人去幫你勒死她？」

他想了一下，衡量著這片沉默。「我讓藝廊被燒掉。」

「她在裡面嗎？」

「小孩在裡面。裡面有一個宿舍。她有時候會待在那裡。這對她來說是件樂事。她可以在店裡玩。她的母親有時甚至會讓她跟客戶討論藝術，當成笑話來看，然後說：『童言無忌啊。』」

若達再度陷入沉默。他剛剛是說讓藝廊被燒掉對吧？讓？到底這意思是他找來縱火犯，還是自己點了火然後撲滅不了？不管怎樣，她不願想像他明知裡面有個小孩，還是放火把房子燒了。那個小孩如果還活著的話，大約跟她現在同齡。她不想顯露自己的恐懼。

「奇怪的是，妳知道嗎？」他繼續用不同的語調，像是理所當然的口氣說道：「那感覺好像不是我幹的。又或者是我幹的，卻是在別的時空的我。彷彿兩、三千年前的我幹過同樣的事，看著火焰，搖搖頭然後離開。」

這下可好，他瘋了。怪的是她感覺好多了，而且比較不害怕了。她可以用她的理智打敗他。

「你說兩、三千年前做過同樣的事，是什麼意思？難不成你是吸血鬼來著？」

「我是說，我的行為不光是我個人的行為。我只是在重複一件已經重複過無數次的行為，而且不知為何我並未加以質疑。如果我說這是被文化養成的行為，妳可以理解嗎？」

她舉起手半掩著苦笑，就像同學們每次聽到長老說出荒謬的話時那樣。「那如果我說我是受文化養成而不想寫功課，你可以理解嗎？」她壯著膽子問。

她的慧黠讓他為之一笑。「是，我可以理解，而且我會說希望文化養成不會讓妳做出更糟的事。」

「才怪。你會說我在偷懶。」

「那是一種必然。」他說：「就是有這種事。不是你就是他們。你們呼吸的不是同樣的空氣。有些人就是太不一樣了。*我是我，因為我不是他們*，你會這麼想。這是你一開始陷入情網的原因，是為了跟自己做出區別。因為如果你不是他們，他們就不是你。但最後你發現你愛上的不是他們身上的任何一點，而是對自己滅絕的期望。人家說受刑者在死之前會愛上劊子手。也許，要是她沒有對我說我們玩完了，沒有告訴我她已經找到更符合她需要的男人……我猜是某個金融家，或是她旗下的一個畫家，若不是這樣或許我會接受死在她手中，當作自己的圓滿結局。但是她的時機抓錯了，錯過了機會。這世界在不經意間改變了。有一天街道上靜悄悄的，接著暴民出現，開始吼叫、放火、殺人。妳的表情好像在說你從沒聽過有什麼暴民。妳那時還小，而且在那之後又被教育得好好的。但是相信我，當時不管多溫和的人們，突然間也表現得像野獸一樣。我有沒有參一腳？有，也不算有。我跟他們互通感受，雖然我至今仍然相信，我是出於私人動機單獨行動。但是暴力並沒嚇到我。你以為看見人們做出與平常截然不同的行為會被嚇到，但其實沒有。暴力很快就變得司空見慣。也許我見到的是我心中的暴力。也許我覺得這比實際上更殘暴，是因為我心裡希望如此。但是那些事不是我編造出來的。我沒有加入暴行，甚至冒險接近她，懇求她：再給我一次機會。她把我看扁了。再給我一次機會！妳要我怎樣都行。我會改。好像我可以再讓她稱心如意一下。好像我可以再任她差遣。當時我跑去她住的房子那邊，可是那裡已經關起來了。我想，至少他們已經逃脫了。接著我想到她們可能在藝廊裡，又跑了一大段路。百葉窗沒有拉下。暴民還沒到，但是平常的抗議群眾都在外面，比平常更吵更凶惡。絕望之下我硬是擠過他們，敲打著窗戶。小潔西（Jesse）出現了。小小年紀卻已經跟她媽媽一模一樣。一樣的悲傷眼神，一樣的厚臉頰，一樣妖豔。對危險一樣冷漠。她甚至踩著她媽媽的高跟鞋。『媽媽不在家。』她用唇語說。我叫她讓我進去。我等她。她說：『媽媽不想再看到你。』『那妳呢？』我大聲喊道：『難道妳不想再看到我了嗎？』她聳聳肩。來得快去得也快。我簡直就像個僕人或是園丁，一個無關緊要的人，雖然我寵她、跟她玩、買她不需要的東西當禮物送她。她冷眼看著我。真是有其母必有其女。別這麼孬了，我看得出她心裡正這樣想著。我問她藝廊裡還有誰在。她說沒人。她有可能在說謊，但我覺得她被單獨留在這裡證明了她母親的粗心大意，對我來說這是個徵兆。放任九歲大的小孩自生自滅？妳覺得呢？難道我應該比她那個水性楊花、溺愛的母親更關心她？我也不知道自己能夠做什麼。或許可以試著偷偷帶她走。我可以試著跟群眾講理，告訴他們裡面只有一個小孩在。一個張狂自大的小女孩，但畢竟只是個小孩。我不認為會有差別，但至少可以嘗試一下。可是我被喊叫聲和煙味影響了。也不是說它們讓我興奮了，但是我心中的感受得到一種普遍性的認同，我是我，因為我不是他們——有這種感受的不只我一個。我們是我們，因為我們都不是他們。

所以這為何會被轉化為仇恨？我不知道，但是當每個人都這樣感覺時似乎就變得合理了。妳可以理解嗎？每個人都在做，事情就變成義務了。何況還輪不到我去扮演上帝。我想這些人有他們自己的上帝，就讓那個上帝去照顧她吧。所以她背棄我時，我就袖手旁觀。沒有拍打窗戶。沒有叫她。沒有警告她。我站在外面，盯著窗戶上漆寫的煽動字眼——『加利利藝廊』（Galilee Galleries）——我像是出了神一樣。可能是三十秒也可能是三十分鐘，然後我就走了。」

他的眼神迴避著若達，給她看他乾癟的雙手。那雙沒有用來救助一個孩子的手。他到底想要她怎樣，親吻還是折斷這雙手？

「所以現在你覺得我有責任被你拿來取代她。」她說。她站起來了，衣衫整齊準備離開，感覺噁心但依然堅強，手上抱著書包。「那你就錯了。」

她回到街上，慶幸自己能安全離開。

二

她沒對任何人說自己聽到的事。沒必要說。原因之一就是，提起這件事會暴露她的祕密，為什麼會在飯店房間裡，聽她的老師說起他充滿殺意又癡迷的愛情生活？另一個原因就是她認為沒人會相信。那些話她都不知道自己相信多少。說不定整件事都是他編出來哄騙她，又或者後半段是他自己編出來的假想報復。在腦海中想著殺人並不犯法，這點她很清楚。就算她相信了，那又怎樣？又有何罪？離開現場犯法嗎？她對十歲那年發生的事所知不多，但是聽過大人議論，也知道一切都被擦乾抹淨了。只要加入不斷說著抱歉的人們，你就會沒事。過去的事就是過去了，道歉自動帶來赦免。

至於他，她熱切地希望他會離開學校，但事與願違。他也不再找她上飯店。他只是發揮他的拿手本事，視若無睹。

若說她在身邊會使他焦慮，那麼他隱藏得很好。倒是她，漸漸變得乖僻，成績開始退步。沒人知道原因，她就是對課業失去興趣，還沒達到家人對她的期望就中輟了。反觀他卻是老運亨通。畢竟好的神學老師少之又少。

過沒多久，她在「必要的對立」演唱會上認識令她厭惡的康普頓。他讓她厭惡到全身起雞皮疙瘩，這也讓她興奮不已。他跟她在乎的人、喜愛的事物相比，根本是天差地別。她要不是嫁給他，就是殺了他。如今她一邊聆聽著女兒的種種念頭，一邊想著要是當初殺了他的話就太蠢了。

跟那個凶手或騙子（或兩者兼是）的那一段情，她從來沒對康普頓說過。她不想讓他干涉她的經歷，也不想聽他說那個被殺的女孩自作自受。她已經夠氣了。艾絲美懂事了之後，也沒對她說過。其實也不需要告訴艾絲美；不用言語她就已經察覺到其中要點。艾絲美心中肯定有些怒氣，若達自豪地相信那是自己的緣故。從娘胎裡她便灌輸給女兒對正義的渴求。她相信艾絲美會為她打正義之戰。艾絲美會代替她展現勇氣。艾絲美會讓他們付出代價。

第九章　天國的樂隊領班

一

艾絲美．諾斯邦沒復職。但是舊職的片磚斷瓦卻找上了她。她並不如自己想像的那麼孤單。因為出事之前的報告中所暗藏的挑戰，開始有前同事陸續警覺地進行處理。她說得對，必須採取行動抑制那種毒害家庭、職場、校園和社會的爭端。他們還要一段時間才能趕上她前衛的思想，不過，五年後大家都普遍承認有問題必須解決。再過五年，儘管雙腳仍舊虛弱，她已經帶領著一隊人馬負責將被拿走的一切歸回原位。

第一次會議時，她以復原委員會主席身分致詞，詳述眼前的問題。

「我們不能再繼續沿用委婉託詞。」她宣布：「必須實事求是。如果我們要將事情復原，就必須恢復人類的名字。他們都是人哪。不管是何種情況或動機，如果把種族消滅了，那要如何復原？」

她以為這個答案不言自明，但是有人舉起手。

「我不求立即的解答。」她說：「畢竟許多事尚待研究。但是我可以先聽聽幾個建議。」第一個建議就是可以先去其他破壞較少、只有部分或完全沒遭破壞的國家尋找。第二個就是找出取而代之的必要對象，比方其他種族或宗教團體，用來替代遭到抹殺的仇恨對象。「不能處理一下中國人嗎？」有人問。

回應第一個建議，艾絲美懷疑是否真的可以找到這樣的人，再說，是否真的有人會不顧一切，放下他們定居的安全地區搬來這裡。假設真的有人願意，肯定就是那種格格不入的人、造假者和投機主義者，總之就是她最不想找來填補空洞的那類人物。哪有人想要在同一個世代中製造更多動亂。

至於第二個，她堅決表示恢復國家仇恨平衡的相互猜疑並非一場流動的宴席。差異儘管唾手可得，但光是這樣還不夠。所以，對於處置中國人的建議敬謝不敏。儘管他們總是自掃門前雪，也因此從未贏得本地人的喜愛，處置中國人很難達到他們原來的目的。對此，她態度堅定不移。猜疑的替代目標，不能假設任何一種老派的敵意或誤解都行得通，可以輕易從他們動盪的社會中挑選出來，或者強加條件指派。她要她的聽眾聽好，仔細聽她的話：**你在深惡痛恨某個對象之前，必須在當中先看到另一種版本的自己**——萬一不小心的話，自己也可能會走的路，或會變成的模樣。家族的輪廓也必須列入考量。像是不忍卒睹的影像、不忍聽聞的回音。也就是說，你必須曾經信服同樣的道德哲學，認同相似的精神，甚至不久之前曾經在同一間廟宇參拜。就是這樣有許多共同點的差異，才能算得上他們要找的特有反感。只有出自同一血脈的人能符合這種要求。

至於他們，也即另一種版本的「我們」，能不能回應這樣的仇恨，這根本不成問題。他們就是我們敵意的鏡像。他們也能看見系出同源的相似之處，也同樣被吸引或者感到厭惡。沒錯，有些人比較容易被吸收同化。他們會愛上那些誤解他們的人，誤解本身就是一個致命的誘餌。他們全心接受將他們醜化扭曲的文化。被音樂融化，為精美的語言所傾倒。但是他們已經解決了自己的問題，同時也解決了艾絲美的第一個問題。早在艾絲美與其團隊介入之前，他們已經隱身沒入背景中，化身為自己的對立面。至於剩下的那些，如果找得到的話，也只需通知樂隊，再度為了舞會開始而演奏。

艾絲美心想，我真像天國的樂隊領班。

再次重提先前被否定的想法，讓艾絲美的任務進入新的軌道。這個想法，就是不管發生什麼事，總有人並未被摧毀。沒有任何一場行動可以徹底成功。肯定有人逃過一劫。但肯定也有些人躲了起來。不是所有國家都動用過武力，有些地方情緒並未如此高漲或鮮血遍野。或許出於憐憫之心、原則、信仰，或者在遠離大城市的地方蓬勃發展的執拗——陽奉陰違拒絕服從多數意見——可能有人伸出援手、提供避難所，多少會有人接濟一個飽受驚嚇的小孩。不過，過度樂觀於事無補。想要找到在崎嶇地表上生活、無事躲過好幾世代的完整家族，這種機會很渺茫。要是找不到的話，難道在國內將近一億人口中，完全找不到一個血統純正的單身男性或單身女性嗎？不必多，只要一對通過嚴格驗證、身體健康的單身男性和單身女性，一切便可以從頭開始。

「我好像諾亞噢。」艾絲美這樣覺得。

二

如果健康狀況允許，艾絲美會繼續掌管這個委員會。但是當她可憐，憤怒的母親去世時，終生未遇到自己喜歡的男人。艾絲美知道她必須改變自己的生活環境。她想呼吸清新的空氣，手腳也需要鄉間散步來復健。她決定田野工作比較適合她。而根據她自己的邏輯，地理位置是遙遠愈有可能找到她想要的。她稱之為尋找化石。

她送父親去住養老院，提醒他，衰老是對他天性的懲罰，然後她去了北方。一開始尋找化石並不順利。她只得笑看自己的天真。難不成她指望想找的對象就坐在原野中，像暮色中的野兔那樣等著被她發現？難不成她以為會有一家子就那樣集合在她常去的酒館？她常常在酒館喝杯番茄汁，然後回家給自己做沙拉，納悶怎麼會搞得這麼久？而且，就算她看見了這麼一家子，她能認出他們來嗎？

當然，這個問題的重點，就在於她從未遇到過他們，至少據她所知是如此。她讀了不少書，但是不太確定資料來源的可靠性。比方說，一本上世紀的童話書裡，舉出一些獨特的五官長相，像是厚唇、垂眼、塌額頭、招風耳，像咖啡杯把手一樣的耳朵；短手臂、弓形腿、小碎步、含糊不清的聲音、甜膩的香味——艾絲美笑道，如果真的看見這樣的人，我應該不難認出來。從更近期的刊物中，她找到的長相是垂眼方臉、頭髮稀疏、厚重的眼鏡、大又鬆軟的胸部（男女皆有）。她讀過其中最強的是，撒一把銅板到水池裡，最快跳下水的人就是你要找的人。她沒打算這麼做。話說回來，他們的長相和舉止，怎麼可能還跟兩、三個世代之前一樣？如果有倖存者的話，難道不會自覺地改變外表和行為？甚至更可能因為遭到自己的族群流放，轉而扮演起他們身邊鄰人的舉止和外表，不只忘記自己的長相，更忘記了他們原本是什麼人？艾絲美想到，說不定我就住在其中之一的隔壁卻渾然不覺。我說不定就住在這樣一家子的隔壁，他們卻毫無自覺。

當然不只她一個人在找，即使在她稱作紮營地點的伊登霍普（Edenhope）這樣偏遠的地方也一樣。她定期聽取探員的報告，有時候當面，有時候透過電話會議。有些她覺得比較可靠，有些則根本不知道他們到底是在找什麼人。他們的工作就是眼觀四面。至於找誰或找什麼呢？就是要注意行動怪異的人，跟社區特性不搭的人，當地人覺得可疑或者來歷不明的人。由於種種原因，但主要是為了不要設下錯誤的期待，艾絲美省略了塌額頭和小碎步等形容。如果這些探員認為他們是在追查輕度違反「現下公司」規範的行為，比方囤積傳家寶或窩在資料圖書館太久之類的小罪，那更好。慢慢來不著急。她不希望粗枝大葉、熱忱過度的調查行動嚇跑他們任何一個人。資料圖書館長久以來就是無依無靠之人的避難所，在那裡多盯著點也不錯，反正那裡有限的資料也不會讓納悶自己身世的人多知道點什麼。

「這真是白忙一場。」追著線索走進死胡同時，她疲憊地這樣自言自語。從社會學角度來看，能在一個小村莊裡發現這麼多怪人是件有趣的事。有這麼多離家出走的妻子或丈夫、變節叛逃者。不管是拋棄責任或者債務、法律、事業甚至性別，還有不管正不正確，一堆人被判定為外國人、非法移民、吉普賽人，甚至是來自其他太陽系的外星訪客。她有時候想，有沒有一個人不是別人眼中的異鄉客？社會疑慮到達這種程度，真讓人驚訝竟然還沒出更多事，甚至現在仍然安然無恙。但這樣的狀況也證明了她的分析有多正確：「那件事」所針對的目標，並非一般公民暴動老套的藉口，他們在這個國家恐懼和厭惡的分類裡，佔據了一個特定、甚至可稱為特權的地位。

這樣不得回報的工作過了幾年後，正當艾絲美・諾斯邦覺得自己終於筋疲力盡時，她聽到了一件振奮人心的消息。報信的探員正好是那種不知道自己在找什麼，也因此在艾絲美眼中更有可能得到結果的人。她頓時有了一種平反的感覺。之所以會獲知這項消息，是因為有人針對修道院裡幾箱書信的幾句無心之問。

修道院！艾絲美・諾斯邦仰頭大笑，就像她看見不好笑的東西時一樣，比方說瘋女人。她覺得修道院這東西荒謬不協調至極，所以肯定能挖出東西。不知道會是大事還是小事，反正就是有東西……

她突然覺得自己年輕了許多。

僅僅兩個月之後，她伸出手，綻放著最明亮慈愛的微笑。「妳好，我叫伊茲。」她說。

「妳好，伊茲。」艾琳・索羅門斯回答。

第十章　失而復得又復失

一

他想，人生中總有那種時刻，會讓你非得看看動物不可。不是狗也不是貓，牠們身上帶著太多牠們主人的人類聯想。要那種毫無關聯、野生的動物。那就海豹吧，他決定就是牠了。有時候坐在他的長椅上，可以看見牠們光滑的腦袋在海裡載浮載沉。有沒有怪異畸形的駝背海豹，在同一時間羞於繁衍後代而被赦免。赦免什麼？免於被另一隻復仇心切的海豹追究深埋在海豹歷史中的罪行。你的同僚厭惡你，圖書館員這麼對他說。其實她是說「不信任」，但是對他而言，兩者只有毫釐之差。海豹懂得厭惡嗎？

今天牠們沒出現。一、兩個小時之後，他放棄尋找海豹，不情願地回到小屋。為何這樣做，他也說不上來。他大可以繼續看著海。或者行屍走肉般地散步，把腦袋理清楚，任憑海風吹拂。若說人生中有時候你需要看動物，也會有那種你需要成為動物的時刻。

沒有遊客。他獨佔整片懸崖，可以任意蹦跳、嗅聞地面、把鼻子栽進糞便裡、咆哮狂叫。除了平常高聳危險、與世隔絕的印象之外，他對於自己經常走過的懸崖所知不多。他刻意避免去看，彷彿對周遭環境的無知，特別是對腳下生物的無知是一種抽象的必需品。現在了解的機會來了，但是他沒有把握住。反而讓以往枯燥平凡的習慣主宰自己，逕自回到他的小屋。

他想回到小屋不是因為有心情工作。有時候他就是討厭理會自己每一次憂慮。車床機軸的轉動能讓他的想法關機，所有沮喪消失在他輕握的鑿子把手上，像是握著孩子的手指。木材在刀片下彎曲，像是那孩子的頭髮散落在帽緣下。他習慣淺淺地下刀，總是不太清楚他要做出什麼成品。狀況好的日子裡，他就會想隨它自己成形吧，讓它自己選擇最後要變成怎樣。如果木材裡有一個碗等著成形，那上帝也會在碗裡面等著，就像愛也會在他為她而刻的愛勺裡等著，等到海枯石爛。但今天有點狀況外。沒有曲線，沒有上帝，沒有艾琳。好像在等著暴風雨降臨。

看見電話的燈在閃，他鬆了口氣。是禍，就放馬過來吧。如果是艾琳，希望是她打來說要過來。他已經幾個星期沒見到她了。他沒打電話給她是因為怕聽到她生氣的聲音。「你竟然把我趕出門。去死吧！」她絕對有權利這樣說，然後摔電話。他已經把他的床、他的家和他的忠誠給她了。但是不管你有多心煩意亂，多麼希望別人暫時離開一下，都不該趕人家走。人生的伴侶就是人生的伴侶。他的小屋被闖空門、地毯被擺正都不是她的錯。而且當初他說他的東西就是她的，這樣的話，也可說是她的小屋被闖空門、地毯被擺正。他得擺脫這種獨身男子的思維，除非他幹的這件蠢事讓他又變成獨身。但是這次跟以前又不一樣了。失去艾琳之後什麼都變了。失去艾琳什麼都沒了。

他不知道是否該就這樣放任電話的燈閃著。整天、整夜閃。不急著知道，可以延後失望。儘管現在還是早上，但他知道要是上床去的話會立刻睡著。有些人會因期待而清醒，但期待只會讓凱文昏迷。他覺得這是一種天分。可怕的時刻到來，無論何時他都可以用昏倒來應付過去。他曾經警告過艾琳他是這樣的人——

「我有你可以依靠真好。」她說。

「在任何狀況下都不要依靠我。」他說，萬一她剛剛是開玩笑的。「我不夠男人。」

「我不會犯那樣的錯誤。」她說。

「我不是妳的磐石。」

「我懂。」

「一旦出了什麼事，我會陷入有史以來最深沉的睡眠，很有可能一覺不醒。所以我才會覺得沒有妳我活不下去，這可以證明我的真心。但是妳要明白，一旦需要求救，或者妳已經沒救了，到時候要找妳的朋友、辦妳的葬禮、擺設花圈等等，我一概派不上用場。」

「你會把我放在你的地板上。」

「我們的地板上。對。」

「萬一你出了事呢？」

「我不會要求妳太多。」

「我可以把你放在我們的地板上？」

「妳愛放在哪裡都可以。不管已死或快死了，我都不會知道。」

「所以我們只能同甘不能共苦？」

「被妳這麼一說好像很自私，但是沒錯。如果妳的意思是說我們能成則成，不成則——」

「——不成。」

她懂我的意思。她留言的時候心裡一定是想著這段對話。這段留言是當他想逃避時，一定要聽的留言。

「是我。」她說：「我快瘋了。你為什麼不打給我？我們必須立刻談談。你先別昏倒。這不是那種你說你不夠男人、扛不起的恐怖事。至少我覺得不是。」

二

在此必須簡短提及羅馬天主教聖布里吉修道院和莫諾克孤兒院過去的成就，為了匡正以往羅馬天主教孤兒院只是救濟院的別名。「我不認為出生在救濟院是一個人最幸運，或者令人羨慕的環境。」曾經有一位很受歡迎的英國人道主義者狄更斯這樣寫道。在他的影響下，幾個世紀以來，而且不僅限於其祖國，對這類慈善機構情感上的排斥已成為常態。不管這樣的負面觀感是否理直氣壯，聖布里吉則是完全遵從另一個模式。他們視孩子們為上帝的禮物，小小的折翼天使，團體中所有成員，下至最低階的見習修女，上至修道院院長本人，每個人都以孩子的身體和精神福祉為念。

聖布里吉的名聲肯定傳到瑞貝卡・麥舒尼耳裡了，即使修道院位在本土大陸，距離她住的島嶼南方三十英里遠，而且她丈夫費德利一直以為她討厭羅馬天主教。認識費德利之前，天主教和基督教公理會對她來說都一樣。在她家裡，基督教就是基督教。這樣粗枝大葉的分別並非出自鄙視。只不過從消極意義來說，耶穌基督是所有基督教信仰的中心，而非她的信仰中心。然而，她之後與費德利・麥舒尼牧師的婚姻、她對於扮演牧師娘職責的熱中，以及兩人女兒可依拉（Coira）的受洗，證實了她的厭惡並非十分堅決。

這場她的父母沃非（Wolfie）和貝拉・雷欽斯基（Bella Lestchinsky）無意參與的莊嚴儀式，促使可依拉永生進入了基督的懷抱，對這事費德利和瑞貝卡都不曾質疑。他們代這孩子發願要拒絕惡魔和所有對上帝的背叛行為，棄絕欺瞞，服從主耶穌。

木已成舟，這孩子成為了基督徒。

要不是瑞貝卡最後寄給雙親的信在令人心寒的狀況下退回她手中，這事就成定局了。

瑞貝卡忍不住一直看著戳章。

「再怎麼看都一樣。」費德利說。

「你想這是什麼意思？」

他清澈冷峻的雙眼看著她。「有可能是他們退回的。」

「他們會用公家的戳章嗎，費德利？」

他從她手中拿過信封向著光。

「我已經對著光看過不知道幾遍了。」她說：「而且，他們為什麼要把我的信寄回來？以前都沒有過。不回信是一回事。我知道你因此很難過，我也一樣，但是還沒拆封就退回又是另一回事。他們不會這樣。我家的人不會這麼做。」

她的丈夫用一種讓人生氣的態度看著她。但是他們的婚姻向來以和平自豪，她想要保持這樣。「也太巧了。」她說：「就在那邊出了這麼多事的時候，我好怕。」

他摸著她的手。「主會保護他們。」

她經常聽見父親面臨危險時向主呼求。諷刺的是，他的呼求聽來充滿怒氣和失望。主應該保護他們卻沒有，以前沒有，以後也絕對不會。她父親認為這是上帝跟他過不去。但是他從未心灰意冷。他心懷某種信念，一種以主之名而生的信念，儘管上帝並未充分回應。父親相信理性、人類的足智多謀、智慧。

然而，現在智慧對他們到底有何用，她無法想像。

費德利看見她眼淚盈眶，伸出另一隻手來。「妳聽我說。」他用最溫柔的聲音說道：「我們也不知道那邊的實際狀況到底有多糟。這些事也有可能被誇大其詞。」

「這些事？」

「我是說謠言。我們也只能跟著揣測。」

突然間她覺得他好飄渺。他是個輕柔的男人，這是他的魅力。他輕輕飄進她的生命中，像輕快又樂觀的生物，與她的父親截然不同。他明亮的信仰將她從雙親和他們朋友那群驚弓之鳥中解放。但他從未在她面前接受考驗，現在，他失敗了。瑞貝卡想著，你信上帝，但是你一點也不莊嚴。

「如果我們只能揣測謠言，我一定要親眼看看到底發生了什麼事。」她終於回了這句話。

他什麼也沒說，以為她說出真心話就夠了，不會真的去做。

但是第二天她又重述她的決定。他搖頭。「我不能讓妳去，太危險了。」

「太危險？昨天你還說是誇大其詞。」

「我們分不清什麼是真、什麼是假，但我不能讓妳去冒險。妳有孩子。我們的孩子。妳還有丈夫。還有莫諾克的人們。」

「我也是有父母的人。」她提醒他。

「看起來不像。」他說。

「你再說一遍。」

他知道自己說錯話了。

「我會帶可依拉去。」她說：「如果他們平安的話，會很高興見到她的。老人家見到孫女說不定就回心轉意了。」

「萬一他們不平安呢？」

「那我們就會回來。」

「瑞貝卡，我不准妳這麼做。」他說。

她告訴他沒得選擇。他說他是可依拉的父親。他不許她帶著小孩去冒險。至於回心轉意，他遲疑了……靠這個孫女恐怕辦不到。

瑞貝卡接下來說的話，還有她的感受，連她自己都覺得驚訝。「他們不會那樣看待可依拉的。」

「哪樣？」

「當她和他們沒關係。」

「那妳說他們會怎麼看待她？」

輪到她遲疑了。「像是兩邊都有一點。」

「她可不是兩邊都有。她已經受洗了。」

「被你說得像是事情不能改變了。」

「是不能改變了沒錯。」

「所以說是直接繞過我這邊了，是嗎？」

「妳怎麼問這種問題？妳也受洗了啊。」

「那也不能改變什麼，費德利。」

「有。有改變。一切都改變了。要不然就沒有意義了。」

「它沒有改變真正的我，我的血、我的基因。」

「妳的血？」

「我們不是一開始就是基督徒的。我們的律法認定可依拉仍然是家族一員。我也是，我是我母親的女兒。」

聽到這裡，費德利合手默默地禱告。他從沒想過會從妻子口中聽到「我們的律法」這句話。感覺像是她重捶了他的心口。

瑞貝卡沒有跟他一起禱告。她望向窗外平淡無奇的灰色海面。

「我從沒想過我們會為了孩子的歸屬爭吵。」費德利終於開口。

「我沒有跟你吵。我知道她屬於誰。她屬於我們。你跟我。」

「還有主耶穌。」

她揮揮手。倘若這段婚姻曾經美好，如今她覺得沒那麼美了。「她屬於我們，費德利。是我們的孩子。我們的一半是我。」

「我不准妳帶她走。」

這若是威脅的話，聽起來也有氣無力。

第二天早上她就帶著孩子走了。

但是她暗自對丈夫做了讓步，雖然並沒有告訴他。她決定不帶可依拉一起去。萬一她雙親已經不在人世了，她就會平白無故陷女兒於險境。如果老天保佑兩老還健在，她會親自跟他們言和，然後再帶孩子來看他們。理由很明顯，如果說可依拉是她親生骨肉，是她的母親、她的祖父母和他們的先祖的一脈相傳子孫，那她也不會安全。殺紅了眼的人，不會停下來講究血統和皈依；沒有人會去管可依拉是否已經受洗，或者在她父親眼中她是主耶穌的孩子。她曾經聽過她的父母一再重申——「貝琪，他們找上妳的時候，不會去分辨那些細枝末節。不會因為妳改名換姓，而且想法跟我們稍微不同就饒過妳。他們不會因為妳覺得這種事不可能發生，就親妳一下然後放妳走。他們只對妳的血緣有興趣，就這樣。」她已經讓他們徹底失望。現在她因為別的理由而失望。但是在昨天兩人那番交談之後，她也不能把可依拉留在她爸爸身邊。她為費德利犧牲許多，讓自己的父母傷心，也不敢寄望會再見到他們。她什麼都給了他；但她的孩子不能給他。

深思熟慮下，她想起了聖布里吉修道院與孤兒院。費德利絕對不會想到去那裡找她，他反而會去地獄裡搜尋自己孩子。氣頭上她想到，羅馬天主教的孤兒院，比起她父母家更令他厭惡。

雖然她很想親自去打量那些修女，但這樣很難不引人側目。他們可能會認出她是牧師的妻子，而她不希望他們把費德利和孩子聯想在一起。她趁著有修女在的時候拉響了鈴，然後飛快跑走。修女應門時只見一只籃子裡有個嬰兒。她們本來打算叫她「摩西」，卻發現她脖子上掛著名牌，注明她叫可依拉。沒有姓。瑞貝卡原本想要給她冠上自己的姓，但是想想還是不要冒險，縱使她不像自己父母那樣多疑，特別是對修道院。可依拉．雷欽斯基！還是算了。她附上一紙短箋，解釋孩子的母親是憂鬱症患者，雖然她深愛孩子，卻無法如自己希望那樣好好照顧她。她把可依拉交付給修女秉持基督精神的溫柔慈愛看顧。「請愛護她。」她這麼懇求。

她留下一筆捐款，希望足夠供可依拉早期教育之用。過一段時間，如果上帝保佑她健康好轉，她會來接孩子。但是如果她沒回來的話，會有一筆更大的捐款自動進帳。她留下一包信件給孩子。萬一她沒回來，這些信件要留待可依拉成年後才能打開。

直到留下孩子的那一刻，她還不能確定自己能不能硬下心來，但是她的悲傷讓她想起當初她離開父母親，他們心中會有多麼難過。想到這裡，她就下定決心要找到他們。

她取下可依拉脖子上的名牌，又加上幾句話。「替我保護她。她這麼弱小，比一條披巾還要輕柔。為她禱告。可以的話也為我禱告。祈禱平安幸福的結局到來。」

但是就像那個時期修女們的許多禱告一樣，如果她們記得禱告的話，都並未被聽見。瑞貝卡並未找到自己的父母，再也沒回來與可依拉平安喜樂地團圓。

除了那包信件以外，她留給失親女兒的是與自己相同的、進退維谷的艱難困境。

三

艾琳不在身邊時，凱文再次翻閱他雙親的文件。他很想打開那只給孫子的箱子，如果會有孫子的話，但是就是不敢違背他長久以來視為神聖的指示。雖身為不信者，卻相當恪遵聖禮。對生者和死者的責任感包圍著他。他的生活從睜開眼睛那一刻起，不管身邊有沒有艾琳，就是一連串的儀式。他不能打破儀式，就像他不吃東西，或停止自責就會活不下去一樣。若沒了義務和重複的程序，他就會像風中的米糠一樣散落。宗教在他的理解中就是，重複自己上次做成的事，因為你相信你必須這麼做，反對漫無目的的任意行動，拒絕在宇宙裡被丟來丟去，好像自己對宇宙而言毫無意義。總之，宗教崇拜的起源與目的，對他而言就是這麼回事。並非你虧欠了神什麼，重要的是認為自己既非隨意也非意外的信念。每週不管做什麼事超過三次，只要同一時間且保持同樣崇敬的態度，就能狠狠地打擊偶然性。

上次他見到丹斯德・克普利時，聽他說他們能生在魯本港真是幸運。幸運？一想到自己被機運左右就覺得沮喪。如果他純粹是因為好運才落在這裡，那真的成了風中的米糠散落，也可能散落在任何一個地方。哪裡？哪裡都可以。但是如果你生活的狀態不是隨機偶然的，要如何過不隨機的生活？他之所以在魯本港，一定有某種機緣以外的關係。他與魯本港需要彼此。好吧，他接受克普利所說的觀點；他是白痴的孩子，他的父母也是白痴。沒有人可以追溯到最早初的開始。入侵者、移民、流浪者來來去去。他至少可以追到十代之前，沒有的話，更近也行。人不親土親，如果追溯不到出生的土地，那至少找到他成長的土地。就像移植手術，身體會接受某些器官，但是也有些就是會被當作異物排斥。他出生證明上的出生地正是魯本港，為什麼這裡會像排斥不需要或不想要的器官那樣排斥他？

翻找父母的文件不能幫他找到答案。這向來都沒用。然而每次他翻找這些文件，都會看到先前沒注意到的東西。一張被他父親寫的毒舌笑話毒得穿透的紙。他想要買的爵士唱片。打算要讀的書。牛皮紙文件夾裡裝著幾張水彩素描，沒一張出色的。大概是他母親的作品，畫著嬰兒時的他、他父親年輕但仍舊一派窮酸味的樣子、他不認識的一位正在發夢的美麗女子，但是聽過克普利的描述，他猜想應該是他的外祖母、畫著懸崖、夕陽、手——只有手——畫得那樣溫柔，大概就是她的屠夫情夫。所以至少他的母親和父親都住過這裡，忿恨與不忠已經足以構成人生。

他替他們懷念過往生活，懷念他根本不記得的種種事物，並渴望著他不知道的一切。你能夠懷念「懷舊」本身嗎？他想。可以。沒錯，你可以。

當他再次行儀般翻找父親工作室的抽屜，又看見一本黑色筆記本，裡面有母親的潦草字跡。他第一次看見這本筆記本時並不感興趣，因為裡面應該就是一堆他父親想要的小東西：垃圾袋、新咖啡杯、暖氣機、抗菌藥膏等。但是他發覺自己早該問這東西為何在此出現——母親的東西出現在他父親的地盤。翻過前面五、六頁之後，完全不同的東西出現了。又是素描，但這次不是水彩，而是濃重的粉彩畫像，像是木刻畫那樣，她想找自己丈夫幫忙，來實際嘗試木刻畫嗎？畫裡的人他不認識。包著頭巾的愁苦女人蹲著、稜角分明的鬍子男、動物被屠宰的屍體、穿著血紅圍裙的劊子手站在一旁、火車鐵窗裡向外看的男孩、恐懼蜷縮的身影，還有她的自畫像。他確定那是她，嘴巴張開，一隻不是她的手摀著她的嘴，緊緊壓在她臉上。接著在簿子後面，有六、七張小型的蠟筆習作，他讚嘆這迥異的風格竟出自同一人之手。他也說不上來畫的是什麼，有幾張看來像是城市景觀，分不清是妓女，還是鶴或鸛之類的鳥，站在磷光閃閃的燈柱下，身上的圍巾抑或羽毛纏著脖子飄揚，身體用最鮮明的色塊構成，紫色的肩膀和胸部、朱紅色的肚子、細瘦的淺綠色雙腿，立足其上的石頭像夜一樣黑。其中兩幅更加抽象，只剩下鮮明強烈的色塊，像一攤攤血泊。有一幅裸體畫帶著非洲意象，風格原始，像是信手捻來一般，她的雙眼是橘色的，皮膚是鮮豔的粉紅，她的手指伸向……伸向誰呢？

難道這些是他母親的作品？每一幅都簡單慎重、字體方正地簽了名，彷彿要確保萬無一失般簽上名字，西碧拉。

長久以來他一直漠視自己的母親。除了她在懸崖上呼喚他的時候，他很少想到她。他的哀悼主要都是為了父親，不是出自愛而是哀傷。他的父親會做些小小的、美好的東西。他做的迷你淺碟，邊緣輕柔地會像袖口的緞帶一樣散開，還有紅木首飾盒，有著精細祕密隔層的紅木首飾盒，有時候自己藏了東西在裡面也會找不到。還有用「低語核桃木」做成的單梗斜邊細花瓶——低語是他父親的愛用詞，這也低語、那也低語，他們的一生都在低語中度過。如此畏怯、不快樂又頹廢的性格怎麼做得出這麼精緻的作品？他的母親也不快樂，但她又不是藝術家，而凱文卻對藝術特別有感情。現在他的想法得改變了。

他父親將母親的作品集收藏了起來。為什麼？難道他暗中仰慕她的才華？他對她說過這件事嗎？凱文想著。

他生平第一次意識到，父親和母親兩人可能是彼此相愛的。想到父親可能以母親為榮，這個念頭有如當頭棒喝。他對自己家人的了解，正如同他對腳下土地所知一樣少。

她到底是多厲害的藝術家？他說不上來。她的筆畫強烈堅定，色彩耀眼奪目，但這些真的是她畫的嗎？有些作品似曾相識，或者至少讓他感覺到類似的氛圍。就算是臨摹的作品，也算是好作品，因為臨摹作品也能以其所傳達的情感來評價。但她從哪裡拿範本來臨摹？他不記得母親曾經離開過村子，也不記得她曾經讀過藝術方面的書籍。而且假如這些都是她的作品，到底她是從多麼深的恐懼幻想中得到作畫靈感？

他知道有個人可以問。艾琳。但是如果突然打電話給她，說他發現了自己母親所畫的精采作品，她會覺得事有蹊蹺。她會說，**凱文，如果你想跟我說話可以直接講，不需要藉口**。而且，萬一她瞧不起這些作品呢？就算是那樣，她也沒辦法直接說。然後他倆之間就有了不誠實的紀錄。拿這事去問她，對她不公平。

這時他想起了一個人。埃佛瑞。愛德華·埃佛瑞·菲尼斯·澤曼斯基教授。

四

「你剛說這些是誰畫的？」那位著名教授問道。

凱文很緊張，而這合乎情理，他明明已經清楚交代一切經過：他在父親工作室裡的抽屜發現這本黑色筆記本，上面有她親筆所寫的事項，他很確定上面簽名是她的。澤曼斯基是否覺得自己被凱文的興奮之情連累了？因為這表示他不只是在非法囤積傳家寶，而且對過去的東西貪求無度。當然不是。大家心知肚明每個人都保存了超出允許範圍的東西。好奇心無論在哪都不會被完全壓抑。

「我剛剛說過了，我母親。」

「你從來不知道這回事？」

「不知道。」

「從沒見過她畫這些？」

「從來沒有。」

「那麼這些畫也有可能不是她的囉？」

「相信我，這是她的簽名。」

澤曼斯基聳聳肩。在藝術圈裡，簽名不算什麼。

「我無法想像她會在別人的作品上簽名，」凱文繼續說：「我也想不出會有誰畫這些作品。」

「你畫的？」

「我幹麼要拿自己的畫來冒充她的？」

澤曼斯基抓抓頭。問得好。

他們站在澤曼斯基的工作室裡，畫架上剛開始畫的一幅畫，金色落日猶如流動金液般落入聖末底改山。「或許你不該問我。」他對著未完成的畫作搖頭晃腦，侷促不安地笑著。

「就算比不上你的作品，你一定也能判斷它的好壞。」凱文說：「就當成評判（judge）你學生的作品好了。」

「哎，要是我學生的作品能像你母親的一樣就好了……」

他的聲音減弱。

「你說什麼？」

「哎，他們沒這能力。不行啊。」

「你是說我母親的作品比他們的好？」

「技術上沒超越他們。至少技術上不比我最好的學生。該怎麼說呢，但在情感和意志力方面都強過他們。他們的內心中沒有這樣的思想。他們也不會想到要去找。幹麼要找？」

「為什麼不要找？」

「因為我們已經不再這樣看世界了。凱文，老實跟你說，我已經不再要求他們這樣看世界了。」

「聽起來好一板一眼，埃佛瑞。」

「不。我不是故意的。我並非藝術的獨裁者。我的學生會畫出他們心之所悟。但有些事情已經無法再被感受到了，為此我倒是慶幸。」

「究竟我母親感受到什麼，會讓你慶幸你的學生沒有感受到？」

「凱文，我又不認識你母親。」

「我似乎也不認識她。但是我們不是在討論她這個人吧。到底這作品裡有什麼——」

「你聽好，凱文，我不曉得你母親何時畫下這些。但是這些作品屬於不同的時代。藝術已經不同了。我們已經回到讚頌自然界美好的原始時代。在你母親的作品中，可以看到完全不是那回事。你看她的圖像多麼支離破碎，毫無和諧可言。用色相當粗暴。原諒我的用詞，但是你既然問了，我就得老實告訴你。光是翻閱這些作品就讓我緊張不安。就連所有形體中最美的人體都被弄得凹凸不平又可怕。肉眼不能長時間定睛看著這些作品。裡頭有太多意識，顛覆了我們在藝術中所尋求的安寧。」

「聽你這麼一說，我反而以她為榮。」

澤曼斯基頓了一下，一個想法浮現心頭。**有其母必有其子，我敢說她也覺得道歉很難。**

但是他很快便消除凱文的疑慮。「那好。」他說：「因為我不是要讓你以她為恥。我敢說，要是她生在理智與原始並存的藝術年代，她絕對有天分，原始的天分，但也不見得有天分就需要發揮。」

「我沒打算給她開畫展。」

「那好，好極了。你喜歡看那就夠了。要是我，就會當作是你們兩人之間獨有的東西。」

「你意思是把它們藏起來？」

澤曼斯基兩手擺出天平的模樣，衡量著「藏起來」這個字跟……不知道他拿什麼來衡量。**把它們當成母子之間獨有的東西**。

凱文既困惑又不快。「任誰都會覺得這些畫作會給我惹上麻煩。」

愛德華・埃佛瑞・菲尼斯・澤曼斯基教授勉強擠出笑臉。他終於確定自己為何受命監視凱文・「可可」・柯恩了。

五

可依拉在聖布里吉修道院孤兒院長大，全然不知自己的來歷，對父母一無所知。許多修女都認為她有成為修女的理想個性。她喜歡這裡的儀式，還有可愛的同伴、日復一日重複的活動、教堂的寧靜、雕像、焚香、音樂、敘事詩。修道院的孤兒院就是有這個好處。多年以來，許多國家陷入內亂，其他信仰的孩子被聖布里吉以及無數修道院收留，在這些地方沒有神學上的衝突，全心接受異教信徒。在這種時刻，他們才得以明白自己的信仰究竟是什麼。偶爾有年紀較大的孩子被送到修道院，他們會注意到這裡跟家裡所進行的敬拜儀式不同，但是他們採取較溫和兼容的叛教，因為來到這片和平的天地，他們感到寬心，遠離憤怒與壓迫，對於能被接納成為教區的一員而心懷感激。有時候也會有點混亂：修女的仁慈體貼，反而顯出布道內容之暴虐，讓他們清楚認識自己身為撒旦之子的身分，永世注定要受地獄之火吞噬。但是至少在聖布里吉，沒有人想要驅逐這些生而邪惡的孤兒，還有他們身上所帶的邪惡因子。大不了就是祈禱他們早日得救。至於可依拉，反正不知道她的出生背景。她也不確定自己最後會不會獻身修行，但是她盡她俗家的力量，與心愛的修女們共同工作。直到她十六歲生日，修女們懷著無可厚非的不情願，將她母親的信交給她。她關上房門獨自讀這些信，問一堆沒人能解答的問題，借了圖書館的鑰匙，在裡面卻找不到任何一點線索可以幫她查明當初被遺棄的原因，或者了解她母親和祖父母遇到什麼事。她在父親任職的小島教區找到他，但聽完他那讓人一知半解的家庭之愛布道，她認為他不值得她愛。據她所知，他是讓她受洗的始作俑者，如果她沒有受過洗禮，她母親絕對不會把她像個累贅一樣丟下，該怪罪的人就是他。她完全誤解了，但這也情有可原。孤兒院裡沒有人可以替她解釋她母系家族的本末。

在此之後，她變得難以控制，暴怒與抑鬱交替發作，自殘性命不成，轉而偷竊，有時候出走好幾天，跟當地的男孩同床共枕。然而，她自然甜美的個性最終還是說服了修女接受她，之後也再沒發生過傷風敗德的事。她很快就恢復以前的樣子，但再也不像以前那樣開朗，也絕口不提獻身修行，似乎與偶爾才能勉強發揮用途的人生妥協。但是在她三十九歲那年，頭髮開始灰白，生活正進入愉快平靜的時期，她懷孕了，孩子的父親是誰她不想或者不能說。修女們沒有批判她。有些覺得她的失足等於她們的失足，有些覺得那得歸咎於她母親的罪，不論是什麼罪，到頭來都會找上她。她離開修道院生下孩子，某天早上帶著孩子回來，像是送上禮物給修女們一樣。晨間禱告之前，修女們在禮拜堂外發現籃子裡躺著襁褓中的嬰兒，手腕上繫著一條名牌。年事已高的艾格莎（Agatha）修女彷彿又見到當年可依拉被放在修道院的情景。真是令人心酸的諷刺，延續了遭遺棄的命運。籃子裡還有一捆用粉紅色的緞帶捆著的信，附上短箋請她們代女孩保管這些信，說明除非她主動要求，否則不要交給她，但是無論如何絕對不要在她二十五歲生日之前給她。

「要是她不知道這些信件的存在，又怎麼會主動要？」佩佩圖亞（Perpetua）修女納悶著。

艾格莎修女聳聳肩。「這世上說不出道理的事太多了。」她說。

至於可依拉，她忠於對自己母親的回憶，同樣自人間消失無蹤。

六

「於是，巨大的破災難，」凱文嚴肅地對艾琳說，兩人像一對棄兒，躺在彼此懷中，「又製造了一名犧牲者。」

她緊緊抱著他。「一言難盡啊。」她說。

他撫摸著她的頭髮，撥開額頭上的髮絲。他喜歡她寬廣清秀的額頭。寬額頭代表聰慧，代表有雅量、直覺、同情、幽默感、悲劇感、脆弱。他可以摸著她的額頭好幾個小時都不膩。他好高興可以再度撫摸這額頭。沒見到她的這幾個星期，他朝思暮想。寬額代表悲傷、渴求、忠實。

她沒將一切全盤托出告訴他。說真的，也或許為了不要太當真，她沒跟他說太多。剛開始先別說太多。很久很久以前，在內亂的騷動中，她祖母拋棄了一名嬰兒，之後就是千篇一律的歷史重演，一代傳一代的恥辱傳承。

他可以理解，畢竟他的祖先是離鄉背井的駝背人。

「但是妳沒有什麼好感到羞恥的。」他說。

她不認為。「那不是什麼美事。」她說。

他忍不住說了，她自己就是一樁美事。

她甩了甩頭髮，好似想甩掉這輕率的讚美。

「很難想像她們到底經歷了什麼事，那些拋棄孩子的女人。不知道她們有多麼絕望。」

「妳是悲傷的孩子。」他對她說。

他暫時轉過頭不讓她看見自己流淚。

他的眼淚令她惱怒，也太早了點。等她全部說完，他恐怕要哭得更厲害。到時候不知道他的眼睛會流出什麼。

她很明白他的情感作用。他會為了她的遭遇而責怪自己，不只是她，還有她母親的遭遇，以及她母親的母親。他總是會把一切過錯攬上身。都是他的錯。一切都是他的錯。他貪婪地想要分擔她的苦難，說到底事過境遷已經不算是苦難了。她經歷過什麼？什麼也沒有。走過水深火熱的是前人。如果說她挪用了這些苦難占為己有是不對的，那他將一切過錯攬下豈不更是大錯特錯。多麼病態！

每個人都想要占有我，她想著。包括伊茲。他們口渴所以把我當水喝。

她有理由對伊茲生氣，竟然愛管閒事到這種地步。另一方面，凱文只是對她的同情心氾濫。她對他生氣的原因在她自己，不在他，在於她的不安，在於她害怕必須向他坦白一切。

她全心臣服於他的撫觸。可以的話，她願意就這樣融為一體。在他的皮膚底下找到安全感，變回他的肋骨，正如神學不負責任地幻想所謂女性的來源。

但這樣太自私。她應該要扶持他，保護她的丈夫遠離一切傷害。她想起求學時一首簡單的小詩——**與我偕老，未來更好**。只不過，要求他與她偕老並不是最好的，對嗎？那是最糟的吧。對他而言，而非對她而言。不是對她，而是對他。她心中充滿恐懼。

「所以伊茲打從一開始就知道妳的過去？」他問。

「要看你所謂的『一開始』是從哪算起。是從我們開始交往的時候，還是再之前，似乎是更早之前。我才剛剛開始搞清楚這一切。但是不要怪她。」

「我沒怪她。」

「有必要責怪的話我來就好。兩個人搶著生她的氣也沒用。」

「我懂。」他說：「但是妳不能指望我完全不好奇。她跟妳交朋友，是因為她想用最溫和的方式，將自己知道的事告訴妳嗎？」

「大概吧。」

「那她又是如何拿到那些信的？她是社工之類的嗎？」

搶著，艾琳心想，他在搶著。

「某方面來說是的。」她說：「我猜她是社工之類的。」

「至少妳確定她是善意的？」

她猶豫了。這下換她轉過頭去。「這比我剛剛跟你說的還要複雜。」她低語，頭並沒抬起來看他。

她胸口的心跳像是受驚的動物般搐動著。

第十一章　墮落者

一

艾絲美．諾斯邦第一次在讀書會見到艾琳，就被她那光滑美麗的額頭迷得癡醉。

在艾絲美的父親心中，她不是同性戀。他狹隘地以為每個人在性別傾向上都有所區別，如果做出他眼中的錯誤選擇，就會付出代價；反觀艾絲美的想法則是，許多人不是直的也不是歪的，總之就是對性和性別這件事無動於衷。她將自己歸為後者。她愛的是人們的性格，不是他們的身體。她也不求回報。

艾琳喚醒她內心樂見的母性。這女孩若非需要照顧，便是需要指引。艾絲美深信即使她並未懷抱著非常特殊的企圖，指引艾琳朝著她想要……不，不是想要，而是需要艾琳去走的路，她內心的母性仍舊會驅使她，採取行動去親自面對艾琳。

這女孩讓她驚為天人。不是說她期望會見到她有下垂的眼睛、浮腫的雙唇、大大的招風耳，只不過她很難打消可能會見到醜女的期望，或者最終會見到異國臉孔的想像。但是除了過多的髮量，艾琳並無上述缺點。這麼多年來，艾絲美．諾斯邦刻意讓自己習慣了去預想會見到醜陋的長相。就連這女孩可愛的額頭，她也慶幸並非突額，也不是異族的額頭長相。

即使如此，在她們最初幾次見面時，她還是會留意她身上是否有特立獨行的證據。這不是為了貶低她，只是想知道她有沒有奇怪或特殊的言行和思想習慣。她認為找不到這樣的證據，是因為艾琳、甚至於她的母親，長年與修女共同生活的緣故。可依拉被留在孤兒院已經是六十多年前的事了，她從母親那裡遺傳的種族特性或是信仰，這麼多年過後也會完全被磨滅了。艾琳的過去已經被徹底清除。艾絲美讀到許多像瑞貝卡的家人一樣，在亂世中也決計不願將子孫託付給修道院的附設孤兒院和其他宗教慈善機構，唯恐將來有一天家族團圓，他們的觀點和宗教觀會被徹底改變。她覺得瑞貝卡要是有朝一日遇見她的女兒或是孫女，雖不至於說「不安」，也會因她們的改變而感到震驚。但是隨著對艾琳的認識與日俱增，她愈發覺得難以分辨到底她的哪些習慣是天生、哪些是後天養成。兩人搬到天堂谷之後，她覺得艾琳根本就是很平常的人；除了她的美貌和氣質甜美的確出眾，就是她的固執和偶爾的陰鬱，除此之外，在她身上找不到種族的差別，或者該說是宗教上的差別？還是說文化上的差別呢？她其實就像其他年輕女性一樣，就像艾絲美年輕的時候那樣，至少是在那個機車騎士撞倒她，把她撞得支離破碎之前。

這個想法讓她覺得自己跟艾琳更親近了。她們兩個都直接或間接地承受了暴行的結果。因此，雖然她對被蒙在鼓裡的艾琳有所求，也希望艾琳能夠得到幸福，這跟恢復國家仇恨平衡的雄心大業無關。尤其當她進一步得知艾琳對凱文．柯恩的感情，見到兩人相輔相成的關係後，艾絲美覺得自己真是好運，她的事業與內心期望居然完全一致，這一切都有賴於艾琳的幸福。

縱使她焦急期盼，也了解這兩者任一個要實現，都取決於她無法控制的感情與事件。這一切不在她掌控中，同樣也不在艾琳掌控中。但是當艾琳跟凱文旅行回來之後，發現凱文的小屋被闖空門——這事跟艾絲美脫不了關係——凱文因此開始說出魯莽的話和出走等異想天開的計畫，艾絲美知道該是她出手干預的時候了。她告訴自己「機不可失」。即使時機其實還未到，至少在凱文的身世還未理清之前；她也清楚，要是不親力親為，很難有好結果，但是她分身乏術，不可能像調查艾琳．索羅門斯那樣徹底調查凱文．「可可」．柯恩。更何況……

總之，出於她對母系制度充分的了解，釐清凱文的身世與否影響沒那麼大。這不是因為她覺得凱文對她的計畫不重要，絕對不是，而是她可以接受凱文的身世比艾琳的身世模糊一點點。

二

三十日星期六

我該怎麼說呢？我很喜歡這些作品嗎？謝謝你，凱文，我真想馬上給我的學生看，這就是他們在教科書裡讀過的，離經叛道、凶殘、敗壞的現代主義（正如我所說，沒人敢碰「墮落」這詞）……他應該不會感激我吧？沒有人願意聽到自己的母親被形容為離經叛道。

說到這就讓我想起我所面臨的真正問題，當他蹦蹦跳跳地跑進來，像小丑一樣開心地揮舞那本可惡的素描本時，他完全不知道他已經洩漏了自己的底細，我都不知道該不該告訴他。我本來想說，後來沒說的是：「如果你是那種母親的兒子，小伙子，那你問題可大了。」問題就在這裡：我從來沒有被充分告知過要尋找什麼目標，別說我不知道找到了沒有，就連我找到的東西的價值、是好是壞都不知道。對於後者我有自己的看法。我喜歡這個人，我非常清楚地表明過這點。但這並不代表我必須喜歡這小子的來歷。換句話說，我厭惡罪惡，卻愛罪人。但是我好像一下子想太多了。

暫停一下，我必須問自己，為什麼我沒被自己發現的事情給嚇到？是因為老早就懷疑了嗎？難道我一直都知情？不管我是否一開始就知情，最近總感覺有什麼事快要發生了，畢竟我不是笨蛋。從某位探長的怪異行徑，以及圍繞著他的怪異行為可見端倪——比方說他們要我叫他住手——這就是關鍵所在。可是我仍然搞不懂，對於目前得知的事情束手無策。這當中牽涉了有許多「知道」和「不知道」，知道你不知道的事、不知道你在做什麼。不過這就是祕密任務的真諦。哈！我不是因為覺得好笑而笑。我擔心的是他，凱文，而不是探長，我根本不擔心他。而且我必須說，我只有那麼一點點為自己擔心，說受傷也許更準確。雖說我的工作是去了解他，這並不代表他要跟我稱兄道弟。我一直聲明他的身世清白多久了？這段期間，他自以為是我的朋友，甚至帶他可憐的女友來見我們。這些事她都知道嗎？當然這是假設他知道的比我還多。他到底知不知道自己的身世？他天真地展現他母親那些惡劣作品，全然不知這是自投羅網，這表示他並非表裡不一的人。如果他知道自己的身世，或者稍稍知道那是需要隱藏的東西，他會趁著夜深人靜到他的花園裡，挖個深不見底的洞，將母親的畫全部埋起來。或者，既然他就住在海邊，他找到那些畫的時候，就應該立刻全部丟進海裡。

還有個問題讓我不得不自問：有沒有人懷疑過這些作品的存在？這些作品——這個毫不起眼的筆記本、這些由一名瘋狂不幸的女子畫出來的神經作品——會讓他洩底？難道是因為這樣才讓我，身為溫和視覺藝術教授的我，來監視他？因為這個罪，如果堪稱為罪，那麼首當其衝展現出來的，就是其美學？如果是這樣，那麼我受寵若驚，雖然有些人可能會問我怎麼會拖這麼久。我的答案就是，藝術欣賞本來就是慢工出細活。

一開始他們告訴我的是：「我們要你專心注意他。」反正就是差不多的意思。「他的穿著、室內擺設、他個人與家居擺設的品味。」我沒多久就必須回報說，他強烈抗拒我去他「家」拜訪的暗示——呃，「家」那個字！他告訴我，「我絕對不要接待別人來我家，我無法忍受。我會很焦慮。但是我可以請你和黛梅莎上餐館吃飯。」我想我也可以碰碰運氣順道去拜訪他，但那樣不就引人懷疑了？魯本港的懸崖不是你閒暇時會去的地方。真可惜，我當時在報告裡也是這麼說的：我喜歡在一個人的廚房裡閱讀他的靈魂。我覺得沒有人能做得比我更好。雖然在他給我看過那些畫之後，我還真慶幸我沒機會看到他牆上掛的畫。說不定整間屋子裡都掛滿了，她母親那些僵化的原始主義的畫作。我無法容許這樣的品味犯罪。對於某些東西我可以睜一隻眼閉一隻眼，像是奇怪的牧羊女瓷偶，或是大馬士革之門日落的景色。但是這種確定無誤的墮落品味不上報不行。在我的表格上就有一格專門為此而設。以下選項請打勾：仿造的黑人藝術；迷戀於以斷裂的肢體反映痛苦心靈；過度投入而不虔誠的聖經主題；不對稱、強烈對立的顏色或型態、互補的形狀、恐懼、威脅、焦慮、兩極化表現、無用之物的題材，以及其他類似的東西。你可想而知，如果他的牆上掛滿他母親的畫作，這些就是我得勾選的項目。

這還是在我們談到他父親之前。他有一次告訴我說，他父親堪稱木匠裡的吹玻璃師傅，但這也可能是為了轉移我的注意力。萬一他做的燭台從頭到尾歪斜不成套，那這還真的是對希臘藝術完美比例的扭曲攻擊。現在想起來，凱文他自己做的愛勹，難道沒有用奇形怪狀的人物來裝飾嗎？

光是想這些事就足以讓我陷入道德混亂。我愛那個傢伙，至少算得上喜歡他。嗯，好吧，老實說，我不介意他的存在。要說的話，如果他有一、兩個兄弟，我也不介意。但是一想到他們的審美觀，我要是活在實行石刑的時代，也會拿起石頭來。我不會丟，只是拿起來而已。當然很難說這樣的動作，會不會讓我想更進一步投擲而出。話雖如此，我相信我對美的熱愛最終會勝利，讓我停下手，轉身離開。

備註：另外傳來了新消息。古特金探長在他自己「家」中，被人發現割喉身亡。他的貓也同時遇害。兩者身上都蓋滿了白色塵土。聽起來像是凱文．柯恩母親會畫的題材。話說回來，他現在不就成了頭號嫌疑者嗎？

這一切發展對我來說不大妙，讓我的敏銳度蒙上了陰影。

三

她覺得艾琳很了不起，竟然承受得了她說的事情，至少接受了她一開始敢說出口的那些事情。艾琳讀完留給她的信，態度不算冷靜，帶著一種宿命論的態度，一邊預期著會有不好的事，並且提心吊膽生怕更壞的事會發生。艾絲美認為這是個好預兆，可以預想她會如何面對接下來更多的真相。但艾琳是個慢熱的人。「所以妳扮演的角色是？」她沉思了一段時間之後問道。

「就是一個祝福者。」

「拜託別把我當笨蛋。」

「妳以為我想傷害妳嗎？」

「我不知道妳想怎樣。但是妳已經瞞了我這麼久，誰知道妳還想瞞我多久？妳是誰？到底有什麼目的？」

「妳知道我是誰。」

「才怪。我以為妳是我湊巧在讀書會認識的人，妳正好需要朋友。但很明顯這一切並非『湊巧』。別擺出一副受傷的樣子，伊茲。原來妳一直在騙我。妳是警察嗎？」

「我看起來像警察嗎？」

「光看外表誰知道？妳的外表像我的朋友。」

「我就是妳的朋友啊。」

「但是聽妳的口氣，我們會變成朋友純屬意外。妳到底是什麼人？」

「我是妳的守護天使。」

「沒有這種東西。就算真的有，妳也不是。妳為什麼知道我這麼多事情？妳難道沒有別的事可以做嗎？」

「艾琳，妳這話好傷人。」

「沒錯。但是妳的所作所為也很傷人。難道妳要我感激妳揭我的瘡疤嗎？」

「那不是什麼瘡疤。」

「那就見仁見智了。但是妳不能否認妳是在挖別人底細。」

「我只是碰巧找到。艾琳。」

「**碰巧**？」

一時之間，艾絲美不知道艾琳會不會嘲笑她走路的樣子。但是艾琳想到的不是這個。

「伊茲，妳是做什麼事情的時候碰巧找到我？」

「妳就當作我一直想要平反妳家人所受的冤屈。」

「妳是在認識我之前，還是之後才想要這樣做？這其中有差別。妳是在知道我的『家人』之前就知道我的存在，還是在知道有我這個人之前就知道我有『家人』？」

艾絲美．諾斯邦比出一個秤重衡量的手勢。一手端著一種情況，另外一手則是……

這個手勢不能滿足艾琳。「妳還有事瞞著我。妳該不會就是我的母親吧？」

艾絲美心底感到一陣劇痛。當艾琳的母親也許不是件壞事。「不是。我不是妳的母親。要是我就不會拋棄妳。」

艾琳不想表現出她聽膩了這種話。「妳認識我的母親嗎？」

「不認識。我不認識他們。我只知道他們存在。我知道的都已經告訴妳了。沒有別的了。」說出這些話，她覺得自己像個騙子。這並非她知道多或少的問題，說真的她幾乎一無所知。除了絕望故事的殘骸，以及艾琳或許有理由希望繼續埋藏的謊言之外，還有什麼？不久之前，她還在檢視這女孩的外觀，尋找基因缺陷的徵兆。從某個角度看來，她不過是個收集樣品的人。艾琳就算不知道艾絲美的計畫，也有理由對她生氣。

「所以這是怎麼回事？」艾琳問。「是我搶走了妳應當繼承的遺產？妳是賞金獵人之類的？」

艾絲美不曉得自己敢不敢這樣說：「從某方面來說，是的。」但是正當她考慮的同時，艾琳也在觀察她的沉默。她坐在床邊，醜陋的雙腳晃動著。「這跟凱文有關嗎？」她問道：「妳想從我們身上得到什麼嗎？」

「啊，得到……」

「期望、希望、想要。隨妳怎麼說。是妳把我們倆湊在一起的，對吧？簡單地說。妳從一開始就鼓吹我跟他在一起。每次我們兩個快要分手時，妳就一臉擔心的模樣。好吧，我相信妳不是我的母親。如果是的話，我應該會知道。但是如果到頭來妳是他的母親，我也不會覺得意外。因為妳對他很關心，妳處心積慮要讓我們在一起，一心想要他過得幸福。」

艾絲美這次並未感到一陣心頭劇痛。「這想法很有趣，但我不是凱文的母親。怎麼說呢？我的信念、宗派、信條都不符合當他母親的條件。」

艾琳瞪著她。

「所以說妳認識凱文的母親？」

「相信我。我不認識她。」

「但是妳知道她的『信念』？妳是不是知道凱文所不知道的事？」

「相信我。」艾絲美又說了一遍，雙手握住艾琳的手。「妳大致可以相信我。細節以後我會告訴妳。凱文的母親就是他所想像的樣子。也許不是他想像的『那種人』，但肯定是他所知道的那個人。我不夠格，也不是他的神仙教母，不過我想神仙教母並不受限於母系制度的定律。但是妳猜得對，我要妳跟他在一起。我要你們在一起。我現在還是這麼想。」

「為什麼？妳要我們替妳生小孩還是幹麼？」

這個問題出乎艾絲美意料之外，以至於她口中說出的答案連自己都嚇了一跳。「對。事實上這就是我想要的。」

她遲早都得說出來，但不是這樣，不像這樣冷不防又無情地抖出來。時機還未到。

艾琳愕然。「妳這麼想要凱文的小孩，可以自己跟他睡。我不是說不會介意。只是覺得比妳這樣大費周章要來得好。」

「我不是要凱文的小孩。」

「那麼妳是要我的小孩嗎？」

到了這個地步，艾絲美已經無路可退。反正遲早都必須說，於是她告訴艾琳，她要艾琳和凱文一起重建他們同胞的未來。

四

「如果你發現我們在一起並非單純出自我們的意願，你會怎麼想呢？」艾琳問他。

「誰不是這樣呢？」

她不想吃他那一套哲學般的長篇大論。「萬一不是你選擇我的話怎麼辦？」她說：「萬一不是我選擇你呢？」

「我的確選擇了妳。」

「你忘了，是那個豬隻拍賣員替你選了我。」

「他沒有替我選。他只是把妳指出來而已。那舉動完全是多餘的。我不需要別人替我把妳指出來。我早就知道妳的存在，徹頭徹尾知道。他的意見就算是剛好跟我的重疊也不重要。好吧，真要說的話，這樣反而可能會讓我反感。」

「這麼一來，他的意見對你來說算重要了？」

「算是負面的，但即使這樣也非全然負面。」

「我都不知道你差點要討厭我。」

「一般不是都會有那種懸而未決的時刻嗎？是她或者不是她？我該一頭栽進去還是再等等？」

「我沒有懸而未決。我直接跳進去了。」

「但我說妳的腳太大的時候，妳又跳了回去。」

「也沒有很久。我幾乎是立刻打電話給你。倒是你，等了八百年才接電話。」她想起伊茲，想起她說要打給他。伊茲坐在她的床上。伊茲靠得太近惹她心煩。伊茲玩弄著他們的人生。

「那麼就是了。」他說著邊環抱住她。「我們選擇了彼此。但是妳怎麼會提起這事。」

「伊茲。」

「是伊茲湊合我們的？」

「你知道？」

「我這下知道了。這完全合理。伊茲知道妳的過去，她必須要告訴妳，卻害怕妳不能接受。她知道妳需要有人能夠支持妳，一個身強體壯、堅毅不拔的人，所以她雇用了豬隻拍賣員來找適合人選，結果就找到我。」

「一個身強體壯、堅毅不拔的人？」

「沒錯。」

「他是在現實世界找到這個人的嗎？」

「不行嗎？我也是在現實世界認識妳的。」

艾琳想，那他的堅毅不拔現在得全派上用場才行。

「我還有一件事你不知道的。」她說。

他驅趕這個想法。才怪，他什麼都知道。

「你不知道……伊茲所知的事情。」

「又是伊茲……為什麼老是在講伊茲？」

他倆剛剛躺著看天花板，但是現在她站起身，走到窗邊。外面很安靜，沒有風，沒有海鷗，連岸邊噴水孔的氣勢都減弱了。天空很低，不帶顏色或希望。「天啊，這裡有時候感覺死氣沉沉。」她說。

他想起母親說過同樣的話。她曾經這麼說：「好像躺在棺材裡，蓋子也關上了。」

不知道這感覺是出現在她有免費的肉可以拿之前，還是之後？

「從樂觀角度來看的話，」他父親這樣回答：「至少人家把妳棺材蓋螺絲鎖上後，就蓋棺論定不會有變數了。」

凡事輕描淡寫的父親。

他喜歡看著艾琳裸身站在窗邊。他總是想著要雕刻她的樣子，不是愛勺上那種迷你雕刻，而是雕成燭台的樣子。他能夠表達她肉體的靈敏、她充滿生命力的側腹、她雙腿的力度嗎？能表達出她身上那股讓他相信生命的活力嗎？

「既然我們要攤牌，」他脫口而出：「我外祖父是個駝子。」

她沒轉身。「你沒跟我說過。」

「我以前不知道。」

「那你現在怎麼會知道？」

「克普利告訴我的。」

「他又是怎麼知道的？」

「他什麼都知道。就跟妳親愛的伊茲一樣。」

「那會困擾你嗎？」

「知道我的血統不良嗎？會。但是克普利覺得我應該要心懷感激。就是因為駝背才讓我們得以安全過日。」

「安全？」

「我不知道。隨便啦。」

「那克普利說駝背怎麼讓你們常保平安的？」

「把人嚇跑，還有帶來好運氣。好像是大家不會去招惹駝背的。至少這一帶的人不會。」

「你有沒有想過……」她的話說到一半就打住。

「我有沒有想過什麼？」

「沒事。」

「才怪。妳問我有沒有想過什麼？」

「想過你在這裡的目的。」

「在地球上？」

「在魯本港。」

「隨時都在想。」

「你會想要知道嗎？」

他從床上起身走向她。他想要緊緊貼著她的裸體，她可愛堅挺的臀部。

「我想知道的事可多了。」他說：「但話說回來其實也不然。謎團被解開時，總是顯得那麼平庸。還不如活在未知中。」

「你嘴巴這麼說，但是心裡還是很想知道，究竟是誰闖進來把你的地毯攤平。」

「是啊。現在我永遠都不會知道了。」艾琳很快就懂這無聲的暗示，古特金探長遭謀殺，還有事件之血腥，早已傳遍魯本港甚至更遠處。兩人都不談這事。凱文很高興自己擺脫了古特金，但是他不想多浪費唇舌跟艾琳講自己鬆了一口氣。他不認為她會懷疑凶手是他，不過，眼前沒理由製造更多焦慮。誰知道別人最後會做出什麼事？誰知道他當初會吻羅文娜．摩根斯登？誰知道他的母親有著不為人知的一面？而現在艾琳……

「當然，真相雖然可能平庸，但無論怎麼說，總比面對未知的無比壓力來得好。」艾琳說，一邊揣測他的心思。

「那現在知道自己為什麼會在孤兒院長大，妳開心嗎？難道不會希望伊茲永遠不要告訴妳？」

「並沒有『開心』。但是我相信自己知道這些會比較好過。雖然像你說的，很平庸。」

「我沒說妳的遭遇很平庸。」

「不必道歉。我沒有生氣。的確是平庸。但是我寧願知情。」

「那妳情願知道，是伊茲促成我們相遇？」

「我情願是以不同的方式相遇，但是知道是她安排的總比不知道好。」

「那麼我們該為伊茲喝一杯。」

他這是在諷刺，或是尚未體會到她想告訴他的事？

他下樓去開了瓶酒，端著兩杯酒回來。

「敬伊茲。」他說。

她還搞不清楚，這是諷刺、無感還是笨？

然後他發現艾琳的眼睛紅了。不是因為哭泣，是因為眼睛發直。

「妳看起來像是撞鬼了。」他說。

此時她告訴了他。

出自一封艾琳的曾祖父沃非・雷欽斯基（Wolfe Lestchinsky）的未竟之信，給他的女兒瑞貝卡：

這要怎麼辦到呢？就跟以往一樣。運用對經文的誹謗（在此就是兩部經文誹謗的結合），結合經濟不穩定、對國家主義狂熱、盛行英雄崇拜、失業、順從的民眾、懶散的政府、對生活厭倦、自以為是且孤陋寡聞的菁英、老派誹謗的執拗——最令人感到寬慰的就是這些自古以來被厭惡的對象，曾有過機會，一再地被給予機會（選擇愛而非法律，選擇彈性而非強硬，從吃苦中學習憐憫）……一再地。事實證明他們的世世代代只是從殺戮的對象變成它的支持者。如今這些機會全部告吹。外加狂熱的行為。絕對不要忽略狂熱能夠輕易點燃即便是溫和文明的人心。這場運動裡，最不需要的就是醞釀主導整個行動的邪惡天才。我們都被近代龐大獨斷的滅族行動誤導，以為這樣罪大惡極的瘋狂絕不可能再度發生。在哪都不會發生，更不可能在這裡。這也是真的，如此規模的罪惡，後人恐怕難出其右。但是降低恐怖的程度，滿足渺小卑微的野心，屠殺仍然可能被縱容。只是死的人比較少、謀殺的手段較輕微，屠殺的規模變小了。

第三部

見過……

蒙羅維茲、波洛維茲、漢道曼、珊道曼．斯普伯，和葛伯與史泰納與史東．波士可維茲、盧伯維茲、阿倫森、拜倫森、克雷曼，和芬曼與佛德曼與柯恩．史摩羅維茲、沃洛維茲、提朵包恩、曼德爾包恩．列文、萊文斯基、李汶與列維．布倫保格、施倫保格、明克斯和平克斯，以及史「丹」與史「單」。

艾倫．雪曼，《跟你的麥斯叔叔握個手》

第一章　哪怕只有一點陰影

一

「所以我一直以來的想法都是對的。」凱文說，在一陣久到讓艾琳覺得像是在黑暗中持續的、超出時間單位可以計算的沉默之後……

「什麼想法？」她趕在自己生命消耗殆盡之前問道。

「費迪不喜歡我，費迪從來沒有喜歡過我。」

現在是凌晨四點，正是萬物俱寂的時間。凱文曾經試著尋找海豹卻未果的那片海面上，沒有傳出一點聲音，是淹死了嗎？因為集體自殺行為嗎？凱文想像著在海裡的魚兒飽餐一頓後，現在也應該在睡覺。他們原本想在床上討論，但凱文需要來回踱步，所以他們下樓到小廚房裡。艾琳穿著浴袍坐在桌邊，心不在焉地搥打著雙拳。凱文泡了茶，走來走去，又泡了茶。他們把所有麵包都烤來吃，也吃了所有餅乾。艾琳不敢吃沙丁魚，所以凱文開了焗豆罐頭、小番茄罐頭、橄欖油漬鮪魚罐頭、蘑菇湯罐頭跟甜玉米罐頭。凱文將這些東西倒進大碗裡攪拌，加了鹽、胡椒和辣椒。我不用了，謝謝，艾琳說。凱文身上一絲不掛。艾琳擔心他會冷而且可能被燙到。他說他想要感覺到冷，也想燙傷自己，妳看到我怎樣，就是我所感覺到的，他告訴艾琳。

他感覺到柔弱，她可以理解，但她想讓凱文知道他、他們，沒有任何危險。

「這個伊茲靠得住嗎？」凱文問。

「哪方面？」

「保持沉默。」

這很難回答。「沒有人想故意傷害我們。」艾琳又說了一次。

凱文笑了。「別忘記費迪，千萬別忘記費迪。」

艾琳不想跟凱文討論到費迪，她知道凱文準備要一一提起每個曾經傷害過或怨恨他的人，這樣的一份名單，列出來可能耗費好幾個晚上，但到最後他會搔著頭說，他也不知道自己是怎麼惹到他們。一直說「我不覺得費迪喜歡我」似乎對凱文來說是種慰藉。艾琳感到害怕，怕凱文會不斷地重複這句話，直到艾琳成功導向另一個話題。

「你甚至不需要故作輕鬆談論這些事。」艾琳說：「我知道你只有在非常焦慮時會想要開玩笑。」

「~~開玩笑~~？誰在~~開玩笑~~？」

這些話才剛出口，凱文就知道他不能再畫掉他寫的J了。

那麼這可以被稱為解放嗎？現在定論還太早。

現在的他對於自己的大徹大悟已經完全不覺訝異。他其實一直都知情……這是他藉以抵擋駭人意外的方法……他一直都知道，**真的**，在某種程度上，在意識之下，認知之外，他一直都知道**某些地方**……不是每件事，當然不是每件事，雖不及一半，但也足夠了，他知道意外會帶來確認跟震驚……至於確認的是他一知半解的壞事，或是好事或是兩者之間的事，他無從得知。但他徹夜沒睡，在廚房裡踱步，裸體喝茶，吃著豆子鮪魚湯。這也承認了他並沒有完全看輕這件事。

相對來說，艾琳像打鈸一樣對敲著她的拳頭，這動作就足以讓人放鬆了。

「費迪也不喜歡妳。」凱文提醒她。

「親愛的，我才不鳥費迪是怎麼想的。」

「妳應該在乎，這個世界到處都是費迪。」

「**你的**世界才到處是費迪。」

「所以妳覺得妳可以接受，妳是這個意思嗎？」

這下她害自己的陷入兩難了。不，她不覺得這一切都可以接受，但是凱文還不知道所有真相。她不能對凱文再多說了。這只是第一部分。而第二部分，會等到她覺得凱文已經準備好、可以接受的時候再告訴他。給我時間，艾琳告訴伊茲。打鐵應該趁熱，伊茲說。這比喻太接近字面上的事實了。真相會烙印且猛擊他的腦子。我需要時間，艾琳堅持。至於她已經告訴凱文的部分——他們來得突然且親密的關係——沒錯，對艾琳來說，揭露事實感覺比較像是祝福而非詛咒。但不論他們的歷史是如何交會，各自祖先的故事還是不同的。說得殘忍點，她一開始就對祖先的故事一無所知。伊茲的出現只是把那些空白補了起來，有總比沒有好。然而對凱文來說，他必須重新分配密集的人物年代表，不只要重新想他自己的，還包含他家族裡的每個成員。凱文在廚房裸體晃來晃去，試著想一些不好笑的笑話，就連以他家族難笑的低標準來看都搆不上，到目前為止，他實在是不擅長笑話。

「我會接受的。」艾琳說：「當你可以接受的時候。」

凱文停下來，靠在爐子上。「拜託你好不好，小心一點！」艾琳警告他。

「他們看到了什麼？」凱文突然問，像是在討論完全不同的話題，像是無意中走進房間，很隨意地問了這個問題。「我不是問他們想什麼──他們心裡所想的、他們受的教育教他們的──我是問他們『看到』了什麼，當我那駝背的外祖父挺著鼻子向小木屋外聞有毒的空氣時？當我媽去購物，穿著破衣時，他們看到了什麼？當我爸拖著步伐，緩慢地前進去鎮上的禮品店兜售燭台時，他們看到了什麼？或是我跟妳手牽手，走進天堂谷時，他們看到了什麼？現在看到我們時，他們眼裡看到了什麼？」

「誰是『他們』？」

他不想回答，她知道誰是「他們」，不論「他們」是誰，反正不是他們，那些費迪們。

「我是問，在他們眼中我們像什麼？害蟲嗎？」

「拜託，凱文！」

「拜託凱文什麼？拜託，凱文，別那麼極端，妳覺得我有可能比那些做出極端事情的人更極端嗎？但是為了了解他們為什麼做極端的事，我們必須去看他們所看到的，或至少，去想像他們所看到的事情。」

「或許他們沒看到任何東西，而現在仍是一樣。你有沒有想過，我們不只是為了他們而存在？」

「只是？艾琳，那可是個非常牽強的說法。我想我寧願當個害蟲也不願『只是』在那。即使妳是對的，還是需要一些解釋。妳如何使一個活生生的人不存在呢？把人看成透明的，又是哪門子把戲？這種程度的漠不關心，就是不折不扣的世界末日——或者只是擺脫妳看不見的東西，煞費苦心抹去不存在的東西。但無論如何，我不覺得妳是對的。我認為他們一定看到某些東西，那是可怕想法的具體化，為長久以來被書寫談論的某個邪惡概念添骨生肉，像某種爬出自己墳墓的發霉物體。」

「你這樣，」她說：「就只是描述你眼中所見的恐怖事物，而不是他們真正做的事。」

「為什麼我會看到恐怖事物？」

「別那麼天真。」

「我怎麼天真了？」

「當我養父亨得利舉起他的手，對我說，我跟他們在一起太久了，不屬於這邊，他不應該從孤兒院裡救我出來，我知道他看到的我，是一個被放逐的忘恩者，還有著大腳丫，沒有人會愛這個人。就是這麼一回事。」

「我很遺憾他這麼想，我愛妳的腳。」

凱文蹲下，將頭深入桌下她的腳邊，然後親了下去。他想，他可以待在這，再也不回到上面去。但凱文還是回到上面來了，這就是生命無情的法則，人總是要上來，直到無法上來為止。

至少艾琳這下笑了，有點沉重，但畢竟還是笑了。

「請理解我要說的重點，凱文。」艾琳說。

「我了解，我並不恨我自己，如果這是妳想說的話。」

「這不是我想說的，我也不恨我自己，但輿論是有影響力的，事實就是這樣。有時別人透過玻璃來看你，那片玻璃要是傾斜一點，你也可以看到一點點別人眼中的自己。你當然會希望別人對你有好印象。」

「**印象！被妳說得像童話似的，一位應該有好形象的小女孩**。我不是那個小女孩或小男孩了。除了妳以外，我並不渴望其他人的尊敬。艾琳，我想要了解別人眼中的我，他們眼中的我們，不是因為覺得我應該改善自己的外表。我完全不想展現自己更好的一面。之所以想要理解他們所看到的，是為了要知己知彼。我想知道他們所看到的，這樣才能更恨他們。」

艾琳沉默了。並不是因為凱文的話讓她受傷，而是她不知道自己是否錯了，竟然沒有設身處地體會凱文的感受？拒絕怨恨是她軟弱嗎？即使是為了她的曾祖父母？她心中這奇怪的愉快感覺，彷彿她終於可以重新開始生活，不去計較過去所發生的事……這難道是不忠的表現？伊茲要她做的事，難道是比徒勞更無用嗎？難道是錯的？是謀叛嗎？

但並不是這樣。不論她做什麼，好的、壞的、懦弱、上當、謀叛，凱文的方法就是不好，對他不好，對他的精神狀態不好，也對他們的未來不好，很不好。「這樣是不健康的。」艾琳終於說出口。

「現在談健康，已經太遲了。」

「而且你對自己不誠實，你說你需要知道其他人怎麼看你，但你的好奇心並不冷靜。你的好奇心並未平均分配給所有人，你只想著那些不喜歡你的人。」

「根據我剛剛才知道的事，很難不讓我這麼想。就算現在只有不喜歡我的人讓我感興趣也是正常的。喜歡我的朋友可以晚點再考慮。」

朋友？他有朋友嗎？他想起最近與蘿哲溫・費根布拉的對話。那些話他從來沒跟艾琳提起。蘿哲溫認為凱文沒有朋友，更糟的是，她認為他是在努力地不要交朋友。如今連艾琳都指出一樣的事，為什麼女人總是如此洞察他的天性？

「我說的不是現在，你總是花更多心思在你的敵人身上。」艾琳說。

「艾琳，五分鐘前我還不知道我有敵人。」

「這太荒謬了！那你鎖門是為了提防誰？你是怕誰會入侵？你一輩子都住在一個充滿敵人的世界裡。」

「妳說得好聽，那妳跟妳的『亞哈』怎麼說？」

她作勢把亞哈揮走。「現在他找到我，我就會面對他。」艾琳說。

「就這麼簡單嗎？」

「不，但是如今他已經不是陰影了，我可以轉身對抗他。面對他是件好事。看著他的眼，就像你說的，知己知彼。對他說：來吧，亞哈，儘管放馬過來。而且到頭來他的名字也不叫亞哈。」

「對，他現在叫費迪，坦白說我覺得他更嚇人。」

「那是因為你想要繼續被嚇，你不知道有別條路可走。」

「妳是說我懦弱嗎？」

「不是，我認為像你那樣活在恐懼之中需要很大的勇氣。」

「妳講得太客氣了，我並沒有『勇敢地』跟恐懼一起生活，這不是我可以選擇的。」

「你有，你可以選擇不去沉迷……」

「妳認為這是沉迷？」

艾琳是這麼想的，沒錯，但她不想回答。她垂下頭，搥著自己耳朵。

他在想是否該去穿上衣服。海面上出現一絲狹窄的陽光。他還沒準備好迎接新的一天，但新的一天如果還是要來的話，最好是準備迎接它。懸崖邊應該是個好地方，在他的長椅上，跟艾琳並肩坐著，看著死氣沉沉但撫慰人心的海面。雖然不會改變任何事，但這天氣適合走出小屋，而大海也驗證了他的恐懼。這是個可怕嚇人的世界。

「妳要跟我一起散步嗎？」凱文用他最溫柔的聲音問艾琳。艾琳是對的，他知道她是對的，病態是他的常態。這誰不知道呢？

「當然要。」艾琳說，一手挽著凱文。艾琳想讓凱文知道，不是每個人都是他的敵人。但眼下的姿勢使他們覺得孤獨，他們擁有彼此，但除此之外，他們還擁有誰呢？

他們坐在長椅上後，艾琳才想起凱文沒有上雙重鎖跟重複檢查小屋的門，他有踢亂中國絲毯嗎？她不記得他有這麼做。這原本應該讓她感到高興，然而少了那些儀式，他還是他嗎？

風中飄著雨，一丁點的銀色陽光是虛幻的承諾。懸崖下的噴水孔像在清喉嚨似的，為接下來整天的吵鬧喧囂做準備，幾隻海鷗像破布一樣在空中隨風飄。

「現在怎麼辦呢？」凱文突然問。

「你想回去嗎？」

「不，我是指在接下來的人生裡，我們該怎麼辦？」

她知道但不能告訴他。「我們可以做你想做的事。」艾琳說謊。

「噢，我們不能假裝沒事一樣繼續生活。」

「為什麼不行？有改變很多嗎？」

「每件事。」他說：「一切都變了。」

「過幾天你就不會這樣想了，很快就會習慣了。」

「習慣什麼？我從來沒有習慣什麼事。我一直在等，只有等待，我不知道我等待的是什麼，但現在我看得出來等待構成了某種蹩腳的生活型態。」

「蹩腳？跟我在一起是蹩腳的生活？這是你形容我們共同生活最好的形容詞嗎？蹩腳的生活？」

凱文將手環抱艾琳腰上，但並沒摟緊她。「不是在說妳。當然不是說妳。我不是這個意思。我們很好，我們在一起的日子很美好。但是遇見妳之前的我，不是我們，在豬隻拍賣員出現之前，那個孤獨的我……我應該何去何從呢？我等待，再等待，刨去木頭的殘渣，現在我知道我等待的是什麼，是……」

「是什麼？」

他不知道。頭上像破布飛揚的海鷗悲傷地叫著。是因為牠們不知足的貪欲，或是牠們跟他一樣討厭這個地方？凱文望向天空，豎起耳朵，彷彿希望海鷗會告訴他今後該如何自處。

最後凱文說：「沒事。到最後就是什麼也沒有。事實上這比沒事更糟糕。」

「你可以試著表現很自豪。」艾琳說。

「什麼？」

「自豪，你可以試著表現出來，就像身上別著獎章一樣。」

「妳建議我怎麼做？把我的名字改回去嗎？」

「這是黑色笑話，凱文。」她說。

他認同。「黑到不行。」

「那你為什麼要講黑色笑話？」

他聳聳肩。「妳為什麼要提到自豪與榮耀？請告訴我榮耀在哪？妳倒不如告訴這隻螞蟻我要踩扁牠，請牠回想過去牠自豪的螞蟻的一生。」

「你踩牠並不是牠的恥辱。」

「我不同意。身為一隻螞蟻，這是牠的恥辱，牠的錯。我們必須為我們的人生負責，即使是一隻螞蟻，發生在牠身上的事就是牠的恥辱。」

聽他這麼說，她嚇到了。她覺得這是種褻瀆。或許他需要這樣的褻瀆。或許他需要這樣，才能消化那一切讓他震驚的事。然而她不能讓他毫無節制地褻瀆。「你講這些話不是真心的。」艾琳說：「你不是真心認為你父母的人生是恥辱。」

「他們一輩子都躲躲藏藏，沒錯，就是恥辱。」

「那些無處可藏的人怎麼說呢？他們的父母和祖父母？還有我的父母和祖父母呢？」

「被踐踏的一代嗎？恥辱。」

「那就要靠你去找回尊嚴。」

「我？我是恥辱之中最大的恥辱。」

二

艾絲美．諾斯邦坐在她房間的窗邊，看著雨從蕨葉上滴下。即使別的地方都沒下雨，天堂谷還是會下雨，就算天堂谷沒下雨，蕨葉上還是會滴水。

沒有我可做的事了，她心想，一切已經不在我的掌握之中。但那只是她腦海裡的想法，她憑藉著意志力，驅使最初所構想的恨意平衡繼續往前推進。

「現下公司」的高階主管如今天天打電話給她。他們想要知道到底進展如何。人們還是在互相殘殺。在她附近竟然又發生了一件殘忍的謀殺案，還是雙重謀殺案，被害者是一位警察和他的貓，天啊！什麼樣的瘋子會對貓下手？所以他們需要好消息。她告訴他們這件事必須順其自然。她的確還有其他要緊事，但這是最好的選擇，請相信她目前會密切注意。但她必須提醒他們整個衝突的複雜結構，羅馬不是一天造成的，即使進行得很順利，也不見得會有立竿見影的成效。他們並不同意。他們認為如果大家知道「那件事」這個說法只是部分的解決方案，整個國家會立刻變成一個截然不同的地方。他們不期待整齊劃一的反應。這些年來不斷地道歉，已不知大眾對這樣的消息會如何反應，但根據艾絲美自己的分析，只要在名人與八卦雜誌上利用幾張嚴選的公關照、零星刊登一些簡短訪談，不要給太多訊息，這消息本身應該就能恢復社會異議的必要平衡。「只要給我們一點小道消息就好，確定可外流洩漏的。」他們的意思是婚禮、懷孕，還有生產等流程可以晚點再說。那個孩子當然是最關鍵的，就像以賽亞書中所說，**有一子賜給我們**，但即使只知道會有新生兒誕生，也應該可以暫時滿足大眾。

交給我吧，艾絲美告訴他們。

在這些纏擾的索求之中，也有人對於文化再生的遠景興奮到說不出連貫的句子。像是風趣的音樂劇、反骨搖滾、翻天覆地的嘲諷喜劇，這些替民謠畫上終點的藝術型態。此人打給艾絲美的次數，頻繁到讓她以為她的探子漏掉了什麼重要目標。她告訴他，流行文化的再生在所有目標裡，重要性並不高。聽到「流行」兩字時對方呆了一晌。他提醒她，嚴肅的戲劇也需要一劑強心針：想像複雜激烈的對話重現舞台。想像一下矛盾、痛苦、苦惱的人性展現在舞台上。藝術就是無盡的爭論，華麗的褻瀆，簡直讓人樂不思蜀啊，諾斯邦小姐！又或者說，請想像赫許梅茨[11]小提琴與鋼琴奏鳴曲，演奏得恰如其分，悲傷得彷彿是最後一次演出。她警告他不要太早重蹈覆轍，「你知道了你不該知道的事，」

她嚴肅地說：「而且對我的策略做出沒有根據的假設。我沒想過要回復讓許多人受苦的現狀。對『發生的事』感到後悔，並不代表就要不分好壞全盤否定它，有些事必須發生，即使超出得體和適度的範圍。但是我們也不需要逼迫那些幸運倖免的人，回到喪盡尊嚴的刻板形象裡。什麼赫許梅茨！我再重複一次，我對於這個計畫的娛樂面不感興趣，不是輕視，而是不想參與，我所關心的是社會互不信任的根本，而不是爵士樂。硬幣不能只有一面。一旦我尋找的目標出現，我們將再次享受知道我們『不是誰』的安定感」。

她雖然講了這番話，最後還是笑了，笑聲中帶著樂觀，他好像以為她在故作諷刺，但他錯了，諷刺並不是艾絲美會做的事。

當然她擔心過艾琳，萬一結果不如她預期，或是比她預期的更好。萬一過去這麼多年的道歉孕育了更為深刻的對立怎麼辦？萬一在她所欲重新建立的平衡還來不及穩固之前，艾琳就成了被強烈質疑的對象怎麼辦？

但艾絲美心中充滿行善的熱情。所有擔憂，包含艾琳的安全，都比不上她這個迫切的任務。

還有其他路可以選，但問題在於凱文。這跟他的血統無關。他的血統沒有問題，這種事很容易確認，事實上柯恩家族可以在魯本港待那麼久還保持血統純正，算是很神奇了。問題在於他不穩定的精

11　赫許梅茨，Herzschmerz，德語名詞，字面意義是「心痛」。可指生理上的心臟疼痛，或是情感上的心痛，常用來說明因為失戀、情傷而來的心理痛楚。有些時候會用來指某些描寫情傷的歌曲。

神狀態。她不再篤定他是適合的人選。她將這歸咎於準備不足，那些研究他的人太過馬虎。他們沒有充分分析他的個性，他們旁敲側擊，就是沒有直接調查他。但這也是她的錯。當初她到天堂谷是為了仔細審議他們倆。那麼到底是哪裡錯了？選艾琳錯了嗎？或者是艾琳好得過頭了。艾絲美想著，她那可恨的父親是否早就看透她的底細。她真的是女同性戀嗎？她不認為是這樣，但艾琳無疑是讓她忍不住注意的女孩。當她只專注在一個女孩身上，眼底就容不下其他人。或許凱文也有相同的魔法，讓那些專注看他的人瞎了眼。這是他們遺傳的天賦嗎？艾絲美自問。他們很迷人嗎？他們是有罪的嗎？她停下這一切思路。她一不小心，就會太過理解「那件事」為什麼會發生。

凱文並不是她最後的機會，說到底，艾琳也不是。一點一滴地，在這國家的偏遠角落裡，紛紛出現微弱的希望。那自然不是多亮眼的東西，不是玫瑰鹽或黃玉，而是到處可見、長滿青苔的石頭旁冒出了紫羅蘭，介於陰影與靈魂之間灰暗的東西，在沙漠的空氣中徒然散發著甜蜜。這些事在未來進一步談到生育時絕對會很重要。但目前還不是她的首選，艾琳和凱文依然是她的首選。

還有另外一個關於凱文的考量。艾絲美想了不只一次，不僅獨自看著蕨葉滴水時，還有為了他的個性問題苦惱時。誰需要那個混蛋？她曾這麼想過，也被自己的粗暴給嚇到了。她當年昏迷時，常會粗口咒罵，但在那之後就不常如此了。

她的意思是，既然艾琳是真貨，要生小孩，除非有奇蹟，否則必須有一個父親才行，至於小孩的父親是不是真貨，並非絕對重要。她一直很困擾，沒有人可以詢問，也少有完整的書籍可以查閱。但她很努力，且相信現在可以確認艾琳祖母對母系制度法則的理解。是的，就是這樣沒錯，就像當年瑞貝卡違抗她丈夫時所想的一樣，她們是「真貨」；她邊咬指甲邊說出這字眼時自己也覺得好笑——他們是憑母系血統來認定親系的真偽。雖然還不知道艾琳的爸爸是誰，且她的外祖父費德利無論哪一方面都難以被接受，但艾琳是她外祖母的直系後代，她符合所有條件。這就足以讓艾琳成為艾絲美想要的人。既然這樣，誰還需要那個小混球凱文·柯恩呢？

沒有，沒有人需要他，這是艾絲美粗淺的學術研究所得到的重點。但是如果將他也包含在內的話會更好。身為艾琳易怒、苦瓜臉的配偶，凱文將會對艾絲美想要的綜合成效有所幫助。她深信凱文並不上相。相機可以隱藏許多特質，但不包含退縮。一個冷漠的、完全不接受與整個人類族群有任何關係的男人，拍出來的照片就是那樣——不安落魄而且還堅持要保持這副德性。此外，如果她可以讓他接受這整套把戲，或者至少讓配對這回事保持在一定程度內，讓他接受訂婚、結婚，還有之後的事，為他們舉辦一場傳統的婚禮，必要的話，她會親自主持婚禮，最好能用傳統婚禮過時的熱中精神來惹惱所有人，包括含凱文·柯恩。他肯定不會在自己的婚禮上表現得宜。她得知婚禮上新郎要踩破玻璃杯的這項習俗，確信凱文會傻傻地把杯子踩成碎片。他會來上一段冷嘲熱諷的演說，挖心掏肺和盤托出自己對艾琳的愛（她相信這點是真心的），加上幾個沒人會笑的粗魯笑話。就是這樣，凱文的渾球特質，讓艾絲美愈發想要留著他。艾琳是有著無限魅力的女人，因此最不樂見的結果就是，人們愛她愛到無法重建恨的平衡。另一方面，凱文就算沒有被全面地憎恨，也不會有人想愛他。人們在凱文身上可以輕易看出自己的對立面。

三

黑色星期五

黛梅莎離開我了。是我的錯——雖然在我們最後一次爭論中，她說我所犯的錯罄竹難書——是我把日記放在她找得到的地方。我的過錯是在日記裡坦承了許多性愛祕密。

當我向她承認這件事的時候，她說，又錯了。你的錯誤是你竟然擁有那麼多性愛祕密。

她說她沒其他男人，我相信她嗎？不，我不相信。我賭那個人是凱文．「可可」．柯恩。我不能說我多喜歡這個人，但如今我很了解他的真面目，我猜他一直以來都算計著怎樣爬上黛梅莎的大腿。對了，爬蟲類的比喻不是我專屬的。曾經有個男人，有個女人，有條全知的蛇，不能怪我借用神學的寓言，是他們自己講出這個故事。將知識輸入愛與純真的天堂世界。換句話說，帶著對於全知的淫穢迷戀，害幸福永遠消失。難怪他們會躲避人類，而且被畫上抽象呆板的恐怖形象。

怪了，我還以為那條蛇已經被抓去燒死了，但牠仍在我老婆的雙腿中扭來扭去。最可笑的是，我曾幫助牠重生。要是我多年前就能看出牠的企圖，在智者們重新撰寫手冊之前寫一份足以定牠罪的報告，一切就太平了。天曉得，線索完全足夠；絕不道歉、總是窩在圖書館、鬼祟地轉水龍頭和洗手——他想洗掉什麼？我還問過黛梅莎。現在就很清楚了，是他自己的蛇黏液，而黏液現在正在我老婆的體內。難怪我想跟她談他的事時她就想閃躲。而且現在想想，難怪她有信任疲乏，我現在知道是什麼造成她疲乏了。

幸好我是文明人。我可以數到一百，我會輕拍佩托克，用一樣的心情輕拍幾個學生，拿出我的聖末底改山素描，回想起我的心被純淨美的沉思所包圍。我有個水彩系列畫的想法，畫伊甸園。在蛇出場之前的樂園。我跟黛梅莎照著命令過活，沒有察覺到彼此的裸露，獨自在樹下，或許還有佩托克作伴。說到佩托克，當牠在凱文．「可可」．柯恩的腳邊咆哮，好像聞到壞東西時，我怎麼就沒有起疑？「佩托克！」黛梅莎會大喊，叫牠退下，「趴下，佩托克！壞壞狗。趴下！我很抱歉，柯恩先生。」柯恩先生！**我很抱歉**。柯恩先生，她可真是抱歉。可憐的佩托克，因為展現本性，保護我們遠離傷害而受到輕視。

我覺得牠——我是說那條蛇，不是說狗——那條蛇肯定會提議為她做一對愛勺。等身的人物像，從頭到腳，一對男女在椴木上彼此纏繞。他應該不會做肖像。肖像不是他的作風。以他墮落的美感來說，肖像畫不夠原始。他們喜歡展露一點猿人的感覺，但會與我妻子相似到無法隱瞞的程度。或許他會拿給我們的學生看，用來講解他們雕刻藝術的精細——**精個鬼細**！他想讓學生認出那個猴子樣的形體是黛梅莎，然後他們會嘲笑我。他們在哪幹那檔事？在這裡，趁我去教書的時候？還是她每次說要買東西時，都去了他那兒嗎？在他工作室的地板上，可能嗎？在充滿木屑的床上？要是我多起疑心就好了。我應該在她回家時聞聞她的頭髮。我應該在她內衣的抽屜裡找木屑。甚至應該趁他在忙的時候，跟他那滿頭亂髮的女人勾搭一下。請原諒我說得天花亂墜：我正在準備我的答辯。當然，我必須假設她是個墮落的人，雖然她做的花算得上是美的。正如你所預期，她有點古怪甚至可說可怕，但還是夠自然，足夠視為可愛。所以她應該像什麼？長著一副鷹臉，他的鳥女人嗎？我敢賭她一定有尖銳的爪，帶血的潮濕舌頭，和小小的尖牙。下顎——是這個字嗎？腐敗的果汁和下顎——這句是誰說過的？腐敗果汁和流過下顎的低劣岩漿……等等等等……想起來了嗎？白蟻的熱情……

……我認為這一定是在「那件事」發生之前，當時流傳的地下出版手冊的復刻版，不久之前，它在國內各處公共交誼廳散布開來，或許是為了矯正週期性復發的不得體的罪惡感。頻頻說抱歉、抱歉、抱歉、抱歉、抱歉是沒錯——我一直都是道歉方的前鋒，只要不是為我們實際做過的事道歉即可——但偶爾給我們的責任感放點水不是件壞事，我們大多數人都這麼覺得，因此這些短篇的地下刊物就重現了，如果可以這麼說的話，總之就是一種煽動的雞毛小事，是那些在前線、且親身體會過白蟻蟲害的人，在我們重拾責任感之前暫且點亮了我們的生命。

如果一件事觸動你的心靈，它會一直跟著你。我在夢中哭泣[12]……昔日的雪今日何在[13]……這樣的情思你不會忘記，他們表達了遺憾的精髓。但鄙視的精髓也能蝕肉化骨，就像那幾行寫低劣岩漿的句子……白蟻到處都是，出賣一切、占有一切、毀滅一切、織他們的網，是這麼說嗎？對，在陰影裡織他們的網……接著消除、勸阻，追捕任何一個哪怕是給他們帶來一丁點陰影的人——就是這個詞——直到最後血腥的清算，滴答、滴答……哪怕只有一丁點的陰影。除此之外，凱文：「可—可—他媽的可可」：柯恩與其同類，他們的比例失衡還能有更生動的形容嗎？除了化成煙霧，他們瘋狂、臉皮薄的敏感天性還有更好的出路嗎？只要一丁點的陰影。他們會為了想像中那一小片微弱的報復心而動搖整個世界的根基……如果我們縱容他們的話。

就算蛇覺得，因為我的關係，使他的世界有一丁點的陰影，我並不會太驚訝，雖然我不能想像是在何處、又是如何讓他有此感受。我不認罪也不知情。總之我相信，他一定是這樣想的。為了回報我，他將他的黏液放進我可愛、易騙而且太過寬容，更不用說容易接受黏液的黛梅莎體內。我對她說，他會用對付我的方式對付妳。他們不知感恩。但她否認所有跟他有關的事。她說，你以為在你之後我還會想跟別的男人在一起嗎？你以為我是傻瓜嗎？但是我腦海中已經充滿對他倆的猜疑，而且我受夠了。我爬上床，尋找潑濺在床上的腐敗汁液。

上面的人已經明確指出，除了私下決鬥之外，我別無他法，但我又身為決鬥中較年長且容易受傷的一方，我輸定了。他們並未確認我對黛梅莎的懷疑（不過就像其他事一樣閃爍其詞）。但是他們的警告很明確：閃遠一點。事實上他們說的比這句更直率，你搞砸了，閃邊去。他們沒提到蛇太太的事，但我猜這命令的範圍也包括她。離他們兩人遠一點。就跟我和古特金探長說的一樣。所以說，他就算死了也已經享受了他的復仇。至於我何時才能得以復仇，只有天知道。不管怎樣，面對他們，我無以得到慰藉，不論是對他冷言冷語或是對她甜蜜如火，都不行；被曼陀羅般的下顎咬也不行；最後再聞一次她紙花的芳香也不行。

我一籌莫展了，我將離開去尋找美的事物……

12 譯注：出自舒曼的《詩人之愛》歌曲集。

13 譯注：出自維庸的 Ballad of the Ladies of Bygone Times。

不，不是去找蘿哲溫．費根布拉。我是指自然事物的美麗——潮汐、夕陽，未被生活與思想之所有微妙邪惡玷污的自然之美。

四

艾琳．索羅門斯看著月亮，聽著自己心臟的跳動，想著發生的一切。她暫時回來天堂谷，但不想讓凱文單獨一個人太久，還有很多事等著被發現、整理、清除。她坐在冰冷且長滿青苔的長椅上，縮成一團以抵擋凍死人的潮濕，聽著伊茲刻意在廚房敲鍋打盆噹啷作響。艾琳問自己：「我有感受到什麼差別嗎？」伊茲借給她一些跟這個問題相關的書，或者說書的殘骸，書頁摺角、燒焦、有些像被一整班三歲大的幼年犯塗滿蠟筆。雖然這據說是當初內部那些知情的人寫的，或至少是那些認識知情者的人，但是每部作品多少都與前一本抵觸。根據一位作家所說，這是她祖先們良心的苦行，而這些書總是讓人心不安，也解釋了為何他們所到之處都遭遇敵意。他們要求得太多了，他們的標準太高了。另一個作家將他們的特質解讀為對物質世界不負責的愛，這正是讓他們陷入水深火熱的原因。給他們精神之糧，他們卻選擇物質；給他們情感，他們選擇理性。一個作家說他們很虔誠，另一個卻認為他們對上帝非常不敬，他們極力行善，同時卻不計手段累積財富。他們不是忙著利己，就是忙著自怨自艾。他們認為整個宇宙是神的映像，而這位神愛他們更勝其他人。他們卻只能像異鄉人一樣遊走於宇宙間。當她想到他們在大自然中所感受的疏離，她終於認清了自己。坐在花園的長椅上，她從來不覺得舒服，她討厭像植被的濕報紙味道，討厭蝸牛和蠕蟲，冰冷無情的月亮讓她倍感威脅，她害怕自己的心臟不規則的韻律，而她的心臟當然也算是大自然的產物。所以在讀過艾絲美給她讀的東西後，雖然她覺得沒什麼差別，但至少可以理解為什麼她不覺得有差。

艾絲美從廚房呼喚艾琳。她從早上開始就在廚房，照著一本彷彿創世之初即寫下的古老食譜書煮雞湯。艾絲美問艾琳要在裡面、還是在外頭喝雞湯。艾琳一點也不想喝。艾絲美虔敬地煮雞湯；帶著獻祭的熱情剁雞，充滿意志力地切著胡蘿蔔，隔著平底鍋的蒸汽深情地看著艾琳。艾琳決定，既然遲早要喝雞湯，就到外面喝吧，把所有的不舒適混在一塊算了。

她們安靜地喝了一下雞湯，將湯盤安置在膝蓋上，艾絲美頻頻偷看艾琳。

「妳喜歡嗎？親愛的。」

親愛的！

「我應該要喜歡嗎？」

「我是為了妳煮的，希望妳會喜歡。」

「不，我是指，這也是用來幫我做好準備的步驟嗎？」

艾絲美蹙眉笑了一下。

「如果我拒絕的話會因此對我不利嗎？」艾琳繼續說道：「會不會顯示我是假貨？」

「我也分不出來。」艾絲美說。

「請原諒我，我覺得我喝不完了。」艾琳最後說道，將湯盤放在地上，她的醜腳丫之間。「有比湯更要緊的事。」

艾絲美緊張地跳起來。艾琳很惱火，覺得自己輕易就能讓艾絲美擔心。她只不過稍稍表達憂慮，艾絲美的防禦系統就開始運作了。她太親近我了，艾琳想。她簡直就像住在我的皮膚裡面。

艾絲美問：「有什麼事情更要緊？」緊張的樣子好像是在問艾琳，她從何時開始知道自己只剩一小時可活。

「母系制度。」艾琳說。

「妳可以解釋一下嗎？」

「解釋母系制度嗎？這不就是妳跟我提起的嗎！親愛的，」艾琳心想，還妳一記，「妳才是權威吧？」

「不，我是指，為什麼這件事使妳煩惱？」

於是艾琳說了，在冰冷月光下發抖著。

如果像艾絲美說的那樣，父親並未替子孫帶來太多遺傳特徵，那這些「父親」憑什麼算是他們的子孫呢？艾琳剛得知自己的親族裡有一套嚴謹的法則，但這實在是過於草率。難道她父親留給她母親的種子，真的沒有任何影響嗎？外祖父留給外祖母的呢？只是附帶、次要的嗎？她感覺到一股互相矛盾的衝動：一方面高興自己的身分清楚了，也很失望自己的家世就父親這一方來說，並無太多解釋。從某種角度來說，這隆低了她心中對這新發現的家世的評價。「我想要我的小孩被兩方家族承認。」她告訴艾絲美。

「我也希望如此。」艾絲美保證。

艾琳移開她的椅子，假裝這樣比較舒服，其實她是怕艾絲美想要擁抱她。

「但是？」

「但是，世事不是盡如人意的。」

「妳花了那麼大的工夫，只為了讓我們繼續在一起，伊茲。」艾琳提醒她。「妳不讓我離開他，那時還慫恿我，『打給他，打給他。』妳在根本不了解我的靈魂時，都膽敢說他是我的靈魂伴侶了。當我說他離開我時，妳的臉色又蒼白得像白襯衫一樣。現在改變了嗎？」

艾琳沒看到艾絲美．諾斯邦臉紅，這讓她鬆了一口氣。「沒有任何改變，我就像以前一樣關心妳的幸福，甚至更加關心了。但妳接受真相的能力比我希望的還要好，好得太多，真的，我本來無法想像妳可以承受，但是妳真的可以。」

「並不是我可以……這一切，我還在消化中，伊茲。」

「我理解……」

「而且我不是自己一人。」

「妳是說凱文在這當中一直陪著妳嗎？」

「連我自己有沒有陪著我，我都不敢說。別忘了，這不是我的選擇。而且我還沒看到最終全部的意義。妳必須認清我有可能永遠沒辦法了解，我不能給妳篤定的保證。」

「我知道，而且我也不想給妳壓力。如果妳跟凱文可以一起解決這件事，我也很開心。」

「即使是在母系制度之下嗎？」

「母系制度不是我的發明，只是事情正巧就是這樣。」

「而這使凱文變成多餘的嗎？」

「絕對不是多餘，我所設想的未來是需要母親和父親的。」

「還是得維持表面吧。」

這次艾絲美並未否認，她靠過去撫摸艾琳的手臂。「艾琳，『表面』在這當中相當重要，今天的妳跟一年前、甚至是一個月前的妳沒有不一樣，改變的是，妳如何在妳自己以及世界之前現身，這只是幻覺，身分不過是一種幻覺。」

「所以照妳這麼說，我不應該擔心我不喜歡雞湯？」

「我希望妳不要擔心任何事。」

艾琳納悶自己為什麼說了笑話，是受凱文影響嗎？「如果全部都是幻覺，」艾琳換個心境，「為什麼會造成那麼多悲慘的事件？」

「我有許多時間去思考這件事。」艾絲美說，突然怔住了……

「然後？」

艾琳對於自己的不耐煩感到驚訝。在四分之一世紀裡，她對所有事無知地活著；現在，她需要答案來回答她從來沒想過的問題，現在、立刻就要。可惜的是，最適合回答這些問題的人，卻慢吞吞地，一點也不著急。事實上，對於這件事艾琳錯了，艾絲美本身對於很多事也沒耐心，但又不想讓這強烈的情緒嚇到艾琳。所以兩個女人神經緊張地坐在一起，腦海裡的時鐘狂躁地滴答響著。

「我們是死的。」艾絲美終於接著說道：「事實上當我理解這點時，正好處於很接近死亡的狀態。不把自己跟那些沒死的人做出區隔的話，我們都是死的。我活著，我躺在病床上時這麼告訴自己——接近死亡，但是還活著。當我體會這點之後感覺『更活著』一點。我不是過去的那個我，也不是他們想要的那個我，也就是根本沒有我。當生命可能出現不同境況時，我們才有理由去反抗。面對他人也是一樣。我是我自己，因為我不是她，也不是妳。如果我們都是紅蚯蚓，那就不需要生命了，身分只是我們為自己取的名字，為了活得特別。」

「所以妳是說，我們真正的身分不重要？只要認定一個身分，然後排除其他人的身分就行了。」

「可以這麼說，相當接近。」

「這不會有點太隨意了嗎？」

「或許吧，但世事不都這樣嗎？我們生在所生的這個環境裡，都只是偶然，並非誰的計劃。」

「那為何要為『我們是誰』而抗爭？」

「為了抗爭本身。」

「那這不是有點暴力嗎，而且草率？」

「生命本身是種抗爭，為了生存必須跟死亡抗爭。」

「但假如『我們是誰』只是隨意決定的，假如我們只是為了『恰巧身處』的環境而抗爭，不為別的，只為抗爭而抗爭，那妳不一定要選我來……」

「我並沒有選妳，艾琳。」

「好吧，隨妳怎麼說。但假如我的身分無從驗證，這就代表我是不是妳要的人選都不重要。我不見得是真的，因為真的並不存在。妳大可選擇其他人。」

艾絲美咬了咬嘴唇。「妳來做的話會更好。」她這樣說。

她們陷入沉默。有東西爬過艾琳的腳，不知道是不是艾絲美說的紅蚯蚓，使生命無意義的蚯蚓。

艾琳抖了一下，艾絲美說可以進去幫她拿圍巾。艾琳搖頭，像是要把艾絲美甩開。

「如果妳要我自己一個人，沒有凱文，」艾琳突然這麼說道：「我恐怕不行。不對，這麼說太保守了。如果妳要求我自己一個人，而沒有凱文的話，我想我不願意。」

艾絲美感覺全身裂掉的骨頭又碎了一次。她想起自己費了多大的力氣，才把自己跟死人區別出來。

「既然這樣，我們就必須確保妳可以跟他在一起。」艾絲美說。

第二章　跟你的麥斯叔叔握個手

一

赫拉．狄屈是頭一個恭喜他的人。

「恭喜什麼？」

「別這樣嘛。」赫拉皺起鼻子說。

凱文到她開的紀念品店裡看看愛勺需不需要補貨。她沒賣掉很多。彩陶花園塑像、壓花畫、魯本港茶巾和咖啡杯占了她大部分營收。「便宜又親民，像我一樣。」她是這麼形容自己的店。但她也認為擺出一些凱文的愛勺，可以為她的店增添一點高檔的感覺，她也歡迎凱文來店裡，給她挑逗他的機會。他不像村子裡其他的男人。對他得多下點工夫。她還記得某一個激情夜晚在酒吧裡，兩人都喝醉了，她曾經跟他擁吻。她主要是為了刺激帕斯可（Pascoe），不過她其實也有點喜歡凱文的吻。他的嘴唇比想像中更柔軟，接吻時沒有啃咬，也不會動粗，所以她雖然喜歡，還是更樂意重新接受帕斯可粗野冷漠的啃咬。

但凱文是那種欲拒還迎、讓妳心癢癢的男人，對她而言依然是個挑戰。

艾琳認為凱文應該確實檢查他愛杓的銷路——即使他經濟上還算不上迫切。他有一陣子沒到村子裡了，自從艾琳告訴他那些事的前半部之後，他就沒見過任何人，那已經是兩個禮拜前的事了。即使像他這樣容易衰落的男人，這衰落的速度也太快了。他照著艾琳的建議去做，是因為他知道這樣會讓她好過點。他沒指望自己會好過點。他不想讓自己好過。聽過那些事之後，他覺得自己應該要難過。正經過日子不就應該要這樣嗎？認真對待事情的嚴重性，不要假裝輕描淡寫，不是嗎？蘿哲溫・費根布拉說過他是倫理家，不是藝術家。他同意她的說法。藝術家只需要對自己的不負責任負責。藝術家可以隨意在水中嬉戲，不管海浪多大或者潮水多高。倫理家有義務要淹死在水中。

艾琳說，去走走也好，就當作運動，去見見我以外的人。「每個人都是妳啊。」他想說。但是她已經將他推出小屋外。

他說的是真心話。沒有一個人不是她，就算有，他也不想見。就連她如今也成了帶來壞消息的人，他變得不太想見到她。

但他之所以沒出門，主要是因為他不想被看到。

難道是因為他相信自己長相已然驟變？不是。他相信自己的外表和以前一樣：他還是以前那個人，依舊處在一貫的衰落中。不同的是，他明白別人以前看見他時，眼裡都看到了什麼。

他僵硬地跟不熟的人打招呼。他一輩子都住在這裡，在這人口不到兩千人的小村子裡，竟還是有些他叫不出名字的人，儘管他們可能同樣一輩子住在這裡。他的父母某方面把他教養得不錯。他們說，當個陌生人，什麼也別說、什麼也別問、別為自己辯解。但是他們也警告他，不要引起別人注意，這點他恐怕沒做到。每個人都知道他是誰，凱文·「可可」·柯恩，那個坐在噴水孔邊專屬長椅上的苦瓜臉。什麼也不說、什麼也不問、不為自己辯解。

現在他面前這個赫拉·狄屈，從櫃檯後走出來，將他從頭到腳打量一遍，飢渴地看著他，想著他是否會滿足她此刻發癢的天性，填補她那死鬼老公不能給她的滿足。只可惜他不是個藝術家。不然他會滿足她，然後讓她當模特兒畫她。但是她為何要恭喜他？是諷刺他嗎？因為他終於認清整個村子長年以來已經深知的事實？她是在為他終於開竅而喝采？諷刺凱文是最後一個知道凱文的事的人。

「什麼意思？」他問。

她一手搭著屁股，好像在回應他的欲擒故縱。「別假裝你不自豪。」

他從來不是那種追究別人話裡真義的人。他寧願放在心裡糾結幾個月，想不出個頭緒，然後才會要求別人簡單解釋一下。是他不想知道，還是他無法忍受被視為愚鈍？現在他正好仔細思考，他這輩子是否曾經真的理解過別人說的話。他顯然從未理解過自己的父母親。有沒有可能他從未完全了解艾琳對他說的話？

但願哪……

但假如是壞消息的話……這時他懂了。

而赫拉呢？他擺出一副了解她意思的表情，半微笑加上哲學式的瞇眼可用以回應各種可能性：從宣示愛情不朽，到她身懷絕症的消息。

「我沒有假裝。」他說：「也絕對沒有假裝我不自豪。我沒有值得自豪的事。」

她走近一步。是要吻他嗎？那我就給你值得自豪的事吧，親愛的……

怪的是，一個自認沒有可愛之處的男人，居然時常覺得女人想吻他。是期望嗎？還是害怕？還是他覺得自己像是不笑的公主，等著青蛙的吻來讓他感受生命的溫度？

「我不覺得你太太聽你這麼說會高興喔。」赫拉說。

他臉上的半笑咧得更開，眼睛也瞇得更長。「我太太……這跟艾琳有什麼關係？」

這時她雙手環抱，做出搖著嬰兒入睡的動作，散發出聖母馬利亞般的光芒。

「拜託喔！」她嘲弄他。「幹麼這麼害羞。我知道你很自豪啊。爹地！」

這時，在店裡眾目睽睽之下，他猛烈地擁吻她。

二

他回來時，艾琳差點認不出人來。

「我的天啊，這是怎麼回事？」她說。

他覺得自己的臉好像變成兩倍長。下巴的重量讓他撐不住，也控制不了自己的舌頭。他比畫著手勢。我無話可說，手勢是這個意思。無話可說……

她抱住他，他就這麼讓她抱著，呆滯麻木地。這不是她第一次抱著這樣毫無活力的他，卻是她第一次覺得就連幽默感也難以讓他回溫。

她泡茶給他。他沒等茶涼便一口喝下。

「妳有了我們的孩子。」他終於說出話來。

這下換她說不出話了。

他等她喝完茶。她可以慢慢喝沒關係，時間不是他們的問題。然後，他眼光望向她身後，不帶怒氣、不帶感情地又說了一遍。「妳有了我們的孩子。」

「你怎麼知道的？」

「村子裡的人都在說。」

她不相信。村子裡肯定有更值得說的閒話。

「什麼意思？」她問：「到底是什麼意思？」

「意思就是村子裡的人都知道妳懷了我們的孩子。應該是我們的吧？」

「這樣很卑鄙。」她低聲說道。

「對。是很卑鄙。」

此刻讓她最傷心的，就是知道他根本不想要安慰，所以她根本無從安慰他。他不要溫柔也不要深情，什麼都不要。沒錯，孩子是他的，這讓情況變得更糟。從此以後，猜疑再也不會因彼此的喜悅而消弭。他們之間已經沒有喜悅的可能。

「而且不只是因為村子裡的人竟然比我先知道。」他說。

「我知道。對不起。我沒跟任何人說過這件事。」

「沒說過？」

「我沒跟村子裡的任何人說過。」

「那就是妳曾經跟某人說過囉？」

「對。」

至於是誰，他倆心知肚明。

「而且也不只是因為這樣，雖然說這也不是件小事。」

「我知道。我真的很抱歉。」

他腦海中思緒如麻，對她的道歉充耳不聞。

「我們說好的。」

「我知道，親愛的。」

「我們說好了，不能有小孩來打擾我們。我還以為我們兩個都做了必要的預防措施。」

她不知道該不該提醒他，意外總是會發生，沒有萬無一失的預防措施。但是她甚至無法編織藉口。「我們是預防了沒錯。」她說。

「可是妳沒有……」

她找不到能讓人諒解的解釋。「……可是我沒有。」

「妳以為我遲早會改變心意？」

她明白這想法對他而言有多陳腐、多無禮，但是沒錯，她的確就是這麼想。他遲早會改變心意……她內心深處仍舊是這麼想。

「我希望會。」

「妳卻不跟我談談，為什麼……」

她不說話。

「即然妳希望我改變心意，」他追問：「為什麼不從一開始就試試看？」

事到如今已經不能回頭。

「我不能冒險。」

「不能冒險被我拒絕？」

「沒錯。」

「那有什麼危險？」

情急之下她開始撥弄頭髮。他可以聽見靜電劈啪聲。他曾經喜歡撥弄她髮際引起的電子風暴。用手指梳過她的頭髮，看著電光閃爍。這如今看來多麼蒼涼。她的絕望讓他難以承受。他感覺胸口快要迸裂，不是為自己，而是為她。他自己只感覺到慍怒，彷彿身處黑暗中，憤怒堵塞而形成黑暗的角落。但是她更慘。他就是這樣的人：總是覺得凡事對女人而言都更慘，尤其是他愛的女人。這算歧視嗎？他不知道。他只是覺得對她而言痛苦更深，或許是因為對她而言其中還夾雜著希望。但是對他而言已經沒有希望了；如今已經沒有理由懷抱希望。只求她能平安，不要受苦，而她卻心煩到無以復加的地步。

「就是呢，」她說，猜測著他的想法，「你會強烈拒絕，然後一切變得無可挽回。」

「然後呢？」

「然後我們就會失去我想要的，兩人共同的未來。」

「兩人共同的未來，是妳想要，或者說是別人想要的？」

「兩者都有。」

「妳想要的也曾經是我想要的，可是，艾琳，我記得那並不包括一個孩子。」

她垂下頭。「沒錯。」

「到底哪裡變了？」

「我變了。」這個答案並不充分，只能虛弱地飄蕩在兩人之間，就像通電話時，可以從對談間尖銳的沉默察覺出謊言來。

「這孩子不只是一個孩子，是吧？」他說。她可以聽出那已然堅決斷絕關係的語氣。

「我不懂你這是什麼意思。」

「妳懂。這孩子不只是我們的孩子對吧？它就是未來。」

「這有什麼不好嗎？」

「不好。如果像我想的那樣就不好。」

「愛怎麼說是你的選擇，凱文。」

「但不是我選擇的未來。」

「那麼你選擇的未來又是怎樣？絕種嗎？」

「我已經絕種了。」

這一刻的徹悟和悲傷，足以讓她孱弱的心臟為之暫停跳動，她明白自己人生中將不會有他。「可是我還沒。」她說。

這句話語氣之強烈，讓兩人心頭一沉。

凱文想起父親交代給他的那只箱子，只有他快要當爸爸的時候才能打開的箱子。他很確定自己知道裡面會裝什麼。「不可」兩個字。但是他沒打開來看。

三

他們還是展開最後一次交談。他要求的。最後一夜擁抱著彼此談心。

「承諾太多了。」他說，邊等待著黎明破曉。「我們給彼此太多承諾了。」

她一遍又一遍忍受了他。難道這樣不算太多承諾？

她可以殺了他——要不是她深愛著他，她真的會殺掉他——他的用字遣詞好乖戾。她給他的如果不是未來還會是什麼？她懷的身孕如果不是承諾，那還能算什麼？

「我們的承諾是什麼？」她問他。不再想挑起爭吵，只是想再次聽他說出口。這段感情會變成怎樣？

「未知的未來。」他說。

「凱文，你這只是在打啞謎。」

「呃，那……」

無言的一個小時過去，他們只是彼此擁抱著。但是她不想不戰而退，即使這場仗已經輸了。她已經告訴他所有一切，至少她所知道的一切。但她還是希望他明白，他不需要像她那樣承擔一切。難道他就不能陪伴她？當她的夥伴？從旁觀看……

「旁觀妳為我們的孩子預備的悲慘日子？」

她沒打算輕易放過他。「你不能兩者都要，你不能斷絕關係，又說他是你的孩子。」

她說對了嗎？他躺著，聽她心房的顫動。他在想，她會不會把病弱的心臟遺傳給這孩子？那也沒關係。總好過他遺傳給這孩子的東西。

「我是說，你可以不碰你不想碰的東西。」

全都不想碰，這是他心裡想的。但他說出口的話比較溫柔。「妳說的是什麼？」

「政治。」

「政治？」

「旅程……」

「哎呀。艾琳，我從來沒這麼想過。旅程什麼的，天啊。」

「那你會用什麼字眼？」

「沒有什麼字眼。但是如果妳一定要我選，我會說『使命』。意圖改變不可能被改變的事，這是誤入歧途的使命。事實上甚至更糟。一場重蹈覆轍的使命。」

「為什麼你這麼確定是重蹈覆轍？」

「因為這是定律。親愛的，妳的心是一個活生生、不安分的東西，但多數人的心有如石頭。我所說的不變定律，就刻在他們心上。」

「一旦你決定那是不變定律，就是讓他們贏了。」

「他們已經贏了。很早以前就贏了。」

「我們還有很多方法可以改變。」

「我不想改變這個。我要它繼續保持這樣。這是我們唯一能報復的方式，也是我們拒絕留下的方式。讓他們贏，讓他們嘗嘗勝利的空虛。」

「這就是你承諾我的未來？」

「我以為這是我們承諾彼此的未來。」

「難道你不懂這樣對我們來說有多空虛？」

他思考，好久好久，躺在她身邊，靠著她的肩膀，摟緊她，親吻她的臉、她的耳朵、她的雙眼，一直思考著。清晨來臨時他說：「至少這樣的空虛是我們自己決定的。」

他起身時，她已經回到天堂谷。他輕輕聞著當初她帶來作為同居禮物的紙花，小心翼翼不敢碰觸它們，然後走到懸崖上。他俯瞰著那巨大的噴水孔。一股強勁的吸力，讓他不得不從崖邊往後退。他覺得它會把他整個吸進去，像赫拉．狄屈那樣強力吸住他擁吻。

但是他不需要對它屈服，即使是對赫拉也一樣。他相信一個人的生命由自己主宰，儘管世事並非如你所想的那樣發生，要怎樣發揮是你的責任。沒有人助，也根本沒有神助。我們所受的業都因我們所做而得，即使不一定源自於我們自己的行動。

這是一名嚴肅男子的信條。可能太嚴肅了，他不懷疑有這種可能。「但這是我與生俱來的權利。誰也不能逼我。」他這麼想著，感覺浪花拍打在臉上。

甚至那也不完全是真的。在浪潮吸引與海鷗尖叫聲之中，他清楚聽見母親的呼喚。她那蒼老、尖銳、微弱、責備似的呼喚聲。

「凱—文……凱—文……」

他傾耳細聽。他一直都是聽話的好兒子。當你的母親呼喚你時……

「凱—文。」她再次呼喚。

聽見她的聲音，他笑了。

「什麼事，媽？」

「跳（jump）吧。」他聽見她說。

他覺得不該讓她把同樣的話再說一遍，他將手指放在唇上，看似要送她一個飛吻，接著就跳下去了。

艾琳一顆心陷了下去。艾絲美．諾斯邦聽見房間另一端傳來的聲音，轉頭過去看。她蹙起了額頭。

兩人都知道了。

「我們之間怒氣未消。」艾琳說：「這樣開始並不理想。」

「正好相反。」艾絲美說：「這樣開始再好不過。」

霍華・傑可布森年表

一九四二年	八月二十五日生於倫敦曼徹斯特，成長於該市的普雷斯特維奇鎮。父親為麥克斯・傑可布森（Max Jacobson），母親為安妮塔・傑可布森（Anita Jacobson）。
一九五三年—一九六〇年	於曼徹斯市的斯坦德文法學校（Stand Grammar School）接受教育，那裡的老師啟發了他對文學的熱情。
一九六四年	畢業於劍橋大學。於劍橋大學唐寧學院期間，師從著名的文學評論家、教育家弗・雷・利維斯（F. R. Leavis）。同年，與芭芭拉・斯塔爾（Barbara Starr）結婚，並於一九七二年離婚。
一九六五年—一九八〇年	先後任教於雪梨大學英文系、劍橋大學塞爾溫學院，以及擔任伍爾弗漢普頓大學理工學院擔任英文講師。
一九七八年	與威爾伯・桑德斯（Wilbur Sanders）合著研究文集《莎士比亞的寬容：四個悲慘的英雄，他們的朋友和家人》（*Shakespeare's Magnanimity: Four Tragic Heroes, Their Friends, and Families*）。同年，與羅莎琳・喬伊・薩德勒（Rosalin Joy Sadler）結婚，並於二〇〇四年離婚。

一九八三年 以在伍爾弗漢普頓大學理工學院的經驗，出版首部小說《來自後方》（*Coming from Behind*）。

一九八四年 出版小說《偷窺狂》（*Peeping Tom*）。

一九八七年 以在雪梨大學期間的經驗，出版澳洲旅遊文集《來到綠野仙蹤》（*In the Land of Oz*）

一九九一年 擔任電視節目《旅行者的故事》（*Traveller's Tale*）主持人。

一九九二年 出版小說《一個人的典範》（*The Very Model of a Man*）

一九九三年 在旅遊特輯中，以猶太人身分進行尋根之旅，記錄所見所聞所思，並出版文集《被放逐的根：猶太人的旅程》（*Roots Schmoots: Journeys Among Jews*）。

一九九七年 出版《非常可笑：荒謬到崇高》（*Seriously Funny: From the Ridiculous to the Sublime*），後改編為電視節目。

一九九八年 出版《別再當個好好先生》（*No More Mister Nice Guy*）。同年開始為藝術月刊《現代畫家》（*Modern Painters*）撰稿，並擔任《倫敦獨立週刊》（*London Independent*）專欄作家。

一九九九年 出版小說《高手沃爾澤》（*The Mighty Walzer*），獲英國幽默文學「波林傑．人人文庫．沃德豪斯獎（Bollinger Everyman Wodehouse Prize）」、猶太季刊文學獎。

二〇〇〇年 為英國「第四頻道公司」的電視節目編寫節目腳本《*Howard Jacobson Takes on the Turner*》。

二〇〇二年 出版小說《現在誰該道歉？》（*Who's Sorry Now?*）。同年，為英國「南岸秀」（South Bank Show）特別節目「為什麼要讀小說」（Why the Novel Matters）撰寫腳本。

二〇〇四年　出版《製作亨利》（*The Making of Henry*）

二〇〇五年　與第三任妻子珍妮・德・楊（Jenny De Yong）結婚。

二〇〇七年　出版小說《卡魯奇之夜》（*Kalooki Nights*），並獲得猶太季刊溫特蓋獎（JQ Wingate Prize）。

二〇〇八年　出版《愛的行為》（*The Act of Love*）。

二〇一〇年　出版小說《芬克勒問題》，並獲當年曼布克文學獎。這是自一九八六年來，金斯利・阿米斯（Kingsley Amis）的《老魔鬼》（*The Old Devils*）後，獲得該獎項的第一部喜劇小說。

二〇一一年　出版新聞文集《不管那是什麼，總之我不喜歡》（*Whatever It Is, I Don't Like It*）。

二〇一二年　出版《動物園時光》（*Zoo Time*），再度獲得波林傑・人人文庫・沃德豪斯獎。

二〇一四年　出版小說《消失的字母J》，入圍該年布克獎。同年八月，響應「兩百位名人向《衛報》致信運動」，力倡蘇格蘭人在蘇格蘭獨立公投投下反對票。

二〇一六年　出版小說《夏洛克是我的名字》（*Shylock Is My Name*）。

二〇一七年　出版小說《*Pussy*》。同年十一月，傑可布森與西蒙・塞巴格・蒙特菲奧爾（Simon Sebag Montefiore）和西蒙・沙馬（Simon Schama）致信《紐約時報》，表示擔憂工黨在傑瑞米・柯賓的領導下，漸漸顯出反猶主義的傾向。傑可布森在他的報紙專欄中，也持續關注以色列和英國猶太社區。

litterateur 09

消失的字母J

布克獎得主、當代諷刺大師反思猶太處境的轉型正義小說

J

•原著書名：J•作者：霍華．傑可布森（Howard Jacobson）•翻譯：陳逸軒•封面設計：聶永真•校對：呂佳真•責任編輯：李培瑜•國際版權：吳玲緯•行銷：何維民、吳宇軒、陳欣岑•業務：李再星、陳紫晴、陳美燕、葉晉源•副總編輯：巫維珍•編輯總監：劉麗真•總經理：陳逸瑛•發行人：涂玉雲•出版社：麥田出版／城邦文化事業股份有限公司／10483台北市中山區民生東路二段141號5樓／電話：(02) 25007696／傳真：(02) 25001966、發行：英屬蓋曼群島商家庭傳媒股份有限公司城邦分公司／台北市中山區民生東路二段141號11樓／書虫客戶服務專線：(02) 25007718；25007719／24小時傳真服務：(02) 25001990；25001991／讀者服務信箱：service@readingclub.com.tw／劃撥帳號：19863813／戶名：書虫股份有限公司•香港發行所：城邦（香港）出版集團有限公司／香港灣仔駱克道193號東超商業中心1樓／電話：(852) 25086231／傳真：(852) 25789337•馬新發行所／城邦（馬新）出版集團【Cite(M) Sdn. Bhd.】／41-3, Jalan Radin Anum, Bandar Baru Sri Petaling, 57000 Kuala Lumpur, Malaysia.／電話：+603-9056-3833／傳真：+603-9057-6622／讀者服務信箱：services@cite.my•印刷：前進彩藝有限公司•2021年3月初版•定價480元

國家圖書館出版品預行編目資料

消失的字母J：布克獎得主、當代諷刺大師反思猶太處境的轉型正義小說／霍華．傑可布森（Howard Jacobson）作；陳逸軒譯. -- 初版. -- 臺北市：麥田，城邦文化出版：家庭傳媒城邦分公司發行，2021.03

面；　公分

譯自：*J*

ISBN 978-986-344-865-5（平裝）

873.57　　109020543

城邦讀書花園

www.cite.com.tw